PRAISE FOR THE NOVELS OF
COLLEEN GLEASON

"Intriguing, witty, and addictive…"
– *Publishers Weekly*

"Deliciously dark and delightfully entertaining…"
–*The Chicago Tribune*

"Gleason is really on a roll."
– *Publishers Weekly*

"Complex and filled with depth."
– *Midwest Book Review*

"…Gleason's publishing debut…turns vampire stories on
their ear with a decidedly dark, decidedly unsentimental
Regency heroine."
– *Detroit Free Press*

"Strong, vivid writing, clear and distinct characters, and
wonderfully delicious plot twists and adventures."
– *Front Street Reviews*

LAS AVENTURAS
DE LA CAZADORA GARDELLA

La cazadora de vampiros
La noche de los vampiros
El poder de los vampiros
El ocaso de los vampiros
El bacio de los vampiros

EL PODER DE LOS VAMPIROS

*Las Aventuras de
la Cazadora Gardella*

COLLEEN GLEASON

Título original: The Bleeding Dusk
© 2011 Colleen Gleason
© de la traducción: Emilia Merlo
Todos los derechos reservados.

ISBN-13: 978-1-929613-70-0

Prólogo

Max se enfrenta a Lilith en su guarida

LA GUARIDA de la reina de los vampiros estaba escondida en los Montes Cárpatos de Rumania. El único motivo por el cual Maximilian Pesaro pudo encontrarla fue porque las marcas de su cuello le indicaron el camino. Aquellas heridas nunca llegaron a cicatrizar del todo y reaccionaban cuando Lilith lo deseaba o en su proximidad. A pesar de su sometimiento, Max pudo mantener una vida relativamente normal esos últimos meses. Pero eso no fue porque se acostumbró al dolor, sino porque la reina decidió darle una tregua.

Max entró a un cuarto y luego pasó a otro que pertenecía a uno de los guardianes de Lilith. Uno de esos que tienen siempre los ojos rojos y destilan veneno. El guardián abrió una gran puerta de madera y Max entró a la habitación de Lilith.

"Maximilian", dijo ella con voz profunda y sus ojos azulados le dieron la bienvenida. "Esta es la primera vez que acudes a verme por voluntad propia. ¡Qué delicia! ¿A qué debo esta sorpresa?", le dijo al verlo.

La habitación era cálida y la luz tenue. Un chispeante fuego ardía en la chimenea y refractaba una luz rojiza que iluminaba las sombras de la habitación, resaltando las facciones de ambos.

Lilith se encontraba recostada en un diván. Llevaba un camisón de raso blanco, ceñido al cuerpo y largo hasta los pies. Estaba descalza y sus brazos descubiertos. Su cabello era tan brillante que quemaba la visión y caía en tirabuzones sobre su espalda. En el resplandor del fuego, le recordaba a la mística diosa Medusa. A pesar de que tenía más de mil años, su rostro y cuerpo reflejaban la edad de una joven de veinte años. No parecía peligrosa; estaba relajada, pero su porte imponía respeto.

Max estaba feliz de haberla sorprendido. Las puertas se cerraron y se aproximó hacia el sillón.

"Estás vivo", dijo Lilith rompiendo el silencio. Se irguió e incorporó en la silla; su posición anterior era demasiado vulnerable…

"Quería informarte que el Obelisco de Akvan ha sido destruido; que he cumplido con mi parte del trato", le comunicó Max.

"¿Sólo has venido a contarme eso?", insistió la reina y Max se acercó aún más. Lilith se mojó los labios y sus colmillos brillaron. Se levantó y se paró frente a él esbozando una sonrisa morbosa.

Fue en ese momento que las heridas del cuello de Max reaccionaron con su proximidad y una aguda puntada lo obligó a cerrar los ojos. En su presencia, la respiración del joven se hizo más lenta y creyó caer preso de sus embrujos.

Con los ojos cerrados, levantó una mano y frenó su paso. La reina se disponía a acercarse aún más. Su poder era dañino y su aliento corrosivo. "Prometiste liberarme de tu esclavitud si destruía la piedra", insistió y Lilith bajó su brazo y se le paró enfrente. "No esperabas que lo lograra", concluyó Max y Lilith rió con frenesí.

"Todo lo contrario Maximilian. Estaba segura de que lo lograrías. No tenía ninguna duda", insistió acariciándolo con la punta de sus dedos. Luego llevó sus manos a su rostro y con una le acarició el cuello y con la otra su mejilla. "Eso es precisamente lo que me atrae de ti. Tu determinación, tu poder, tu integridad…" Max le tomó las manos y la frialdad de su piel lo quemó. Lilith volteó enérgicamente y Max reanudó el ritmo de su respiración.

La reina se miró las manos y luego circuló alrededor de él. Deslizó su mano desde atrás y rasguñó su mejilla. Max no se inmutó. Mantuvo el temple y aunque su garganta estaba seca, había vuelto a respirar por sí mismo. No era la primera vez que se enfrentaba a ella y confiaba poder terminar con su tiranía muy pronto.

Lilith bajó su mano y tocó su pecho, envolviéndolo por detrás. Su mano le quemaba la piel y la sensación que le producía al acariciarlo lo hacía estremecer. Con movimientos circulares sobre sus pectorales volvió a dominarlo y esclavizarlo nuevamente. Aceleró su pulso, el fluir de su sangre y el deseo.

"Mantendrás tu palabra, ¿verdad?", insistió Max dominado por sus caricias. Temía que hubiera sido una tontería haber ido a verla, pero sabía que no podía dejar de intentarlo. No tenía nada que perder. Internamente, se había mentalizado ante la posibilidad de no poder librarse de ella nunca. Incluso, se lo había confesado a Victoria.

Lilith le puso las dos manos encima y lo acarició lentamente. Max sintió una gota de sangre deslizarse por su mejilla y el hálito de la reina sobre su piel. Lilith acercó su boca a su rostro y succionó la herida. Luego besó su mandíbula y después sus labios. La sensación de sus labios sobre los de él lo hizo erizarse. Lilith llevó una mano hacia su entrepierna y Max abrió los ojos.

Su aliento olía a sangre y el sabor descansaba en su piel. No se resistió, dejó que lo besara e inclusive él también la besó; pero luego volvió a cerrar los ojos y se separó. Lilith volvió a acercarse y le abrió la camisa arrancándole los botones y se encontró con un crucifijo de plata. "Has venido armado", le dijo, cubriéndose ligeramente los ojos y volteando deliberadamente.

"Hubiera preferido una estaca, pero tus guardianes insistieron en desarmarme", respondió con agudeza. "Hubiera sido suicidio no hacerlo, lo sabes bien", concluyó.

"Es verdad, no esperaba menos de ti", respondió Lilith con alevosía. Lo miraba altiva, sosteniendo la mirada por encima del pendiente. Max la había sobresaltado doblemente, primero con su visita y luego con su arma. Si bien eso no sería suficiente para desarmarla, sí la había sacudido. Claro que su poder no podría ser reducido tan fácilmente. Después de todo, se trataba de la reina de los vampiros. Un crucifijo no sería lo suficientemente fuerte como para intimidar a un vampiro de ese calibre.

Al igual que los mortales pueden adaptar su vista en la oscuridad, Lilith muy pronto encontraría la manera de sobrellevar aquel cuerpo extraño. El contacto con objetos místicos le generaba dolor, pero también placer y en más de una oportunidad había buscado ese tipo de sensaciones con Max. Decididamente, llevó la mano al crucifijo y lo acarició con miedo. Era mucho más grande que el vis bulla de Max y en principio la intimidaba.

Este último talismán era algo conocido para ella, un amuleto labrado en plata y bendecido por el Vaticano; algo que le proporcionaba sus poderes de súper héroe, así como la rapidez y la potencia tan característica de los Venators.

"Maximilian", le dijo. "Estás aquí esperando que cumpla tus deseos. No paras de sorprenderme. ¿Estás seguro de que no deseas quedarte aquí con migo? ¿Qué te dan los mortales que no te dé yo?", preguntó intrigada.

"No deseo vivir para siempre", respondió él.

"Lo hiciste en algún momento", replicó Lilith…

"Sí, pero eso fue hace mucho tiempo", insistió. "No lo niego, pero ya no soy el mismo" concluyó.

"No fue hace tanto… quince o dieciséis años a lo sumo. ¿Acaso este último año no te incitó a volver; no te despertó el deseo?", insistió ella.

"Este último año fue un tormento, y lo sabes. Únicamente accedí porque prometiste liberarme…".

"Maximilian, no te obligué a hacerlo. Revelé secretos que te ayudaron a realizar la tarea y te benefició tanto a ti y a los tuyos, como a mi misma. ¿Acaso eso no fue suficiente?"

La bilis le quemaba la garganta. El precio fue excesivamente alto, hizo lo correcto, pero fue repugnante. Fue terrible, le rompió el corazón a tal punto que dudó sobre su capacidad de Venator y lo llevó a abandonar su amuleto y al grupo. Lo obligó a buscarla una vez más y a cuestionar sus principios.

"Oh Maximilian". Lilith se acercó nuevamente y acarició sus hombros. Max respiró su aliento, fresco, sutil y luego Lilith confesó que lo liberaría.

"Si es lo que deseas, te proporcionaré un bálsamo que curará tus heridas; pero debo advertirte, la cicatrización y erradicación de las marcas, también borrará tu memoria, tu instinto de lucha y tus poderes de Venator. Olvidarás nuestra historia y también tus poderes. El vis bulla, ya no te será de utilidad y tu ignorancia será tu felicidad".

Max podría olvidarlo todo y vivir una vida normal, ser feliz.

"Has cumplido con tu deber y siempre hiciste todo lo que te pedí. Representaste a mi bando y también al de los Venators. No creas que me es fácil dejarte ir, pero si es tu deseo lo respetaré", concluyó Lilith.

"Seré una presa fácil", resaltó Max.

"No", respondió Lilith, "serás un simple mortal y ya no tendré ningún interés en ti". Lilith se aproximó hacia su escritorio y tomó una botella. "Supongo que me estarías haciendo un favor, sin ti en el bando, será mucho más fácil reducirlos…", señaló la reina.

"¿Qué será, una vida sin sobresaltos de dulce ignorancia o una vida de encrucijadas, *vis bullae* y heridas sinuosas?"

Max no respondió.

Nuestra heroína vuelve al ruedo

AL OESTE del río Tíber, se encuentra un pequeño vecindario llamado Borgo. Las angostas y transitadas calles del vecindario dan a la Basílica de San Pedro al oeste y al masivo Castillo de San Ángelo al este. Es una zona muy pintoresca que cuenta con apacibles pensiones, negocios e iglesias que atraen a turistas de todo el mundo. Hay artesanos creando rosarios, coronarios y todo tipo de artículos religiosos. Bares y restaurantes, así como también las infaltables hosterías, tan características de Roma, junto a las casas particulares de todos aquellos que trabajan en el Vaticano.

El aroma que inunda las calles es también muy particular de esa zona, ya que allí se fabrican muchos paraguas y la tinta de la seda impregna el ambiente. A lo lejos puede verse la iglesia de Santo Quiranu y sus paredes de adobe y techo de tejas denotan la sencillez de la capilla que pasa prácticamente desapercibida bajo la sombra de la majestuosa Basílica de San Pedro y la presencia de Santa María en Transpotina. En comparación con aquellas dos maravillas arquitectónicas, solo unos pocos se detienen a observarla y aún menos, entran en su interior. Pero en las profundidades de aquella diminuta iglesia yace un cuarto circular que encierra todos los secretos de la cúspide de los Venators. Está oculto en el sótano y sólo unos pocos saben de su existencia.

La única manera de llegar hasta allí es por medio de una escalera caracol escondida tras las cortinas del altar y al descender por ella y cruzar una intrincada puerta de metal, se llega a un salón circular que funciona como antesala de los otros recintos. En el centro del salón hay una gran fuente de mármol, con agua tan pura, que la santificación es palpable en el ambiente. El embalse brilla como una fuente de diamantes y el ruido de las cascadas es sumamente apacible.

Lady Victoria Gardella Grantworth de Lacy, conocida en Inglaterra como la Marquesa de Rockley, se encuentra de pie frente a la fuente y en su mano lleva dos pequeñas cruces de plata que destellan sobre el agua. La seda de su falda se arruga al inclinarse ligeramente hacia adelante mientras sostiene un libro en la otra mano. Aún no se ha recuperado de la trágica pérdida de su tía Eustacia, la cual fue brutalmente asesinada hace apenas un mes, ni de la muerte de su adorado marido Phillip, el Marqués de Rockley, el cual fue convertido en vampiro por los secuaces de Lilith. Dos episodios sumamente trágicos en la vida de Victoria, que la marcaron profundamente. En apenas unos meses perdió a las dos personas que más quería en este mundo; a los dos personajes que la amaban incondicionalmente y que de modo bilateral sabían todo sobre ella.

"¿Por qué no usas los dos?"

"¿Qué use dos *vis bullae*?", preguntó Victoria sorprendida y volteó para verle el rostro a la mujer que le hablaba. "¿Acaso es posible usar dos?", preguntó confundida.

Wayren, una mujer de porte frágil, alta y delgada se inclinó hacia adelante y acarició el agua. Su cabello trenzado le llegaba hasta la cintura y estaba atado con un lazo de terciopelo negro. Llevaba un vestido suelto que ocultaba su silueta y un cinturón de cuero negro que abrazaba su cintura. Sus mangas eran anchas y abuchonadas, al igual que un vestido medieval, pero sin embargo no parecía estar fuera de tiempo. Victoria en cambio, estaba vestida mucho más contemporánea.

"No creo que se trate de ningún crimen. Eres Illa Gardella, todo es posible", respondió Wayren levantándose con agilidad. Su rostro denotaba una sonrisa cálida y el paso del tiempo no se veía reflejado en su sereno semblante.

Wayren no era una Venator. Era… alguien muy especial, alguien de sumo valor para los Venators, un personaje muy querido y respetado. Contaba con una infinita colección de libros, escritos antiguos y pinturas que habían probado ser de infinito valor en las cruzadas contra el mal. Wayren era el personaje al que todos acudían para pedirle consejo. "Cada *vis bulla* es forjado específicamente para cada Venator al acatar el legado. Cada amuleto es único e irreproducible y creado de tal forma que a la brevedad se convierte en una prolongación del cuerpo del individuo. Generalmente los Venators son enterrados con sus amuletos, pero en el caso de tu tía fue imposible. Nunca he oído de un Venator que lleve dos amuletos, pero no porque no esté permitido, sino porque nunca ha tenido la oportunidad de contar con dos de ellos. Como bien sabes, no hay amuletos por ahí… además eres la nueva Gardella y nadie más puede decidirlo por ti".

"Me parece extraño que hace apenas dos años tuve los sueños que me guiaron hacia este destino y que ahora yo soy la responsable de mantener la tradición familiar. Me parece mentira que todo dependa de mi. A pesar de que hay personajes que han sido Venators por mucho más tiempo que yo, soy la única descendiente directa de la línea de la familia Gardella, he heredado la tradición familiar y debo honrar a mis antepasados y a este grupo que depende de mi. Tengo una gran responsabilidad y no los defraudaré. Soy la Illa Gardella: La Gardella y cazaré vampiros hasta el fin de mis días.

"Es posible que seas la más joven", respondió Wayren con la misma sonrisa complaciente, "pero desde luego has demostrado merecer el titulo. En apenas 18 lunas lograste cosas impensables, exterminaste demoníacas criaturas y desterraste a la reina de los vampiros; algo que ni siquiera logró hacer tu tía en sus mejores años…".

Victoria bajó la mirada, le resultó difícil seguir mirándola a los ojos sintiéndose como se sentía. Si bien era verdad, y esos logros eran ciertos, también era verdad que no lo había hecho sola. Siempre había contado con la presencia de Max, sin embargo nadie parecía recordarlo. Gracias a él había logrado exterminar a Nedas, el hijo de la reina, y sin su ayuda, Victoria nunca hubiera logrado aquel final.

Wayren siguió hablando, tal vez para arrancarla de aquellos pensamientos. "los *vis bullae* son amuletos preciosos, debes llamarte dichosa de tener dos en tu poder. No pueden ni deben ser destruidos, sería un sacrilegio y su poder funciona solo en los Venators.

¿Acaso tu tía te dijo de donde provenían?", preguntó siguiendo la conversación…

"Las cruces provienen de las colinas de Golgotha, en Tierra Santa", respondió Victoria. "son santificados por el mismísimo Papa", agregó señalando la fuente. "Es el agua más pura y bendita sobre la tierra" concluyó Victoria y sumergió los *vis bullae* en ella.

"¿Acaso otro Venator puede usar un amuleto que no fue creado para él?"

Wayren asintió con la cabeza. "Si bien son creados para una persona en particular, su poder puede ayudar a cualquier Venator. Como puedes observar, ambos talismanes son muy diferentes. La cruz que pertenecía a tu tía es mucho más liviana que la de Max. La filigrana es diferente y el diseño también".

El talismán de Victoria también era distinto al de su tía, si bien casi todos son del mismo tamaño, los repujes eran diferentes. La cruz de Eustacia era puntiaguda mientras que la de Victoria era redondeada y si bien ya no la tenía en su poder, pues había sido brutalmente arrancada de cuajo, Victoria la recordaba perfectamente. La joven se llevó la mano al estómago y lo acarició. La batalla contra Nedas era algo que nunca olvidaría. Observando con detenimiento las cruces, ambas comentaron el delicado trabajo del orfebre.

"¿Entonces?", preguntó Wayren. "¿Qué has decidido? ¿Le digo a Kritanu que prepare los dos amuletos?"

Victoria asintió una vez con la cabeza. Necesitaba saber si los dos amuletos la harían sentirse diferente; si tendría el doble de fuerza, o si se cancelarían al rozarse. Consciente de que siempre podría quitarse uno, aceptó la propuesta de Wayren. "Llevaré los dos", dijo convencida.

Mientras ambas mujeres hablaban, varios miembros del Consilium, se acercaron a la fuente e inclusive tocaron el agua. La mayoría de ellos eran hombres de edades variadas y rostros circunspectos. Victoria era la única mujer Venator, la descendiente más directa de la primera Gardella y por ende, la cabeza de los Venators.

"Déjame avisarle a Kritanu y podremos comenzar en unos momentos. Sé que has extrañado la cacería mientras te recuperabas, pero debes entender que era inevitable que tomáramos todas las precauciones necesarias. Tus heridas necesitaban cicatrizar y no queríamos arriesgarnos a que sufrieras ninguna complicación. No podemos permitir que te pase nada malo Victoria. Además era necesario que te encargaras de las propiedades de tu tía. Ella misma lo dejó estipulado en su testamento". Wayren volvió a sonreírle cálidamente y luego volteó en busca de Kritanu.

La reinserción del talismán fue mucho más sencilla e indolora de lo que Victoria había supuesto; posiblemente porque luego del dolor padecido por el desgarramiento de su primer *vis bulla*, nada más podría ocasionarle un dolor semejante y además su tolerancia a éste se había incrementado. Kritanu era un hombre de descendencia hindú que había sido la pareja de Eustacia desde sus comienzos como Venator. Este valiente Comitator no sólo había entrenado a la enigmática Gardella, sino que también actuaba como entrenador de Victoria. Él y nadie más que él la habían introducido en las técnicas del arte Marcial y le había enseñado movimientos que lograron salvarla del más feroz atacante. Kritanu era rápido y eficiente con la aguja y Victoria apenas sintió el pinchazo. Kritanu insertó ambos amuletos en el mismo orificio y dejó que las cruces colgaran del pendiente y se resguardaran en el hueco de su ombligo. Victoria sintió que inmediatamente su energía se renovaba y una sensación, familiar para la joven, recorrió su cuerpo.

Victoria volvió a sentirse completa y al llevar algo de su tía, internamente pensaba que no sólo contaría con su poder, sino también con su espíritu, el cual la acompañaría y alivianaría su pena.

~*~

"¿Gatos y perros degollados?", repitió Victoria sorprendida mirándolo a Ilias; el director del Consilium y uno de los Venators más eminentes y a Michalas, un Venator romano.

Michalas asintió con la cabeza y su engominada cabellera no se despeinó en lo más mínimo. Su rostro era sereno y más que un guerrero, parecía un niño. A pesar de que era al menos diez años mayor que Victoria, su aspecto no denotaba su verdadera edad. Su tez era pálida y sus ojos grandes y azules. Se trataba de un joven apuesto, tímido y educado.

"Encontramos al menos cien cadáveres mutilados; descomponiéndose lentamente. A decir verdad, la pila lleva más de dos meses, pero no fue hasta hace unos días que se incrementó el número de animales degollados", explicó Michalas.

"No creo que se trate de vampiros", respondió Victoria mirándolo a Ilias para sentir su apoyo. Apenas habían pasado dos meses desde que le habían reinsertado sus dos *vis bullae* y a pesar de que recorría las calles con empeño, la ciudad atravesaba un período de relativa paz, por lo que no había tenido oportunidad de probar su poder. "Insisto, los vampiros prefieren sangre humana y no tienen razón para degollar a sus víctimas", concluyó la joven.

"Yo pensaba lo mismo, por eso no alerté al grupo antes; pero creo que es algo que debemos investigar", respondió Michalas mirándolos seriamente. "Si bien no hay ningún indicio o conexión que nos guíe a los muertos vivientes, no deberíamos esperar a que se convierta en un problema mayor".

Ilias asintió con la cabeza. Se trataba de un personaje misterioso, con arrugas en los ojos y en la frente. Un virtuoso ilustrado, muy reconocido en el ámbito. Pensativo, se llevó la mano a la barbilla y repitió, "Es verdad, no es característico de los vampiros", pero sus palabras tenían un dejo de duda. "Podría tratarse de restos de una carnicería. Después de todo hay muchos inmigrantes orientales con hábitos alimenticios muy diferentes a los nuestros. ¿Dices que la pila apareció hace dos semanas? ¿Qué tanto se ha incrementado en este último tiempo?"

Michalas esbozó una sonrisa vergonzosa. "Confieso que no he vuelto a esta zona, con el carnaval tan cerca, he estado muy ocupado patrullando otras áreas de la ciudad".

"¿Adónde dices que se encuentra la pila?", preguntó Victoria.

"En Esquiline", respondió Michalas "pero no vi, ni sentí la presencia de ninguna criatura…".

"Esquiline es muy cerca de la Villa Palombara", se apresuró a decir Ilias y su mirada hacia él se agudizó. Victoria miró a los dos hombres, nativos del lugar, y no le quedó más remedio que esperar a que le explicaran la posible conexión. Después de todo, esa no era su ciudad y Victoria no jugaba de local. Otra hubiera sido la historia si se encontraran en Inglaterra.

Victoria estaba en desventaja; no sólo se trataba de una mujer mucho más joven que ellos, sino que también se encontraba en un lugar ajeno, por lo que no dudaron en hacerla partícipe y proveerle la mayor información posible.

"La Villa la Palombara pertenecía a un alquimista y ha estado cerrada por más de 140 años. Su dueño, el marqués, desapareció bajo circunstancias inusuales y nunca más se supo de él. La casa funcionaba como una especie de laboratorio. El marqués estaba obsesionado con la transmutación de cualquier metal en oro, un proceso que muchos creen que encierra la clave para la inmortalidad y junto con varios colegas, dedicó su vida a ello". Victoria resistió las ganas de mencionar que cualquier persona podría alcanzar la inmortalidad al ser convertida por un vampiro aunque es una gran desventaja tener que subsistir a base de sangre… en lugar de hablar de ello, prefirió sugerir que visitaran el lugar en cuestión. "Deberíamos investigar si ha habido algún cambio. No estoy muy familiarizada con esa parte de la ciudad; sería conveniente que alguien me acompañara…".

"Será un gusto acompañarte", respondió Michalas con una sonrisa cálida. " Estoy seguro de que disfrutaré cazando contigo".

Su conversación fue interrumpida por un joven apuesto de porte fornido y cabello pelirrojo. Era Zavier, un joven Venator apasionado por los antepasados del legado.

"Vamos compañeros, Wayren los espera en la galería. Victoria, que gustó volver a verte. Michalas, no tardes".

"Zavier", dijo Victoria volviéndose hacia él. "Sabía que no te perderías la celebración de hoy. Me imagino que estarás muy emocionado por ver el retrato de mi tía Eustacia".

Si bien su porte intimidaba, sus ojos eran apacibles y su sonrisa cálida; especialmente cuando le hablaba Victoria, cosa de lo que la misma se había percatado hacía ya tiempo. El joven se había marchado de Roma al poco tiempo de la muerte de su tía para controlar unas revueltas en Aberdeen y si bien no habían tenido comunicación, Victoria sabía que no se perdería este momento, ya que se trataba de una tradición para los Venators. Cada uno de ellos es retratado al tiempo de su muerte para inmortalizar su legado. Zavier no podía perderse el honor de dar dicha obra; después de todo Eustacia era Illa Gardella y su historia siempre había sido una gran fascinación para él.

Al abandonar la alcoba en donde se hallaban, Zavier encontró el modo de posicionarse entre Michalas e Ilias y los cuatro abandonaron la biblioteca para trasladarse a la galería. "Estoy sumamente intrigado, no he conseguido saber si la han retratado en sus años de moza o como la gloriosa matriarca…", expresó el joven deteniéndose por un momento para que Victoria, que se encontraba un paso detrás, se cogiera de su brazo. Zavier había sido el primer Venator en darle la bienvenida al Consilium y en presentarle a todos. Siempre se había comportado muy bien con ella, al igual que la mayoría de los Venators. Max era la única persona que se resistía a aceptarla y también era la única persona que la había visto en su momento más vulnerable. Todos los demás la recibieron con los brazos abiertos y conscientes del talento de Eustacia, nunca dudaron del desempeño de la futura heredera.

"A mí tampoco me dijo", respondió Victoria mirándolo entusiasmada.

"Muy pronto lo descubriremos. Ahora hablemos de algo serio, ¿reemplazaron ya tu amuleto; has cazado?"

"Así es", respondió la joven. "Me ocupé de ellos mientras estabas en Escocia".

"¡Qué pena! Quería estar presente", respondió alegremente. "Te hubiera cogido la mano…".

Victoria se ruborizó y miró hacia otro lado. Era una tontería que se ruborizara con algo así, pero no pudo evitarlo…

A pesar de que se trataba de una feroz Venator, con un amuleto que ya era parte de ella, Victoria no podía imaginarse compartir un momento tan íntimo con una persona que apenas conocía y la idea de que Zavier viera como le perforaban el estómago le parecía descabellado.

"Wayren y Kritanu fueron los únicos que me acompañaron, tal y como preferí".

Zavier largó una carcajada. "No puedes culpar a un hombre por intentarlo", anunció y siguió caminando.

Victoria cambió de tema mientras cruzaban el salón principal y dejaban la fuente atrás. "¿Qué tal te fue en Aberdeen; despachaste ya muchos vampiros?"

"Así es, había unos cuantos atemorizando a los locales. Aparentemente vivían en una zona en construcción y por las noches atacaban sin prejuicio. No pensé que habría vampiros tan al norte; por algún motivo siempre creí que sería demasiado frío para ellos".

Victoria sonrió. "Estoy segura de que fue interesante volver a tu ciudad después de tanto tiempo. Apenas llevo seis meses en Italia, y te aseguro que extraño a Londres. ¿Has formulado alguna teoría sobre el retrato? Pensaba que estos meses tal vez te hubieran servido para elaborar nuevas teorías".

"Te aseguro que lo he intentado, pero por mucho que piense y piense, no puedo entender cómo es posible que los retratos sean tan semejantes sin que se tratara del mismo artista".

"Es imposible, hay más de 100 años entre un personaje y otro…", se apuró a contestar Victoria y sarcásticamente agregó, " tal vez se trate de una familia de pintores, que tal si se tratara de un padre y un hijo… un nieto, podría ser…".

"Es posible que tengas razón, pero yo no dejo de asombrarme entre el parecido entre un cuadro y otro. La técnica es impresionante; además Wayren es tan misteriosa… no podía perderme la oportunidad de estudiar el cuadro. Por eso he regresado", afirmó mirándola insistentemente. "A lo mejor ahora que estoy de vuelta podríamos cazar juntos; el carnaval está por comenzar y debemos asegurarnos de que todo esté en orden".

"Eso he oído", respondió Victoria. "Estoy muy ilusionada, es la primera vez que participo en el gran carnaval romano. Me encantan las calles de esta ciudad y desde que he llegado no paro de recorrerlas".

Finalmente llegaron a la galería. La habitación estaba muy iluminada y los cuadros de la dinastía de los Venators contra las paredes blancas. La mayoría eran hombres. El primer Venator había sido Gardeleus y de ahí en adelante se estableció el legado. Apenas había algunas mujeres y la historia de sus vidas era algo que fascinaba a Zavier. Todas ellas eran descendientes directas, tal como lo era Victoria, en cambio los hombres provenían de otras ramas del árbol genealógico. Uno de sus personajes favoritos era Catherine Gardella, una cazadora de ojos verdes y mirada pícara que ambos deseaban haber podido conocer.

Ilias acaparó la atención de todos aplaudiendo tres veces y luego hizo una broma para distender a los presentes. "Creo que si esperamos un poco más, Zavier morirá de curiosidad. Es hora de revelar la última obra maestra y tengo el honor de presentarles a nuestra querida Eustacia Gardella, matriarca de los Venators, adorada Lady de las Gardellas".

Cayó el velo y la pintura fue revelada. Victoria no pudo contener su conmoción y sus ojos se llenaron de lágrimas. El retrato había capturado el espíritu de su tía y su hermoso rostro era sin duda el de su mentora, su referente e inspiración durante su primer año de Venator. El artista no firmó el cuadro y mantuvo su identidad en secreto. Se trataba de una obra maestra. Había capturado el brillo de su mirada, los rasgos faciales y el reflejo de su cabello negro. La frente de Eustacia no denotaba ninguna arruga a pesar de que el retrato la mostraba tal como era, ningún año se le había restado y acarreaba la belleza de la edad y la paz de su espíritu.

Zavier le ofreció un pañuelo a Victoria y la joven no dudo en aceptarlo. Secó sus lágrimas y se llevó la mano a sus *vis bullae;* hacia mucho que no lloraba.

~2~

Un hallazgo repugnante

"ME PARECE que Zavier se ha quedado prendado de Illa Gardella", se atrevió a decir Michalas mientras cruzaban la calle. "A lo mejor lo deberíamos haber invitado", insistió con alevosía.

Victoria se alegró de que estuviera oscuro, ya que aquel comentario la había hecho ruborizarse y le hubiera molestado que Michalas lo notara. Claro que hacía tanto frío, que su nariz estaba congelada y sus tersas mejillas enrojecidas por las condiciones meteorológicas. Se trataba de una noche cerrada y la oscuridad protegería su apremio. "A lo mejor sí lo deberíamos haber invitado. Nos hubiera enseñado algo", respondió la joven y Michalas entendió su humor perfectamente. El aire estaba tan frío que al reír ante su comentario, el hálito de su respiración se hizo visible. "Ponle la firma, ya sabes cómo es Zavier…".

La risa hizo que olvidara el mal momento que dicho comentario le había hecho pasar, pero así y todo aún se sentía un poco incómoda. Técnicamente se trataba de una persona soltera, no le debía cuentas a nadie y esa no era la primera vez que un hombre demostraba interés en ella. Pero sí era la primera vez en el ámbito de los Venators, donde era imposible ocultar algo.

Victoria sabía que Zavier intentaba cortejarla, pero lo que ignoraba era que fuera tan evidente que todo el Consilium también lo había notado. ¿Acaso importaba?

Zavier era culto e inteligente y completamente distinto a su difunto marido, Phillip…y al enigmático Sebastián. Al pensar en éste último recordó también su apasionado encuentro en la carroza y se estremeció.

Sebastián era el tatara-tatara-tatara nieto del legendario vampiro Beauregard. Pero afortunadamente no tenía sangre de vampiro ya que Beauregard se había convertido luego de tener un hijo.

Sebastián era un mortal al igual que ella, pero a pesar de que estaban sentimentalmente relacionados, Victoria no podía terminar de confiar en él. El joven repartía su tiempo entre Victoria y su abuelo, dificultando su relación amorosa. Victoria rió al pensar lo que diría su madre si supiera que su hija tenía una relación de ese tipo, sin intenciones de oficializar el romance. Por suerte nunca se enteraría de ello, ni de la vida que había adoptado su hija a favor de los Venators, ya que se encontraba en Londres posiblemente bebiendo el té con sus amigas o siendo cortejada por Lord Jellington.

Victoria intentaba no pensar mucho en Sebastián, sobre todo ahora que su abuelo luchaba por liderar las calles de Roma tras la muerte de Nedas, algo que tarde o temprano la obligaría a enfrentarse a él.

Hace meses que no hablaban y el último contacto había sido por carta tras la muerte de la tía Eustacia. Sebastián había logrado recuperar el *vis bulla* de su tía y se lo había enviado para que lo tuviera de recuerdo.

Tampoco había estado en contacto con Max, tras la muerte de la misma, su amigo Venator decidió retirarse porque se sentía responsable por la muerte de Eustacia y no se creía digno de representar el legado. Consecuentemente, había devuelto su amuleto y desaparecido.

Ese *vis bulla*, en combinación con el de su tía, le otorgaba muchísima más fuerza y velocidad que antes. En lugar de neutralizarse entre sí, los dos amuletos o *vis bullae* no sólo la protegían, sino que también la ayudaban a recuperarse más rápidamente en caso de ser herida.

Kritanu seguía entrenándola y eso lo ayudaba a mantenerse ocupado y a no pensar en la pérdida de Eustacia.

Michalas se detuvo y Victoria irremediablemente dejó de pensar en sus cosas. Menos mal que no se le apareció ningún vampiro, ya que la joven estaba distraída y la hubiera sorprendido. "Este es el muro de la Villa Palombara", anunció señalando un muro de piedra. "Ocupa prácticamente toda la manzana y tiene forma de pentágono. Estamos en la parte trasera y a unos metros de aquí es dónde encontré la pila de animales muertos". Le comentó con naturalidad.

El sol estaba por ocultarse y no podían ver con claridad. Al inspeccionar el muro con la poca luz que quedaba, Victoria se mortificó al notar que en la parte superior había flechas de hierro para ahuyentar a intrusos. Caminaron el perímetro y por fin encontraron una fisura que les facilitaría el acceso a la mansión.

La calle Merulana era una calle bastante transitada, pero como no había negocios y era únicamente residencial era mucho más tranquila que las calles del centro de Roma. Cada tanto se veían carruajes, pero la mayoría de ese tránsito era a pie.

"Ha estado deshabitada por más de ciento cuarenta años", comentó Michalas examinando la fisura. "Aparentemente el Marqués Palombara era un alquimista y en su laboratorio llevaba a cabo todo tipo de experimentos con sus colegas. Muchos dicen que estaba a punto de descifrar el secreto de la transmutación, pero desapareció sin poder concretarlo y el laboratorio ha permanecido cerrado desde entonces…".

"Espero que no se haya convertido en un vampiro", respondió Victoria haciéndose la graciosa, pero antes de que Michalas pudiera contestar, el frió de sus nucas los alertó de que ya no estaban solos. "Hablando de ellos", dijo Michalas y tomó la estaca de su bolsillo. "La sensación viene de ese lado", dijo Victoria tras analizar las señales de su cuello. "Han de estar dentro de la villa".

Michalas asintió con la cabeza y juntó las manos para que Victoria trepara la pared y la joven se sorprendió de que la dejara pasar primero, algunos de los otros Venators eran muy competitivos; particularmente los jóvenes.

A pesar de que Michalas la ayudó a trepar, los pantalones palazzo de Victoria se engancharon en las ramas y la joven tuvo bastante dificultad en saltar al otro lado sin perderlos. Al aterrizar del otro lado, comprobó que la sensación en su nuca se intensificaba segundo a segundo, confirmando que estaban en lo correcto. Se ocultaron los últimos rayos del sol y antes de que pudieran darse cuenta deambulaban los descuidados jardines de la mansión en la oscuridad. Valiéndose de los adoquines, siguieron el camino hasta encontrarse con la mansión.

Los vampiros estaban cerca, podían sentirlos, pero no verlos. De pronto escucharon el ruido de una puerta y apresuraron el paso en dirección hacia donde provenía el ruido. A lo lejos vieron ojos rojos resplandecer en la oscuridad, iluminando más que la creciente luna.

Ocultos en las sombras, no se hicieron visibles hasta el momento de atacarlos y así los redujeron uno a uno, antes de que encararan sus recorridas nocturnas. Tras matar al segundo y último vampiro, Victoria se quedó quieta intentando guiarse por las sensaciones de su cuello y así confirmó que ya no quedaban más en los alrededores. La cazadora guardó la estaca en su abrigo y se acercó a Michalas. "Debemos encontrar la puerta mágica. No puede estar lejos", le dijo él, acercándose a otro muro que separaba la zona de servicio de la principal.

"Aquí está", dijo con satisfacción y Victoria se arrimó a él. "Esta es La Porta de Alquimia, la famosa puerta del laboratorio de Palombara. Nunca la había visto en persona", confesó Michalas.

"¡Qué pena que esté tan oscuro!", respondió Victoria mirando hacia el cielo. "Miro debería inventar algo para situaciones así. Pasamos un montón de tiempo en la oscuridad", dijo contrariada.

Michalas inspeccionó la puerta con las manos, palpándola con sus yemas en busca de las cerraduras. "Creo que las encontré" dijo animado, indicándole dónde tocar y Victoria se arrodilló en el césped para quedar a la altura correcta. Si bien la luz de la luna era tenue, iluminaba lo suficiente.

"Tengo entendido que se necesitan tres llaves para abrirla", le comunicó Michalas. "Tienen que ir aquí", le dijo refiriéndose al disco del centro. "¿Lo sientes?", le preguntó.

"Sí", respondió la joven, ¿Qué son esos símbolos?", preguntó nuevamente.

"Creo que es latín", respondió. "Vámonos, ya hemos visto suficiente por hoy", le dijo ayudándola a levantarse. Al desandar el camino, Michalas se tropezó con algo en la oscuridad y al forzar la vista, se encontró con algo desagradable. "No te va a gustar…", le dijo y Victoria se acercó a ver de qué se trataba. La imagen le recordó la carnicería que ocurrió en el club privado del cual su marido era socio. Cuatro cuerpos yacían sin vida. Tres hombres y una mujer, brutalmente degollados.

La imagen le recordó también a la muerte de Eustacia. Su tía había sido asesinada de la misma manera. Victoria cerró los ojos y respiró profundamente. Tenía el estómago revuelto, pero no quería demostrarlo. "¿Para qué crees que les cortan las cabezas?", preguntó mortificada.

"No lo sé, pero tiene que haber una conexión con los animales de afuera", respondió él. "Vayamos a ver si hay humanos en la pila", sugirió la joven. "Buena idea, pero… no podemos dejar éstos aquí", comentó Michalas.

"¿A dónde quieres llevarlos?", preguntó Victoria confundida.

"Debemos sacarlos de la mansión. Aquí no podrán ser descubiertos y deben ser identificados" Moverlos fue una tarea ardua y al terminar, no sólo estaban ensangrentados, sino que también agotados. Así y todo, Victoria insistió en que fueran a ver la pila de animales. Michalas tenía razón, no estaba lejos y evidentemente había una conexión. La pila se había incrementado desde la última vez y el olor pútrido al acercarse fue nauseabundo. Michalas le sugeriría a su primo que investigara ese *viuzza*. Y muy pronto tendrían respuestas. "Todo está relacionado, pero ¿quién sabe para qué necesitan las cabezas?", insistió la joven.

El espacio de Victoria es invadido

VICTORIA Y Michalas dieron por concluida su vigilancia alrededor del amanecer. Para ese entonces, la mayoría de la gente ya se encontraba de regreso a su casa y la ciudad por fin se entregaba al descanso, aunque tan sólo fuera por unas horas. De camino al Consilium, lograron estacar a tres vampiros más y contentos de compartir los episodios con Ilias, se dirigieron hacia su oficina y lo encontraron conversando con Wayren.

Después de los saludos habituales, Ilias sugirió que Victoria y Wayren se reunieran en la privacidad de la biblioteca para hablar con más tranquilidad. Michalas por su parte, no pareció ofenderse, pero si alegrarse de poder regresar a su casa y encontrar por fin su cama.

A Victoria también le hubiera gustado poder marcharse, pero el Consilium estaba primero que todo. Los tres se dirigieron a la biblioteca y al atravesar el pasaje secreto que llevaba hacia ella, el olor de los libros viejos, papiros, tinta y cuero inspiraban conocimiento. Aquella era la segunda vez que Victoria visitaba la biblioteca y la primera vez no había tenido oportunidad de inspeccionarla, así que hoy se tomó su tiempo para observar todo con mayor detenimiento. Se trataba de un ambiente circular de techo alto y cúpula acristalada. Las estanterías que sostenían los libros habían sido cuidadosamente cavadas en los muros y resguardaban miles de libros. Al acercarse, notó que los estantes eran de piedra y que los libros estaban organizados de mayor a menor, así como también, por un sistema de letras y símbolos en un lenguaje que Victoria desconocía.

Victoria abandonó las estanterías y se dirigió hacia el centro de la habitación atravesando una enorme alfombra blanca que cubría más de la mitad del salón. Tomó asiento y se ubicó junto a Ilias. Wayren permanecía sentada detrás de un gran escritorio de vidrio y sus ojos ocultos detrás de sus enormes espejuelos. Considerando la afinidad de Wayren por la lectura, Victoria se sorprendió de que la biblioteca no fuera más grande. A pesar de que se encontraban en las catacumbas de la Iglesia, la biblioteca estaba muy bien iluminada y parecía como si fuera de día.

Ilias la miró a Wayren y preguntó, "¿dónde está Ylito; acaso no va a acompañarnos?"

Wayren levantó la vista y le respondió, "Está en medio de un procedimiento y no puede abandonarlo. Ya hemos hablado y me pidió que empezáramos sin él".

"¿Ylito?", dijo Victoria sorprendida al no haber oído nunca antes ese nombre. Victoria creía conocer a todos los Venators, Comitators, sus entrenadores de artes marciales y personajes allegados al Consilium por sus nombres; aunque no había tenido la oportunidad de tratarlos a todos personalmente. Por eso el nombre de aquel personaje la tomó por sorpresa.

"No se trata de un Venator, sino de un herborista que estudia las propiedades de las plantas y los metales. Es muy talentoso en su trabajo".

Victoria se inclinó hacia adelante y le preguntó a Wayren, "¿te refieres a que es un hechicero?"

Wayren puso cara de molesta y luego sonrió. "Él prefiere que lo llamen hermetista, o tal vez guía espiritual, que es un poco más serio y encierra la esencia de su vocación". Cuando Victoria recobró la compostura, Wayren continuó. "Si bien los Venators son muy poderosos y aventureros, en más de una oportunidad, la ayuda de personajes como Ylito ha resultado ser un gran beneficio. Sus poderes son maravillosos, pueden realizar conjuros, crear pociones, infusiones y protecciones e inclusive atraer los poderes inherentes y energías de la plata y el oro con el propósito de aniquilar la malevolencia de Lilith y los suyos".

"No es extraño que se desconozca su nombre y su obra, e Ylito prefiere que así sea. Está totalmente dedicado a su trabajo y no le gustan las distracciones", agregó Ilias. "Por eso no nos acompañará con su presencia". Ilias cruzó las piernas y se rascó la barbilla. "No perdamos tiempo y hablemos de lo que debemos hablar. Victoria, tenemos un problema. Hay un grupo de vampiros que están cortando las cabezas de animales pequeños y aparentemente de humanos también", concluyó mirándola a Wayren. "Lo que dices, me hace pensar más en el comportamiento de los demonios, que en el de los vampiros. Me pregunto para qué harían una cosa así. Debo estudiarlo…", respondió Wayren. "Sugiero que visiten la puerta mágica a plena luz del día, para investigar más. Es muy posible que no hayáis recolectado toda la evidencia en la oscuridad y hasta una pequeñez podría ser de gran ayuda…".

Ilias giró su torso hacia Victoria. "Hay tres llaves que abren la puerta mágica, al menos así la llaman. Cada una de ellas debe ser insertada en la cerradura correcta; una vez insertadas, no pueden removerse hasta que la puerta haya sido abierta. Palombara tenía una de las llaves, y según dicen, escondió otra en los alrededores de la Villa y le dio la tercera llave a Augmentin Gardella, poco antes de desaparecer".

"A un Venator", dijo Victoria sorprendida.

"Así es, pero desafortunadamente, Augmentin no tuvo la oportunidad de salvar a Palombara de quien lo acechaba, antes de que pudiera completar su tarea. De cualquier modo, conservó la llave y la pasó de generación en generación a través de la familia. Su tía Eustacia fue la última persona en tenerla".

"A raíz de su muerte, la dimos por perdida, pero será mejor que la encontremos antes de que caiga en las manos equivocadas", explicó Wayren mirándola a Victoria. "Estoy segura de que tu tía la llevaba consigo todo el tiempo. ¿Te acuerdas de su brazalete de plata? Fue hecho especialmente para proteger la llave, la cual es muy pequeña, pues apenas mide cinco centímetros…".

"Lo recuerdo perfectamente, nunca se lo quitaba. Eso y su *vis bulla*".

Victoria se mordió el labio y su rostro denotó preocupación. Evidentemente no le gustaban sus pensamientos y cambió de tema. "¿Qué hay detrás de la puerta que es tan importante para los vampiros? Ya tienen inmortalidad, no creo que eso sea lo que les interese".

"Están detrás del diario del alquimista, ya que contiene algo de valor para ellos. Luego de la desaparición de Palombara, muchos intentaron forzar la entrada al laboratorio, pero les fue imposible. La única manera es con las tres llaves. Aún, si bien han tenido algo que ver con la desaparición del Marqués de Palombara, eso no hubiera sido suficiente para garantizarles el acceso", señaló Ilias. "Eventualmente dejaron de intentarlo, y la puerta permaneció olvidada por 140 años. Si no fuera por la nueva actividad en esa zona y la reciente muerte de Eustacia, no estaríamos preocupados, pero son demasiadas coincidencias juntas y no podemos correr el riesgo de que las llaves caigan en manos equivocadas. Debemos investigar, es posible que ya hayan conseguido abrirla". La cara de Wayren se puso pálida. "El hecho de que los vampiros estén tan interesados es suficiente para preocuparnos".

"Y también otra razón para que visitemos la puerta y nos cercioremos de algún cambio", concluyó Ilias. "Ylito querrá acompañarla", agregó Wayren. "De ese modo tal vez podrás descubrir si ha sido abierta y qué es lo que hay detrás de la puerta…"

~*~

Cuando la carroza se detuvo frente a Villa Gardella, Victoria se dio cuenta de que no había estado en su casa desde hacía más de doce horas. Estaba agotada, pero contenta de poder ser de ayuda ante las preocupaciones del Consilium. Era la primera vez desde la muerte de su tía, que su función como Venator, tendría un propósito. Victoria estaba encantada, pero ahora no veía la hora de despojarse de su ropa y tomar un reconfortante baño caliente. Después de una noche interminable y de mover infinidad de cadáveres con Michalas, lo único que quería era la paz de su habitación. Mañana conocería el misterioso Ylito y juntos examinarían la puerta mágica.

Al llegar al umbral, la puerta se abrió y el mayordomo, más alterado que de costumbre, le dio la bienvenida.

"Grazie, Giorgio", respondió Victoria, apresurada por llegar a su habitación. Se quitó los guantes subiendo las escaleras y luego volteó para indicarle que por favor le avisará a Verbena que la esperara en su habitación.

"Si, milady", respondió Giorgio, "¿pero tal vez le gustaría pasar al salón primero?"

"¿Al salón?", preguntó Victoria sorprendida y levantó la vista y comprobó que la puerta de

éste estaba cerrada.

Antes de que Giorgio pudiera darle más información, la puerta en cuestión se abrió, y su madre salió a recibirla. "¡Victoria, ya estamos aquí. Hemos venido a ver el carnaval!"

Victoria se quedó helada, con los dedos aferrados a la baranda. Lady Melisande Gardella Grantworth se dirigía a toda velocidad hacia ella, emperifollada como nunca.

"¿Estamos?", repitió Victoria y su visión del merecido descanso se hizo añicos. Con razón Giorgio parecía alterado, pensó.

"¡Efectivamente! Lady Nilly, la Duquesa Winnie y yo. Llegamos justo a tiempo para no perdernos el carnaval. Nos quedaremos una semana. Además pensamos que sería una buena idea acompañarte durante este momento difícil. No tienes por qué hacerlo todo sola; no sabes cuánto siento que no pude venir antes", confesó Lady Melly abrazándola maternalmente aunque Victoria no se soltó de la baranda.

En cuestión de segundos, las dos amigas de su madre, también acudieron a saludarla y la llenaron de besos y abrazos y luego la analizaron de arriba abajo. Hablaron de su peinado, de su delgadez y de la sorpresa que les produjo la temperatura. No esperaban que hiciera tanto calor y comentaron que deberían ir de compras ya que no habían empacado ropa de la estación correcta. Le preguntaron por qué sus manos estaban tan frías y su vestido, si es que eso era un vestido, sucio y desaliñado. ¡Por Dios! ¿Has sido herida?... Victoria no podía hacer nada, pues siempre hacían lo mismo; oían, pero no escuchaban.

Victoria giró la cabeza y le pidió a Giorgio que le avisará a Verbena que tardaría un rato. Un buen rato.

~*~

Dos horas más tarde Victoria por fin se sentó en su coqueta. ¡Dos horas después!.

Perdió dos horas de su vida escuchando a su madre y a sus amigas hablar de sus ojeras, su palidez y por supuesto su poco esmero en vestir con más categoría. Además de eso, insinuaron en más de una oportunidad que Victoria debería regresar a Londres para buscar un nuevo marido. Mencionaron a su querida amiga Gwendolyn Starcasset y sus futuras nupcias con un rico heredero y también se refirieron a su hermano George, como un excelente candidato para Victoria. (Victoria decidió hacer un esfuerzo para no decir nada. Su opinión sobre George Starcasset, había cambiado muchísimo en los últimos meses; sobre todo porque había descubierto que era un miembro del Grupo Tutela y en más de una oportunidad había intentado acosarla).

Lady Melly, aparentemente, también se encontraba bastante triste ya que su amigo Lord Jellington no había resultado ser el personaje que ella pensaba y no había cumplido con sus expectativas, por eso decidió abandonar Londres y cambiar de aire. Hablaron del tiempo; la gastronomía italiana, criticaron las galletas demasiado secas y duras; las calles demasiado transitadas y llenas de turistas y por fin reconocieron algo bueno de la ciudad: hablaron de los monumentos y las maravillas arquitectónicas.

Victoria ocultó las callosidades de su mano izquierda y su descuidada manicura mientras jugaba a ser anfitriona, y a pesar de que no tenía guantes ni estaba adecuadamente vestida, la merienda fue un éxito. Inclusive su madre pareció disfrutarla, a pesar de desaprobar el estilo de vida de su hija.

El problema era que ahora querían que les hiciera de guía de turismo y eso era lo último que ella necesitaba. Victoria dejó caer su cabeza sobre el tocador y se lamentó. "Vamos milady, no dejes que esto te desanime. No me digas que un paseo por la ciudad no te animará… ", le decía Verbena intentando animarla.

Victoria levantó la cabeza y al mirarse en el espejo, su mirada se encontró con la de su doncella quien la observaba con un dejo de angustia e interés. "¿Viste el crucifijo de la duquesa? Ni siquiera mi primo Barth se hubiera puesto algo así y eso que está todo el tiempo en contacto con los vampiros. Esa cruz es más grande que la del Papa…".

Verbena terminó de desabrochar los botones de la túnica de Victoria y la ayudó a desvestirse. "No puedo creer que estén aquí", confesó Victoria con resignación. "Ni siquiera me avisaron que venían, no sé cómo voy a poder salir sin que se enteren". Ya estaba por anochecer, y en lugar de salir a cazar, debería asistir a una cena para festejar su llegada y mañana debería acompañarlas en todo tipo de actividades; tanto durante el día, como por la noche. Lady Melly se había percatado de que su hija no estaba participando de ninguna actividad social, y las invitaciones encima de la mesa de entrada, era una muestra de ello. Realmente estaba preocupada por Victoria , ya que desde la muerte de su tía, la joven había adoptado un estado de ostracismo que no era apropiado para una joven de su edad y se sentía muy feliz de estar aquí para revertir la situación; de cualquier modo, esa era la última de las preocupaciones de Victoria en este momento.

Verbena comenzó a cepillarle el cabello y no tuvo más remedio que decirle, "vas a tener que prestarle más atención a tu imagen, ahora que tu madre está aquí. No creo que le haga gracia que no te vistas ni te arregles como es debido; sobre todo ahora que por fin te han dado el título de marquesa". Verbena sonaba encantada, después de todo le encantaba arreglarla y crear diferentes estilos con su cabello.

Hacía tiempo que no se arreglaba y últimamente vivía con una falda larga y túnicas holgadas que facilitaban el movimiento y la meditación. Apenas abandonaba su mansión para visitar el Consilium por las tardes y por las noches vivía para la cacería; por lo cual su vestimenta no era importante. Sólo conocía algunas personas en Roma y realmente no tenía ninguna obligación social que requiriera su presencia, algo que a Victoria la ponía contenta.

Sus días de bailes y salidas ya habían pasado. Era una Venator y ese era el estilo de vida que había adoptado, pero ahora que su madre estaba aquí todo cambiaría.

Su madre había hecho evidente su horror ante la elección de su vestimenta y peinado, pero al menos su aspecto había sido atribuido a la muerte de su tía, y al gran vacío que la misma había dejado. Victoria se acercó a la cama y pensó recostarse por un par de horas, pero sabía que no sería posible. La presencia de su madre la obligaría a enfrentar sus obligaciones sociales.

"No dudo que no puedas manejar la situación con tu madre y sus secuaces. Escuché que quieren que vuelvas a Londres; que busques marido y que por fin, le des los nietos que tanto desean…".

Victoria se llevó las manos a la cara. "No, no, no… eso no es lo que me inquieta, sé que puedo manejarlo. Estoy preocupada por el brazalete de mi tía. Debo encontrarlo. En cuanto mi madre lo recuerde, sé que pedirá por él, aunque eso no es lo que más me alarma en este momento, sino que los vampiros también lo están buscando, y esos fueron los últimos en verla…".

Verbena la miró a los ojos y le tomó las manos. "Sé que eso es lo que te preocupa, pero encontrarás la manera de solucionarlo; siempre lo haces".

"Eso espero", respondió Victoria. "Particularmente porque mi madre cree que Eustacia murió mientras dormía y pensará que yo me quedé su brazalete".

"A lo mejor tu tía se lo dio a Kritanu…".

Victoria lo negó con la cabeza. "Kritanu me dio todas sus pertenencias y no estaba allí".

"milady, no te olvides de quien fue la última persona que vio el cuerpo. Quizá él sepa dónde se encuentra el brazalete…".

"Lo sé, eso es lo que me preocupa".

No sólo tendría que impedir que los vampiros encontraran la llave para abrir la puerta mágica, sino que también debería encontrar a alguien capaz de conectarla con Sebastián para pedirle ayuda y luego debería retribuirle el favor, de algún modo u otro. Ese había sido siempre el acuerdo y no iba a cambiar ahora. De todos modos, eso no era lo que más le preocupaba. Victoria tenía cosas más serias en que pensar.

~*~

El encuentro con Ylito se retrasó dos días tras la llegada de su madre con sus amigas, pero más vale tarde que nunca. Era una mañana lluviosa y no pudieron encontrarse hasta mediodía, pues fue cuando Victoria pudo abandonar su casa sin ser descubierta. Aparentemente su madre había amanecido con una migraña y Victoria fingió un malestar similar y se refugió en su habitación, instruyendo a Verbena para que no dejara entrar a nadie hasta la mañana siguiente.

"Hoy es el primer día que no me ha obligado a recorrer todas las tiendas, detenernos en todos los sitios turísticos y comer en al menos dos restaurantes", le confesó Victoria a Verbena mientras salía por la puerta de servicio. " Roguémosle al señor que la jaqueca le dure todo el día y no baje a cenar", concluyó antes de cerrar la puerta.

"No digas eso milady, no me gusta que hables así de tu madre", le dijo Verbena. "No tiene malas intenciones, simplemente quiere que te veas bonita y lucirse contigo".

"¡Casarme, es lo que quiere!", respondió Victoria sacudiéndose la culpa. "Además para alguien que está tan aferrada a las normas sociales, me sorprende que pretenda que esté alegre, a tan sólo tres meses de la muerte de la tía Eustacia. ¿Acaso no deberíamos estar todavía de duelo? Te juro que no lo entiendo".

"Es posible que tengas razón milady, pero por mucho que te duela, Eustacia era únicamente tu tía. No hay ningún protocolo que establezca la duración del duelo. No existe en Londres ni mucho menos aquí… además, tu madre está muy ilusionada con el carnaval. Si estuviera de duelo no podría participar. ¡Ponte feliz por ella!" Verbena la miró con ojos maternales y Victoria le sonrió. "Tu madre sólo quiere que seas feliz otra vez, nunca se resignará a que vivas una vida triste y desolada. Es entendible, quiere borrar la tristeza de tus ojos".

Felicidad, un concepto tan efímero en la vida de Victoria, algo que solo había podido vivir de a momentos, algo que no estaba segura que volvería a alcanzar. La felicidad a los ojos de su madre era, volver a casarse, tener herederos y ser la responsable por la mitad del matrimonio. Para Victoria, significaba mucho más que eso; sabía que su rol era muy diferente al del resto de las mujeres, e inclusive de los hombres. Victoria sólo podía soñar con alcanzar la misma satisfacción y paz con la que vivió su tía Illa Gardella y ya no pedirle nada más a la vida.

El intercambio de palabras con Verbena, la retrasó en su encuentro con Ylito en lo que alguna vez fue Villa Palombara. A pesar de que hacía frío y estaba húmedo, Victoria le pidió a Olivier que la llevará por caminos confusos, para asegurarse que nadie los estuviera siguiendo desde la casa de Eustacia. Cuando la carroza se detuvo frente a la entrada de lo que alguna vez había sido una gloriosa mansión, Olivier se volteó para mirarla.

"¿Está segura de que es aquí, milady?", preguntó dubitativo. No sólo era mejor conductor que Barth, sino que también se preocupaba por su seguridad. Era mucho más atento y cordial y temía dejarla en una zona peligrosa, a diferencia de Barth, que nunca veía la hora de despacharla.

Claro que, a diferencia de Barth, Olivier nunca la había visto luchar contra un vampiro.

"Si, déjame aquí por favor y regresa a la Villa por si necesitan tus servicios".

Victoria nunca había visto a una persona con la piel tan oscura como Ylito. Inclusive Kritanu, que era de descendencia hindú.

"Debes ser la nueva Illa Gardella", le dijo mirándola con delicadeza y Victoria se sorprendió con su dulce voz; por algún motivo pensó que sonaría más exótico. Según Wayren le había contado, Ylito era de descendencia egipcia y su familia había abandonado Egipto hacía más de una centuria para estudiar con los Venators en Roma.

"Y tú debes ser el misterioso Ylito", respondió la joven haciéndole una reverencia. "Estoy maravillada de conocerte, especialmente porque sé que prefieres trabajar en el anonimato…".

Aunque estaba vestido occidentalizado, su presencia no dejaba de ser exótica. Era difícil precisar su edad, pero al menos era 20 años mayor que Victoria. Le devolvió la reverencia y la invitó a que exploraran. "Veamos qué tiene de especial esta puerta".

Con la luz del día, Victoria pudo ver la fisura de la pared y su causa; la caída de una rama del añejo roble, que gracias a su gran follaje y la cantidad de enredaderas, pudieron camuflar la grieta.

Con la ayuda de su compañero, Victoria pudo atravesar la pared por la abertura y pasar al otro lado. Al hacerlo, no pudo evitar pensar en Zavier y en sus músculos, los mismos que no hubieran pasado por la abertura. En cuanto Ylito cruzó, se embarcaron en la aventura. Victoria a la cabeza.

El suelo estaba húmedo y embarrado pero afortunadamente ambos llevaban botas. La vegetación se hizo cada vez más densa impidiéndoles ver si no empujaban antes las ramas con las manos.

Ylito se detuvo por un momento para quitarse el barro de la suela y luego apresuró el paso para alcanzarla nuevamente. Victoria trató de no pensar en el frío que sentía, o en el peso de su falda mojada; pero lo que no pudo evitar fue pensar en Sebastián ni cómo encontrarlo. En Londres, al menos, podía ir al Silver Chalice para contactarlo, pero aquí en Roma era diferente. Entonces recordó a la hermanas Portiera y Plácida y decidió que las llamaría al regresar a su casa. Después de todo ellas tal vez sabrían dónde localizarlo. Además su madre, se pondría contenta al verla reanudar compromisos sociales.

Desde la llegada de su madre, Victoria había pasado las dos últimas noches en su casa conversando con ella y sus amigas, jugando a las cartas y poniéndose al día con los chismes de la sociedad. Haciendo todas las cosas que creyó haber dejado atrás al casarse y abandonar la casa materna. Si bien sabía que como marquesa debería cumplir con compromisos sociales, siempre pensó que sería en sus propios términos, pero ahora que había quedado viuda, todo había vuelto a ser como antes…

"Esa ahí", señaló Victoria apuntando hacia una pila de piedras, mientras ambos atravesaban la misma puerta que Victoria y Michalas habían atravesado dos noches atrás y a la derecha se encontraron con el famoso pórtico de la puerta mágica.

Victoria miró como Ylito le pasaba la mano al mármol de la pared. No se trataba de una puerta particularmente grande, pero si lo suficientemente alta como para que una persona de la estatura de Max pudiera pasar sin agacharse. En silencio Ylito recorrióó la superficie con sus yemas para apreciar los símbolos. Arriba de la puerta había un gran círculo tallado que encerraba dos triángulos superpuestos. Uno apuntando hacia arriba y otro hacia abajo y una cruz en el centro.

"*Júpiter...tin...diameter sphaerae thau... circli. non orbis prosunt... venus... copper...*", murmuró Ylito recorriendo la superficie con sus dedos.

"¿Qué dice?"

"Son símbolos de alquimia. Éste es para el planeta Júpiter", respondió él y le enseñó el pasador de arriba que parecía una cruz con una flecha apuntando hacia la derecha. "Esto representa el metal aluminio. Debajo de él, se encuentra el símbolo de la femineidad o Venus, el círculo con la cruz debajo de él. Aquí están Mercurio y Marte..." explicó señalando los símbolos.

"¿Y que significa?"

Ylito sonrió. "No lo sé, y aparentemente, tampoco lo supo Palombara. Cuenta la historia que el marqués encontró los papeles de un alquimista que viajó a Roma en busca de una hierba misteriosa y que cuando el alquimista desapareció, Palombara descubrió sus diarios y tuvo alguna conexión con la puerta. Por ejemplo, debajo de Júpiter hay un símbolo que dice, 'el diámetro de la esfera, el radio del círculo y la latitud del polo norte, no le sirven al ciego'. Significa que si bien a lo mejor tenemos las herramientas, si no sabemos cómo utilizarlas, no nos servirán para nada".

Victoria se acercó hacia la puerta e intentó identificar las cerraduras que eran absolutamente diferentes a lo que ella se había imaginado. Esto le hizo pensar que tal vez las llaves serían completamente diferentes a lo que esperaban. Al pasar el dedo por las aberturas, Victoria notó que la tierra y el moho habían sido removidos recientemente y que alguien había insertado algo en ellas. Metió el dedo intentado examinar la piedra alrededor de la abertura y le dijo: "Ylito, mira esto".

Ylito se arrodilló junto a ella e insertó sus dedos en la abertura hasta los nudillos y sus ojos brillaron con interés. "Una de las llaves está aquí", vociferó con emoción. "Permanecerá aquí hasta que se pueda abrir la puerta".

Victoria asintió con la cabeza, feliz ante el hallazgo. ¿Acaso se trataba de la llave que Augmentin Gardella le había dado a su tía Eustacia? ¿Cómo podían saberlo? ¿Acaso las otras ya habían aparecido?

Luego miró hacia arriba y observó que la suciedad también había sido limpiada de la segunda cerradura y que tenía algo tallado. Ylito estudiaba los símbolos acariciándola con sus yemas. "Éste es el hombre de la llave de *deus et homo*', Dios y hombre. Es un símbolo que parece el sol con un pequeño sol dentro de él. La llave tendrá el mismo símbolo, es la única manera de identificar cada abertura…".

"¿Y las otras dos?, preguntó Victoria agachándose para poder ver los símbolos y con las uñas retiró el moho y las telas de araña. "¿Cuáles son sus nombres?"

"Lo dice aquí, en este símbolo encima de la puerta", respondió Ylito señalándolo. " Los nombres son, *tri sunt mirabillia: deus et homo, mater et virgo, trinus et unus*' que significa, 'las tres maravillas: dios y hombre, madre y virgen, los unos y los otros'. Las maravillas están representadas por las tres llaves que darán acceso al laboratorio secreto".

Victoria pasó los dedos alrededor del círculo y se agachó para estudiar la última cerradura, retirándole el polvo del paso del tiempo y descubrió que se trataba de la cerradura de '*mater et virgo, madre y virgo*'. Ylito también pasó los dedos por los símbolos y se los explicó: "se trata de una luna creciente que representa la virgen inicial extra de la luna llena que representa a la madre. Son las dos partes de un símbolo ancestral de las tres diosas: virgen, madre y corona".

"El brazalete de la tía Eustacia tenía ese símbolo. Aún no han encontrado la llave", expresó Victoria e Ylito se puso de pie. "No la han encontrado, pero hay evidencia de que la están buscando".

~4~

Victoria descubre que odia las ciruelas

"¿QUÉ TE pareció tu primer carnaval?", le preguntó Zavier a Victoria momentos antes de ser empujado por un rezagado. Como la había empujado tantas veces, Victoria apenas lo sintió. Estaba particularmente concentrada en mantener su máscara de papel maché en su lugar. "Es increíble, nunca había experimentado algo así", respondió con total honestidad. "¡Se han vuelto todos locos!" Victoria podía entender la importancia de los Venators durante las ocho noches de carnaval, lo que no podía entender, era la necesidad de la máscara.

Si los huecos de los ojos no le obstruían la mirada, entonces, el pico de su máscara se golpeaba contra la persona de adelante o directamente se le caía al ser empujada por alguien en su afán de atrapar una ciruela o de esquivarla.

Zavier parecía estar pasándola muy bien, reía mucho, pero nunca dejaba de prestar atención sobre lo que ocurría a su alrededor. Las calles estaban llenas de gente festejando y las más audaces avanzaban desde las zonas principales hacia las callejuelas menos populares. La noche era pleno jolgorio y todos estaban de buen humor bailando al ritmo del Corso. Tanta despreocupación era el escenario perfecto para un ataque de vampiros, o lo que es peor, para los secuestros realizados por miembros del Grupo Tutela para entregarle las víctimas a los vampiros, particularmente ahora que se corría el riesgo de ser decapitado. Hasta ahora, ninguno de los dos se había cruzado con ningún vampiro, pero apenas eran las 12 de la noche y el amanecer parecía algo tan lejano, que no podían aún dar por terminado su trabajo en aquella noche de febrero.

A pesar de que el carnaval había empezado hacía casi una semana, esa era la primera vez que Victoria y Zavier patrullaban juntos. También se trataba de la primera vez que Victoria salía desde la llegada de su madre y de su expedición con Ylito en busca de información sobre la puerta mágica.

Para la alegría de su madre, Victoria había puesto en práctica su plan de encontrar a Sebastián a través de viejas amistades y su llamado a las hermanas Tarruscelli, resultó en una serie de invitaciones a todo tipo de eventos, fiestas de carnaval, carreras, y por último, compartir un balcón frente a la plaza principal para disfrutar del Corso. Victoria se sentía un poco rara de volver, a su no tan antiguo mundo de sociedad, luego de haberse entregado en cuerpo y alma a sus responsabilidades de Venator. Le resultó un poco extraño volver a mezclarse con esa gente de sociedad. A pesar de que estaba muy bien predispuesta para hablar con las hermanas Tarruscelli y enterarse del paradero de Sebastián, no tuvo suerte en sus intentos por manipular la conversación y no pudo enterarse si Sebastián aún estaba en Roma.

Su madre por su parte, estaba obsesionada con el Barone Zacardi y no paraba de atormentarla, insistiendo con que sería un gran partido. Victoria intentaba no ponerle demasiada atención a sus comentarios y sobretodo no combatirla, pues su madre era muy obstinada y era mejor no llevarle la contra. En cuanto tuvo oportunidad, se dispensó con la excusa de estar agotada y expresó su deseo de quedarse en su casa para descansar. Su madre y las otras amigas, en cambio, acompañaron a las hermanas Tarruscelli y a su nuevo círculo de amistades, incluyendo al barón en cuestión, quien se mortificó al descubrir que Victoria no los acompañaría esa noche. Victoria sabía que no tenía tiempo para sociales, era la anteúltima noche de carnaval: la noche de Rosas, y debía patrullar las calles y mantener el orden ante cualquier desmán. Con el rostro cubierto y la estaca preparada, Victoria se arrojó a la aventura. De acuerdo con Ilias, mañana sería la noche de mayor peligro y hoy sería la antesala de ello.

El olor a las castañas asadas la rescataba de sus propios pensamientos. Victoria no podía dejar de pensar en Sebastián ni cómo encontrarlo. Ahora sólo le quedaba poner en práctica su plan. Aquella fragancia le recordaba su infancia, a las fiestas navideñas en Prewitt Shore con su madre y sus comadres, mucho antes de que sus maridos hubieran muerto. El aroma era reconfortante y la transportaba en el tiempo. Para ese entonces, no faltaba un vaso de leche tibia y castañas calientes antes de dormir.

"Zavier", Victoria volteó para decirle algo y el antifaz se le torció una vez más obstruyendo la vista. Si bien logró enderezarlo, no vio rastro de su compañero.

Otra mujer se hubiera asustado al verse sola ante aquella multitud, al perder a su acompañante pero Victoria, en cambio, no era una mujer cualquiera. Sabía cómo defenderse. Su estaca estaba guardada en el bolsillo y Verbena se había encargado de que su ama también llevara con ella una pistola y algo de efectivo, lo cual le vino muy bien cuando decididamente se acercó al puesto de castañas y compró una bolsa. Victoria sacó una moneda y pagó sin reparos y al voltear, una ciruela la impactó en el hombro. Esta vez el tiro había sido mucho más potente y provenía desde más cerca. Automáticamente llevó la mano al bolsillo y buscó su estaca, a pesar de que su cuello no le indicaba la presencia de ningún vampiro, pero se trataba de un acto reflejo que no podía evitar. Supuestamente arrojar ciruelas era parte del carnaval, pero aquél tiro no dejaba de ser sospechoso. Milagrosamente su máscara aún estaba en su lugar y pudo ver a la persona volteándose luego de arrojarla y pudo ver sus ojos detrás de la máscara de plumas. Algo en su interior le decía que conocía a aquel personaje, había algo en su figura que le resultaba familiar y sin pensarlo, lo siguió a través de la multitud hasta que una mano la cogió del brazo. " Zavier", dijo con tono de sorpresa. "¿Adonde vas?", le preguntó él y luego agregó, "te perdí por un momento...".

"Como no te veía , fui... a comprar castañas y luego me tiraron otra ciruela". Zavier se rió y sacudió el polvo de la ciruela de su hombro. "¿Qué le hace otra mancha más al tigre?" Y luego le tomó el brazo con total naturalidad, como si siempre lo hubiera hecho. "No he visto, ni he sentido la presencia de ningún ...". Zavier no pudo terminar de decirlo, ya que el cuello de ambos se erizó y simultáneamente se miraron a los ojos. "Por aquí", dijo Victoria, dirigiéndose en la dirección en que se había perdido aquel personaje extraño. Aún no sabía si era una coincidencia o no, pero atravesando la multitud, seguían el rastro del primer vampiro que habían visto por hoy.

Más rápido de lo que pensaban lograron dejar la conmoción detrás y Victoria notó que se dirigían hacia el cementerio. Un buen lugar para encontrar a los muertos vivientes.

Victoria se quitó la máscara y tomó la estaca entre sus manos. Zavier abrió la reja y entraron. "¿Oíste eso?, preguntó Zavier en voz baja.

En aquel jardín de muertos, lejos de la multitud y de la locura del carnaval, la noche era silenciosa y apenas se escuchaban gritos camuflados provenientes del centro de la ciudad. Los monumentos y epitafios proyectaban sombras sobre el oscuro césped.

"No", respondió ella caminando con sigilo intentando captar las sensaciones del lugar, pero su nuca ya no anunciaba la presencia de ningún vampiro. El aire fresco, en cambio, se sentía bien sobre su rostro despejado y la máscara colgaba de su muñeca. Perdió el rastro.

"No hay muchos vampiros circulando este año", compartió Zavier. Su hombro rozó el de Victoria y se separó ligeramente. "A lo mejor están reunidos para decidir su futuro tras la muerte de su líder. Seguramente necesitarán implementar cambios, ahora que Nedas ha muerto".

Victoria había logrado matar al hijo de la reina de los vampiros durante la cruzada por el obelisco de Akvan. Nedas era un líder muy poderoso entre los vampiros de Roma y los miembros del Grupo Tutela, pero ahora que había sido exterminado, sin duda, el destino de los mismos era incierto, al menos hasta que eligieran un reemplazo...

"Dudo que Beauregard pierda la oportunidad de ganar control sobre los vampiros y su submundo", respondió Victoria pasando por encima de una pequeña reja que delimitaba una parcela dentro del cementerio. "Deberías haberle visto la cara cuando supo que habíamos matado a Nedas. Ya en ese momento anticipaba su reinado.

Estuvo a punto de matar a Max esa noche", dijo Victoria estremeciéndose al recordarlo. "Escapamos por puro milagro".

"¿Acaso no había otro vampiro que tenía intenciones de ser el sucesor?"

"Si, el Conde Regaldo, que era el cabecilla del Grupo Tutela y que quería liderar a los vampiros por encima de todas las cosas. Recientemente convertido, y ajeno a lo que significaba ser un vampiro, aún así tenía la protección del grupo y muchos de los miembros de Nedas. Fue gracias a su interferencia con Beauregard que Max y yo pudimos escapar". Regaldo también era el padre de la mujer con la que Max estaba comprometido; una mujer que disfrutaba de ser el sustento de los vampiros. Victoria se preguntó si acaso Sarafina había dejado que su padre se alimentara con su sangre, ahora que se había convertido en un vampiro. Desde luego era lo suficientemente vulgar como para hacer algo así y Sarafina lo suficientemente indecente como para permitirlo.

La verdad era que Victoria no hubiera podido escapar de aquellas dos fracciones si no hubiera sido por la ayuda de Sebastian Vioget y por fin había hallado la manera de encontrarlo.

Perdida entre sus pensamientos, Victoria no se dio cuenta de que Zavier había dejado de caminar y no fue hasta que la tomó de la manga, que Victoria reaccionó, levantando la estaca y presentándola frente a su pecho. En lugar de asustarse, Zavier permaneció parado y la miró con ojos simpáticos. "Ya puedes bajarla", le dijo y Victoria respondió: "No, no puedo".

Algo se movió entre los arbustos y el vello de su nuca se erizó nuevamente. Con la estaca en la mano, Victoria se aproximó a las plantas y mantuvo la mirada a esos ojos rojos. Saltando de tumba en tumba, Victoria resbaló y aterrizó en el húmedo césped.

El vampiro debió pensar que se trataba de dos amantes que caminaban a través del parque del cementerio, alejándose de los ruidos del carnaval, buscando un momento de soledad, pero cuando Victoria se encontró cara a cara frente a él, no le quedó más remedio que huir. Victoria lo persiguió, disfrutando la libertad de hacer lo que más le gustaba, corrió a través de los mausoleos, los epitafios y las pequeñas parcelas del cementerio. Cuando finalmente lo alcanzó, se lanzó encima de él y lo aprisionó debajo de su cuerpo.

Sus ojos eran rojos, rojos como el vino y brillaban con gran intensidad. Victoria podía oler la sangre en su aliento. Lo levantó de la ropa y lo estudió con detenimiento. Era joven y relativamente débil; un perfecto mensajero, pensó. Pero desafortunadamente, Zavier no le permitió ejecutar su plan. Hubo un ligero movimiento, el vampiro se quedó tieso y luego se desintegro frente a sus ojos revelando a Zavier parado frente a ella.

"¿Para qué hiciste esto?", le preguntó apenas afectada por el forcejeo físico y con la estaca aún en su mano. Por un momento quiso clavársela a su compañero. ¡Maldita sea! Se trataba del primer vampiro que había visto en semanas y se había convertido en polvo antes de que pudiera hablar con él. Ahora debería encontrar a otro antes de que se acabara la noche.

"Intentaba ayudarte", respondió el joven.

"No necesitaba tu ayuda. Tenía todo bajo control. No quería matarlo, sólo hablar con él". Aquel trágico final la había frustrado y estaba no sólo enfadada porque Zavier había arruinado sus planes, sino también, porque estaba cubierta de polvo de vampiro.

"Lo siento, pensé que corrías peligro y no podía quedarme sin hacer nada".

Victoria lo miró y sacudió el polvo lo más que pudo. Prácticamente tenían la misma estatura, pero Zavier era muchísimo más robusto que ella. "Puedo defenderme sola", le dijo ofuscada, pero intentando mantener la compostura. "Lo he hecho muchas veces", respondió cerrando los ojos para quitarse el polvo de las pestañas. "Y matado hasta cinco vampiros juntos sino más. Con éste no lo hice porque no quise. Necesitaba que le enviara un mensaje a Beauregard. Debo hacerle saber que necesito hablar con su nieto".

Zavier no tenía idea, ni siquiera sabía nada sobre la puerta mágica.

Cuando Victoria abrió los ojos, todavía la estaba mirando, pero no parecía ni mortificado ni enojado sino admirado por su valentía. "Por supuesto", respondió. "Olvide que tú no necesitas protección" y le sonrió de tal modo que Victoria sintió el calor en su mejillas a pesar del frío del cementerio y volvió el rostro por temor a que él lo notara. Pelear contra las criaturas era algo instintivo, tratar con hombres era aún algo extraño para ella.

Victoria había debutado en sociedad hacía apenas poco menos de dos años, de los cuales 12 meses había pasado en duelo por la muerte de su marido, lejos de todos. No había asistido a fiestas, bailes, cenas ni espectáculos en el teatro. Había estado sola, triste y abatida intentando descubrir el modo de balancear su destino de Venator con el de mujer de sociedad. Algo que finalmente dio por imposible y resignó su vida a cumplir con la labor de los Venators. La pérdida de su marido le había hecho entender que nunca podría tener una vida normal; una relación con un hombre normal. Su vida siempre giraría en torno a las actividades de los Venators, especialmente ahora que se había convertido en Illa Gardella. Participaría de eventos sociales de tiempo en tiempo, pero nunca más volvería a estar inmersa como una vez lo estuvo. Nunca volvería a casarse y nunca tendría un hijo, por mucho que su madre insistiera.

Al mirar el rostro de Zavier, reconoció admiración y atracción en su mirada y se preguntó si acaso estaba equivocada al pensar de ese modo. Si realmente estaba condenada a vivir una vida solitaria, sin nadie por quien preocuparse y sin nadie que se preocupara por ella.

"Espero que puedas perdonarme", le dijo y le tomó la mano que tenía libre. "Soy un romántico acostumbrado a cuidar de las mujeres. No te veo como una guerrera, aunque lo eres. Es difícil combinar esos dos aspectos en nuestras vidas…". Su voz se entrecortó y Victoria juraría que Zavier se ruborizó, aunque era difícil precisarlo ya que sus mejillas estaban rojas por el frío.

"No estoy enojada", respondió al notar que él no encontraba palabras para terminar de transmitir sus pensamientos. "Me alegro que lo entiendas. Si alguna vez necesito tu ayuda, será obvio".

Zavier estaba mirando su mano atrapada entre las de él y cuando levantó la mirada, Victoria sintió intensificarse los latidos de su corazón.

Antes de que pudiera decir algo, un sonido proveniente de las sombras captó la atención de ambos. Zavier le apretó la mano y luego la soltó. Ambos se movieron sigilosamente hacia dónde provenía el sonido. Esquivaron dos tumbas y llegaron a un mausoleo de piedra. La fachada había sido cuidadosamente trabajada y los nombres de la familia habían sido labrados en la piedra, pero ninguno de los dos podía leerlos. Con premura se acercaron hacia la entrada y descendieron los cinco escalones que conducían hacia la bóveda, que a juzgar por el polvo y las telarañas, no había sido visitada por mucho tiempo. Sus nucas no estaban particularmente frías y ninguno de los dos estaba seguro si había o no otro vampiro en los alrededores, pero no estaban dispuestos a darse por vencidos en su búsqueda. De pronto algo se movió junto a los matorrales de la entrada y se apresuraron a descender. Zavier dejó que Victoria tomara la delantera y no la distrajo. La joven cazadora había dejado en claro que no necesitaba su ayuda y se limitó a esperarla arriba. Cuando Victoria se acercó a los matorrales, sintió la presencia de algo o alguien detrás de ella y volteó justo a tiempo para ver una lona que la cubriría. Victoria se echó hacia atrás y luego empujó hacia adelante con todas sus fuerzas. Al hacerlo, vio a dos hombres rodear el mausoleo. Saltó sobre una estatuilla y luego pateó a uno de ellos con tanta fuerza que lo mandó al otro lado de la escalera. Miró hacia arriba y vio que tenían a Zavier cercado y que éste permanecía parado de brazos cruzados. Cuando Victoria miró hacia el pasillo, se encontró de frente con el segundo hombre que había visto antes y éste la tomó del brazo y la revoleó por el aire. Victoria aterrizó en los matorrales y antes de que pudiera incorporarse, el vampiro la tomó por el pie. Victoria miró nuevamente hacia arriba y vio que Zavier aún estaba parado mirándola sin hacer nada.

Al menos respetó sus deseos.

De pronto, algo lo atacó por detrás y otro vampiro le saltó encima despertando su ira y Zavier no tuvo más remedio que luchar contra ellos.

Victoria volvió a patear a su oponente y logró soltarse. Consiguió ponerse de pie y girar justo a tiempo para evitar que la apresara, pero no por mucho tiempo. El vampiro era perseverante y su fuerza descomunal. Sus brazos la tomaron por la cintura y la lona volvió a cubrirle la cabeza. El material era tan pesado que estaba sofocándola y Victoria pateó y revoleó las manos para defenderse, incapaz de resignarse. Empujó su cabeza hacia atrás con toda su fuerza y supo que había dado en el clavo cuando sintió la lona aflojarse, y cayó hacia atrás. Le costó bastante liberarse de aquel material y salir de abajo de los pliegues de la lona.

Cuando logró pararse, Zavier la estaba esperando de pie frente a ella. "¿Estás bien?", le preguntó con una sonrisa pícara y respirando algo agitado.

Victoria miró hacia todos lados y descubrió que los vampiros se habían fugado. Se enderezó como pudo y subió la escalera, pero no encontró a nadie.

"Se marcharon", dijo con tristeza.

"Así es", respondió él. "Me sorprendieron, no esperaba ver a tres juntos…".

"¿Quiénes eran? ¿Lograste verlo?" , preguntó Victoria. "¿Para qué crees que querían cubrirme el rostro?", preguntó confundida. "¿Acaso intentaron secuestrarte a ti también?"

"No, pero no querían que estorbara y me mantuvieron alejado para atraparte a ti. Huyeron cuando vieron que no podían con los dos".

Victoria se acercó a la placa de la pared e intentó leer las inscripciones, pero el paso del tiempo las había borrado y no podía terminar de descifrarlas. "R… do". Acaso se trataba del mausoleo de los Regaldo. Victoria cerró los ojos intentando recordar al personaje que le había arrojado la ciruela y llegó a la conclusión que se trataba de Serafina Regaldo. No tenía dudas.

~5~

La última noche del carnaval, fue pura conmoción

PARECÍA COMO si toda la ciudad palpitara al compás de la banda. Las calles estaban repletas y las plazas a estallar. Todos llevaban velas o *moccolettos* y agitaban pañuelos con la otra mano. Había acróbatas, bailarines y mimos.

La tradición consistía en encender las velas de una en una e iluminar la ciudad con las llamas. La energía era impresionante y el espectáculo muy pintoresco. Lady Melly seguía la ceremonia desde el balcón, pero Victoria, prefería estar en la calle. Apenas podía respirar, ya que el olor a cera derretida era muy potente y había tanta gente que era prácticamente imposible avanzar, pero al menos ya no arrojaban ciruelas sino cohetes y cañas voladoras. La gente agitaba campanas en señal de paz y todos parecían ser mucho más amistosos que la noche anterior.

La última noche del carnaval era víspera del miércoles de cenizas. Sin duda se trataba de un festival maravilloso, algo que nunca había presenciado y que sin duda volvería a ver. Si bien no le hubiera disgustado contar con el confort de una terraza, un mayordomo y un rico trago, sabía que sus responsabilidades eran más importantes.

Su vela estaba a punto de extinguirse, pero su energía en cambio, estaba lejos de sucumbir. En lugar de la incómoda máscara que había usado la noche anterior, Victoria había optado por algo más manejable y su rostro estaba oculto detrás de un antifaz dorado. Plumas blancas y cintas rojas en sus hombros. Su boca y barbilla estaban libres y Victoria se deleitaba con el sabor de las castañas asadas tan características de los meses de invierno.

"*¡Senza moccolo!*", le dijo un hombre y acercó la mecha de su vela hacia la de Victoria y la prendió con su llama. Victoria sonrió y tal como le habían enseñado, agitó su pañuelo en agradecimiento.

"Eres muy buena", le dijo Zavier y sonrió complacido. Su rostro era apenas visible debajo de su sombrero . "La clave está en proteger la vela como a los habitantes de la ciudad", concluyó Zavier.

"Qué bonito lo que dices", respondió Victoria y luego sonrió felizmente. "Me encanta el carnaval". Las máscaras eran preciosas y los colores muy alegres. Todos parecían estar disfrutando y la festividad de los habitantes era contagiosa. Las velas brillaban en la oscuridad y la peregrinación avanzaba de este a oeste. "Menos mal que no hemos visto a ningún vampiro", anunció ella. "Hubiera sido difícil alcanzarlo con tanta gente…".

"Ya lo creo", respondió él. "Ya queda poco, espero que podamos terminar la velada sin sobresaltos", concluyó. "Una vez que se extingan las velas y la gente se retire, podremos caminar con mayor comodidad…". El modo en que la miró al decir eso y la proximidad de su rostro, para que Victoria pudiera escucharlo, le hizo sentir mariposas en el estómago, pero una sensación de frío en su nuca le recordó el verdadero motivo de su participación en el carnaval. Victoria volteó sin pensarlo y sin querer chocó contra los peregrinos que estaban detrás de ella, se abrió paso como pudo, pero no logró identificarlo entre los transeúntes. Buscándolo a Zavier con la mirada, se percató de que el joven también había sentido algo y que por su parte también lo estaba buscando y entendió que sería imposible volver a reunirse.

Separados por la multitud, Victoria tampoco se dio por vencida y dejó que sus instintos la guiaran. Caminando en dirección contraria a la gente, visualizó a los peregrinos, esforzándose por identificar ojos rojos detrás de las máscaras.

Cerró los ojos por un momento y dejó que sus instintos le indicaran hacia dónde caminar y luego reanudó la marcha. El frío de su nuca comenzó a intensificarse a medida que se alejaba de la multitud. De pronto identificó los ojos de un vampiro enmascarado a tan sólo unos metros de ella y siguiendo la corriente de las personas que le pedían lumbre, se acercó lo más que pudo. Su cuello estaba helado y Victoria sentía nervios de tenerlo tan cerca. La joven metió su mano en su capa y acarició la estaca. La madera se sentía reconfortante entre sus dedos y creyó estar lista para enfrentarlo. A esa altura no estaba segura del sexo de la criatura, pero poco le importaba. La tomó del brazo y la retiró de la peregrinación. Si bien podría haberla reducido por sorpresa, prefirió actuar de esa manera. Al subir a la acera se detuvo y le dijo, "dile a Beauregard que la mujer Venator está buscando a su nieto".

El vampiro la miró sorprendido y le respondió. "No soy ningún mensajero".

"¿No?", preguntó Victoria. "Mis disculpas entonces", le dijo y le clavó la estaca.

El vampiro se desintegró y Victoria volvió a la peregrinación. La sensación de frío en su nuca disminuyó, pero no desapareció por completo. Evidentemente había otros vampiros en los alrededores. Tal vez ellos si colaborarían. Pensó.

De todos modos, ya había entregado el mensaje a otros dos vampiros, y sabía que era cuestión de tiempo hasta que llegara a oídos del mismísimo Beauregard.

Atenta a sus instintos, emprendió el retorno en busca de Zavier, molesta ante la contestación del insolente vampiro y triste de que su vela estuviera por apagarse. De pronto algo la giró por detrás y Victoria se tropezó, pero no llegó a caer ya que se chocó contra la persona de adelante. Luego de recobrar el balance, se disculpó y volteó para ver quién la había empujado. Al hacerlo, se encontró cara a cara con un hombre enmascarado. Sus ojos no eran rojos, pero tampoco podía precisar si era humano o no. Su rostro estaba cubierto, pero así y todo, pudo reconocerlo por la forma de su barbilla y el color de su cabello. Aparentemente el mensaje había llegado a oídos de Sebastián.

Antes de que Victoria pudiera decir nada, le indicó que lo siguiera y abriéndose camino entre los peregrinos, cruzaron la calle y atravesaron un callejón. Victoria no tenía miedo, pero le molestaba haber sido identificada tan fácilmente, a pesar de llevar una máscara.

Apretando la estaca entre sus dedos, lo seguía con pasos firmes, convencida de que no le haría nada ya que contaba no sólo, con la protección de su *vis bulla*, sino también con la de un crucifijo, dos estacas y la daga que Kritanu le había regalado al iniciarla en las prácticas de *ankathari*.

El callejón estaba oscuro y desafortunadamente su vela ya se había consumido, pero así y todo siguió adelante. Al adentrarse en el callejón y alejarse de la multitud, las voces se hicieron cada vez más imperceptibles y el silencio cada vez más tenebroso.

Su nuca estaba fría y su cabello erizado, expectante ante la posible aparición de más criaturas, pero nadie se acercó. Victoria lo había perdido de vista. Intentando ver a través de la oscuridad, y sin darse por vencida, siguió caminando hasta encontrarse con él.

"Sabía que me encontrarías", le dijo él con voz grave.

"Beauregard", dijo ella acercándose dócilmente con la estaca firme en su mano. Su cuello estaba frío y alerta y parecía querer indicarle que no estaban solos. "¿Recibiste mi mensaje?"

"Si no fuera así, ¿para qué crees que estaría aquí?" Su respuesta tenía sentido.

"Me parece que el mensaje fue modificado, entonces", respondió con autosuficiencia. "No es contigo con quien quería hablar…", clarificó.

Beauregard se cruzó de brazos y le pidió que guardara la estaca. Su postura, su presencia le recordaron a Sebastián.

Ambos se parecían bastante. Su estatura y su cabello eran prácticamente iguales, aunque este último, denotaba algunas canas ya que su aspecto reflejaba unos 40 años, mientras que Sebastián tenía un aspecto mucho más juvenil. El parentesco era evidente. Beauregard sin embargo, tenía facciones más definidas que el joven y sus labios eran mucho más delgados que los de Sebastián. Ambos compartían un estilo inconfundible a la hora de vestirse, aunque Beauregard parecía mucho más recatado a la hora de elegir corbatas, que su nieto. Su personalidad destilaba confianza y le recordaba muchísimo al enigmático Vioget.

"No he hecho nada para asustar o lastimar a nadie", expresó Beauregard.

"Vamos, llevas más de 140 años sobre la tierra. Estoy segura de que debiste encontrarte en más de una posición comprometida en

Beauregard levantó la barbilla. "Por favor Victoria. Deja de recordarme mi fe. Prefiero no pensar en ello. Si me das lo que te pido, prometo entregarle el mensaje a Sebastián. Déjame… besarte".

Victoria no dijo nada por unos segundos y Beauregard supo que lograría sus deseos tarde o temprano. Se trataba solo de un beso y la joven tendría su estaca para protegerse. Además no se trataba de la primera vez que besaría a un vampiro.

"Un beso, nada más", reflexionó

"Y la estaca estará entre nosotros".

"Si eso te hará sentir mejor…", respondió el acercándose sigilosamente.

Sus fuertes dedos le tomaron los hombros e inclinó su cabeza frente a ella. Victoria sostuvo la estaca con su mano derecha y dejó que su otra mano se apoyara en su espalda. Levantó el rostro y cerró los ojos. Al contacto, se estremeció cuando sus labios se apoyaron sobre los de ella y luego sintió una sensación de calor y frío al mismo tiempo. Inclinó la cabeza hacia atrás y se deleitó en un sinfín de sensaciones.

La mano que sostenía la estaca quedó aprisionada entre los dos cuerpos y la mano de Beauregard se deslizó por detrás de la nuca de Victoria, la cual estaba helada, y sus dedos le acariciaron la base de su trenza. Victoria sin duda estaba retribuyendo el beso y ambos antifaces se clavaban en sus mejillas con la presión de los rostros al besarse. Apasionadamente tomó su rostro entre sus manos y la besó intensamente al punto que en un momento Victoria sintió un pinchazo y luego el sabor de su propia sangre. Beauregard succionó sus labios y luego dio un paso hacia atrás, liberando a la joven. Su respiración estaba agitada y sus colmillos brillaban como dagas.

Victoria le hubiera clavado la estaca, pero él la detuvo; a pesar de que sabía que morderla no era parte del trato. "Le daré tu mensaje a Sebastián", le dijo y luego se perdió en las sombras. Victoria oyó los últimos ecos de su voz mientras se alejaba. "Fue un verdadero placer. Espero que podamos volver a vernos pronto".

Victoria se quedó sola.

En lugar de marcharse en la misma dirección que Beauregard, Victoria se marchó por donde había llegado. Caminó pegada a la pared intentando dominar sus emociones. Su labio aún sangraba y temía que el aroma de su sangre alertara a más vampiros.

Fuera como fuera, estaba lista.

Llegó a la entrada del callejón y vio el brillo de las llamas de los *moccoletti* ardiendo a una cuadra de allí. Su nuca estaba fría, pero no helada, como si hubiera un vampiro cerca. Sin duda estaban en los alrededores, pero era imposible precisar su paradero. Pensó en Zavier, y creyó que ya no lo encontraría más y se alegró de poder experimentar sola.

Al cruzar la calle y perderse entre la gente, notó que alguien la seguía. Se llevó la mano al bolsillo y enfundó el mango de su *kadhara* mientras le sonreía a la gente del corso. Las calles se volverían oscuras muy pronto y debía estar preparada, ya que los vampiros aprovecharían eso para atacar a sus víctimas y crear terror.

Los gritos, las risas y la música en general parecían haber llegado al máximo y muy pronto sucumbirían. Caminando entre la gente, Victoria se sintió feliz de poder experimentar el carnaval y en silencio, contempló esa parte de Roma, atenta ante cualquier emergencia o malicia. Como Venator, nunca más podría abstraerse de los peligros del mundo.

El reloj dio las doce campanadas y todos comenzaron a aplaudir y a saludarse los unos a los otros y con total solemnidad se soplaron las velas y el silencio invadió las calles. Las avenidas se vaciaron y el corso se convirtió en un fantasma. Su nuca se erizó y Victoria agudizó sus sentidos en busca de ojos rojos intentando sacudir la sensación de ser observada.

Caminó a través de las calles acariciando su arma y luego recordó su antifaz y se lo quitó. Ya no lo necesitaba más pues la fiesta había terminado. Los cuarenta días de Cuaresma habían comenzado. No habría más baile ni canto hasta el domingo de pascua.

La voracidad de la ciudad se había calmado y apenas se oían murmullos y pisadas. Todavía quedaban algunos grupitos de personas, pero la mayoría ya se habían retirado.

Un movimiento extraño a su derecha, acompañado de una ráfaga helada, la alertó de la presencia de un muerto viviente. Victoria bajó la marcha y cruzó la calle. Más que verlo, sintió su energía al aproximarse hacia ese lado de la acera y cambió de arma.

Al verlo, notó que se trataba de una mujer con ojos rojos y colmillos afilados que redujo en el acto. Seguro que se trataba de uno de los vampiros jóvenes que Beauregard había criticado.

Victoria tenía toda la noche por delante y se aseguraría de que su primer carnaval fuera una experiencia inolvidable.

Más de una vez tuvo la sensación de que alguien la observaba, pero al voltear no vio a nadie ni olió nada. Cada vez quedaban menos personas en la calle y los ruidos de las carrozas se agotaron con las horas de la madrugada. Disfrutando de los monumentos y la apacibilidad de la ciudad, Victoria recorrió los lugares emblemáticos y deleitó su vista. Roma dormía. Hasta los últimos rebeldes habían abandonado la escena. De pronto, sintió a alguien detrás de ella. Sacó la daga para estar preparada y volteó sin dudarlo. Al rotar, una mano sujetó su brazo. "¡Esto no es el recibimiento que esperaba!"

Un encuentro inesperado

"¿MAX?" LA mano libre de Victoria cogió su otro brazo y lo atrajo hacia ella, convencida de que se trataba de él. "¡Eres tú!", exclamó. Felizmente estaba vivo. Había regresado.

"¿No me digas que esperabas a Sebastián Vioget?" respondió Max, soltándose de lo que sería el abrazo más cálido que Victoria le había dado hasta el momento.

Era cierto, Victoria esperaba encontrarse con Vioget, pero aquel encuentro no dejaba de ser una alegría. A pesar de que estaba oscuro, Victoria pudo ver su rostro; estaba desmejorado.

Sus pómulos parecían más angulosos de lo que los recordaba y su cabello más despeinado de lo habitual. Tenía barba y su camisa negra no estaba impecable como de costumbre. Aunque Max nunca fue un fanático de la moda, como lo era Sebastián, su vestimenta siempre fue impecable. No tenía máscara, disfraz o *moccoletto*.

"Han pasado cuatro meses. ¿Dónde has estado Max? Nos tenías preocupados…".

"He estado un poco en cada sitio, ningún lugar en particular", respondió evasivo. "No pareces haber sufrido mi ausencia". Su arrogancia no había cambiado en lo más mínimo.

Victoria se dio cuenta de que sonó un poco trágica y necesitada. Recapacitó y dio un paso hacia atrás. "¿Has estado siguiéndome, o acaso buscabas a alguien más?"

Max permanecía erguido con su rostro angular resplandeciente. Era tan alto, que siempre la miraba desde arriba y sus ojos apenas parecían dos bolitas a cada lado de su recta nariz. "¿Siguiéndote? No tengo razón para seguirte".

"Desde luego no en la sombra para protegerme", respondió Victoria.

Meditó por un momento y luego respondió: "Perdiste tu *vis bulla*...".

"¿Entonces vigilabas que estuviera bien? . Deberías conocerme mejor. Sé cuidarme muy bien. Además, como pretendes cuidarme sin tu amuleto..." concluyó y astutamente cambio de tema. "Te has cortado el cabello. La última vez lo tenías más largo".

"No sabes el gusto que me da que lo hayas notado".

Victoria ignoró su comentario. "¿Acaso Sarafina también está aquí, escondida detrás de algún monumento? Deberías decirle que nos acompañe, yo no tuve oportunidad de hablar con ella anoche".

"Acabo de llegar, no he tenido oportunidad de hablar con ella, ni siquiera sé que exista aquí. No sé para qué tienes que nombrarla, pero desde ya te digo que no soy como Vioget. No bailaré al compás de tu música. Si tienes algo que decir, dilo".

"No te creas que es tan directo", respondió Victoria y luego continuó con el juego. "Tu prometida intentó secuestrarnos anoche. ¿Tienes idea del por qué?"

Max no respondió inmediatamente, y tampoco negó que Sara fuera su prometida. Simplemente se remitió a mirarla pensativo. "¿Qué dices que pasó?", volvió a indagar.

"Nos atrajo para qué Zavier y yo abandonáramos el carnaval y la siguiéramos hasta el cementerio. Una vez allí, en complot con cinco hombres, intentó encapucharme pero por suerte pude librarme".

"Zavier vino en mi rescate y afortunadamente no lo apuñalé en la lucha, cuando se interpuso entre el vampiro y yo". Explicó Victoria molesta ante la reacción de Max.

"¿Qué Zavier se interpuso entre el vampiro y tú?. Me imagino lo que le habrás dicho... vociferó y luego pareció calmarse. "Estoy seguro de que habrás instruido a Zavier en el modo de cazar de ahora en adelante... pero volvamos al tema. ¿La viste a Sara? ¿Se ha convertido?"

La pregunta le sorprendió, aunque no supo bien porqué. Evidentemente a Sara le gustaba la compañía de los vampiros y su padre, después de todo, era el conde Regaldo, el líder del Grupo Tutela quien recientemente se había convertido en un vampiro. "No lo creo. ¿Acaso pensabas que lo haría? Tendrían un matrimonio muy interesante, si así fuera…".

Max intensificó su mirada, listo para devolverle el dardo envenenado, pero luego cambió de opinión y no le contestó. Victoria estaba preparada para su ataque, después de todo se lo merecía ante el comentario. "No sé cuál es su empeño en hacerme daño", respondió Max y luego cambió de tema. "Es obvio que llevas un *vis bulla*".

Victoria se sonrojó, pero no había manera de que él lo notara. Estaba demasiado oscuro. Victoria se dio vuelta al recordar que llevaba su amuleto, el mismo que alguna vez había estado en su areola y que ahora colgaba de su ombligo y parecía quemarle la piel.

¿Acaso Max podía saber que lo llevaba puesto? ¿Acaso podía reconocer que era su amuleto?

"Así es. Tengo el *vis bulla* de la tía Eustacia", por fin respondió.

Al mencionar el nombre de su tía, la conversación se hizo más tensa y la pausa fue más larga. Max se volteó y Victoria notó sus hombros levantarse cuando suspiró.

"¿Cómo está Kritanu? preguntó con voz circunspecta.

Era una pregunta difícil de responder. La muerte de Eustacia los había afectado a todos. Victoria intentó responder lo mejor que pudo, "No se queja, está reflexivo y no habla mucho…".

"Todos estamos muy afectados por la muerte de Eustacia. Kritanu la llora a su manera".

"Yo también lo hago", se apresuró a responder Max. Ni que Victoria no lo hiciera.

"Lo sé", respondió la joven. "Eustacia tuvo una gran vida y nos entregó sus mejores años combatiendo el mal. Todos la extrañamos, pero ahora debemos continuar. No podemos vivir en el pasado".

"Es fácil decirlo", respondió acercándose hacia ella. Desde luego a Max le había tocado la peor parte; él fue quien la había ejecutado y quien viviría con esa imagen y culpa por el resto de sus días. Para

Victoria había sido difícil aceptarlo, pero con la ayuda de los otros, pudo entender su sacrificio.

Max la miró a los ojos y Victoria no pudo mantenerle la mirada. Su rostro era imponente y su angustia palpable. Victoria quería abrazarlo, quitarle la culpa que lo angustiaba, pero sabía que no era su lugar.

Victoria siempre se quejaba de que Max no tenía sentimientos, que no sentía emociones por su frío carácter e intimidante porte, pero allí, bajo la luz de las farolas y con el Coliseo de fondo, Victoria se dio cuenta cuan equivocada estaba. Max era igual de vulnerable que todos.

Tras la muerte de su tía, Victoria juró no perdonarlo, nunca olvidar lo acontecido, pero había pasado un tiempo y ya no estaba segura de que así fuera. Generalmente trataba de no pensar en ello y aunque no estaba lista para responder, internamente sentía que ya lo había perdonado. Era consciente de todos los riesgos y peligros a los que Max se había expuesto para destruir el obelisco. La muerte de su tía y la destrucción de la piedra eran la prueba de ello.

"¿Cómo es posible que tengas el amuleto de Eustacia?"

"Me lo envió Sebastián. No sé cómo lo consiguió".

Max se dio vuelta y contempló las ruinas. "Me imagino que se lo habrás agradecido. Nada es gratis".

Victoria entendió perfectamente a lo que se refería, por eso no respondió. Ambos tenían cosas más importantes para discutir. "Max", le dijo. "¿Has hablado con Wayren?, hay algo que debes saber…".

"No, no he hablado con ella desde la noche en que el obelisco fue destruido". Max cambió su tono de voz. "¿Qué pasa Victoria?"

Victoria le contó sobre la puerta mágica, las llaves y los cuerpos mientras paseaban por el Foro Romano. "Me dices que el brazalete está desaparecido y que crees que Sebastián podrá ayudarnos. Yo no contaría tanto con él. Tal vez pudo recolectar el amuleto, pero eso no significa que sepa dónde está el brazalete", concluyó Max.

"Estabas ahí cuando hablaba con Beauregard, ¿verdad?", le preguntó Victoria mientras caminaban por los jardines.

"Yo no lo llamaría hablar, pero si, estaba ahí. Ya te expliqué, temía que no llevarás tu *vis bulla*". Victoria se detuvo por un momento para mirarlo y él también lo hizo. "Tú tampoco tienes el tuyo", expuso Victoria y Max la tomó por los hombros. "Eso no es algo que deba preocuparte". Victoria se soltó y comenzó a caminar acelerada, pero Max la alcanzó rápidamente. "Buscabas ayuda en Sebastián, pero tal vez haya alguien más que pueda ayudarnos. Dicen que viste a Sarafina, es posible que ella sepa algo".

"Es posible que tengas razón, después de todo podrían habernos matados fácilmente y no lo hicieron".

"Menos mal que no lo hicieron, te queda mucho por hacer", respondió Max. "Y a ti", respondió ella recordando lo enfadado que se puso cuando Victoria lo salvó de las garras de Regaldo; Max hubiera preferido morir, enfrentar las consecuencias de sus actos. Si bien no tuvo otra opción, si bien Eustacia misma le dio órdenes de que la ejecutara, Max no dejaba de sentirse culpable y no dejaba de culpar a Victoria por no dejarlo morir aquella noche.

"Estoy vivo, ¿o no?" le dijo, pero Victoria parecía no escucharlo. La joven estaba maravillada con la belleza arquitectónica de los romanos. Hacía cuatro meses que estaban en Roma y era la primera vez que había tenido la oportunidad de visitar el Coliseo. "¿Te gustaría entrar? Prometo que no habrá vampiros".

"Sí".

Le pareció extraño pasear y olvidarse de sus obligaciones. Era extraño estar con él en ese contexto; olvidar las matanzas como las muertes. Los pasillos eran angostos y caminaban hombro con hombro. En un momento Max preguntó, "¿por qué estamos en la galería? El campo de batalla es mucho más impactante". Victoria sonrió, se sentía un poco nerviosa y no terminaba de entender por qué. Después de todo, se trataba sólo de Max. " Vamos", le dijo y cambiaron de rumbo. Al llegar a la puerta, notaron que estaba cerrada con un candado. Ambos se agacharon para mirarlo con mayor detenimiento y al levantar las cabezas, se chocaron. Victoria se sintió como una tonta. "Lo siento", le dijo y se separó. "Ven, podremos entrar del otro lado". Dieron la vuelta y entraron sin problema. "Esto se llama el vomitorio", le dijo intentando disipar la tensión.

"¿Te hice daño?", le preguntó.

"Soy una Venator. No fue nada", respondió Victoria con sorna.

"Ten cuidado, el verdín es muy resbaladizo", la alertó Max.

"No sabía que había tantas plantas adentro", respondió Victoria caminando con cuidado.

"Hannever viene muy seguido a recolectar especímenes. Muchos de sus tratamientos son hechos con plantas que crecen aquí. Según me cuenta, hay más de 1 millón de especies; que fueron traídas por los romanos de los pueblos vecinos".

Victoria lo miraba maravillada. Max sabía tanto. Sus rasgos le llamaron la atención. Con su nariz recta, una frente prominente y piel oliva, podría haber sido tranquilamente un gladiador. O por qué no, un emperador, sentado en su palco, decidiendo el destino de los gladiadores. Max era un típico espécimen romano y debió sentir que lo estaba mirando, ya que volteó y le preguntó: "¿qué te pasa?"

"Nada, simplemente me recordaste a Zavier. A los dos parecen gustarles mucho la historia. No sabía eso de ti".

"Si mal no recuerdo, a Zavier le encanta la historia que incluye la vida de las mujeres, entre otras cosas", respondió Max y luego agregó, "A mi en cambió, me fascina este lugar. ¿Sabías que Gardeleus fue el primer Venator que fue asesinado por un vampiro? Nuestra lucha comenzó en ese preciso momento".

Victoria se asomó por la baranda intentando imaginarse la matanza. Un día también le había contado la historia y su trágico final contra Judas Iscariot, el primer vampiro del mundo.

Max quedó cansado y contemplativo y luego compartió, "Hacía mucho tiempo que no venía. Este lugar, me da fuerzas". Sus palabras eran tan poco características de Max, parecía mentira que compartiera algo tan privado, el que siempre había sido tan reservado. Victoria no dijo nada, no quiso quebrar el vínculo, ni arruinarlo. Pasaron un buen rato, inmersos cada uno en sus pensamientos y luego Max giró hacia ella y sus ojos se encontraron.

"Victoria", le dijo. "Nunca te dije lo apenado que estoy por lo que sucedió con Phillip".

Victoria se quedó sin respiración, sin palabras. Eso era lo que menos esperaba que Max le fuera a decir. Generalmente no mencionaba a Phillip, salvo cuando quería atacarla, criticar su decisión. Victoria estaba tan sorprendida que no pudo responder. Bajo la cabeza y se miró las manos. "Pienso en él todos los días y también en la tía Eustacia". Sus ojos se llenaron de lágrimas y Max le dio espacio. Volvió y se recostó sobre la pared. "Así y todo, lo ocultas muy bien y actúas como si no hubiera pasado nada. Eres una mujer muy fuerte", le dijo.

Victoria no se sentía fuerte. Hubo momentos donde si pudo ocultar sus sentimientos, pretender como si no pasara nada, como si nada le doliera, pero en realidad, todo era una gran farsa. Se sentía sola, incomprendida y creía que nunca volvería a ser feliz. Dejó que sus rodillas se aflojaran y se deslizó recostando también su espalda sobre la pared. "No sé cómo actuar diferente, no puedo abandonar ahora". Era la primera vez que lo decía.

"Lo sé", respondió él. Su voz también estaba entrecortada y parecía un mero suspiro.

"Si tan sólo pudiéramos sacudirnos de estos sentimientos, como nos sacudimos el polvo de vampiro, otra sería la historia". Permanecieron en silencio por lo que parecieron horas, pero esta vez, no se trató de un silencio incómodo, sino un silencio necesario. Se despojaron de la tensión que generalmente existía entre los dos y pudieron perdonarse mutuamente. Las penas son más livianas cuando son compartidas. En un momento Victoria se atrevió a preguntarle algo. "¿De verdad pretendías casarse con Sarafina Regaldo?", aparentemente era algo que le estaba rondando en la cabeza desde hacía mucho tiempo. Max había pasado prácticamente un año conviviendo con el Grupo Tutela y Victoria no podía dejar de preguntarse si su compromiso con la hija del líder, tenía que ver con su compromiso de Venator o había sido una decisión personal.

Max no la miró a los ojos, pero tampoco bajó la mirada. Miró hacia el frente y respondió, "Si hubiera sido necesario, me hubiera casado con ella".

No la sorprendió. Max estaba dispuesto a hacer lo que fuera por exterminar los vampiros y cumplir con su función; más allá del dolor y el sacrificio. Victoria no podía dejar de preguntarse si ella también podría llegar a ser así. Fría y calculadora.

Victoria asintió con la cabeza.

"La decisión correcta no siempre es la más evidente. A medida que pase el tiempo, verás que tú también tomarás más y más decisiones en favor del grupo".

"Lo sé", respondió ella.

Max respiró profundamente, miró hacia el cielo y luego le dijo. " Yo también la extraño, Victoria".

"Lo sé", volvió a responder. Ya estaba amaneciendo y aunque no habían hablado mucho, si había sido suficiente. Max la ayudó a ponerse de pie y lentamente se dirigieron hacia la salida. Victoria notó que algo le brillaba debajo de la camisa a Max. Llevaba un talismán.

"Max", le dijo. "¿Cómo conseguiste un *vis bulla*?, le preguntó, incrédula ante el hallazgo.

"Eso no importa. Ya está amaneciendo, es hora de separarnos. Buenas noches Victoria". Se dio media vuelta y se marchó.

"Max", llamó ella y Max se volteó para mirarla. "¿Significa que has vuelto?"

Max abrió las manos como indicándole que no tenía respuesta. "No lo sé".

~7~

El estuche rojo se convierte en el centro de conversación

"¿FUISTE A ver a Lilith solo?"

Max la miró a Wayren mientras se levantaba de su silla. Preocupado ante las posibles reacciones del resto de los Venators tras su regreso, se reunieron en la pensión donde alquilaba una habitación.

"Eso fue lo que dije. No tenía nada que perder Wayren".

"Lo sé, Max. Sé que no la soportas y que no ves la hora de deshacerte de ella, pero correr semejante riesgo me parece una locura".

"Ya he estado solo con ella antes", respondió antes de poder evitarlo. Las memorias de aquellos encuentros eran desagradables. Su tono lo probaba.

A pesar de su inteligencia, su sabiduría y tranquilidad, Wayren parecía ausente, como ajena a su batalla y las palabras de Max le pusieron las cosas en perspectiva. Wayren se acercó y le pasó la mano por el rostro. Sus ojos eran caritativos y llenos de comprensión. "Por supuesto. Tienes razón".

"Me dio una poción que dice que me liberará de su hechizo, pero eso sería demasiado bueno como para creerlo. Hay un precio…". Max abrió la puerta del barqueño, sacó una pequeña botella y la colocó sobre la mesa. A pesar de que se moría por abrirlo, aún no lo había hecho y lo tenía oculto en su habitación mientras estaba allí y en su abrigo al salir.

La botella le quemaba los dedos y parecía llamar su nombre por las noches cuando vaciaba sus bolsillos, por eso había regresado a Roma. Debía hablar con Wayren.

Wayren miró la botella sin tocarla y luego lo miró a él, anticipando lo que le diría en un momento.

"Si uso la pócima, perderé mis poderes de Venator y como su sangre se ha mezclado con la mía, nunca más podré recuperarlos aunque pase las pruebas. Olvidaré todo lo que sé de ese mundo, como si nunca hubiera sabido que existió".

"Como una Gardella que ha sido llamada y no responde al llamado. Como la madre de Victoria. Serás un ignorante y un hombre común y corriente".

Un hombre común y corriente.

Max ni siquiera podía imaginarse lo que eso significaba.

"He decidido no hacerlo".

Por momentos, como ahora, Max estaba convencido de que Wayren podía leer mentes y hasta ver el futuro. Había pasado tanto tiempo con los Venators que había aprendido a leerlos, si es que era algo que podía aprenderse. Lo miró con ojos penetrantes y en voz calma le dijo, "ya has hecho bastante. Nos diste diecisiete años de arrepentimiento y penitencia por lo que le sucedió a tu padre y hermana. Es hora de que seas libre".

Lilith le había dicho lo mismo y Max estaba empezando a creerlo. La vampira lo había tentado y ahora Wayren le estaba dando permiso.

Sabía que era verdad, había meditado, rezado y agonizado suficiente. Cargar su libertad en una pequeña botella había sido un martirio. Se encontraba ante una encrucijada. ¿Qué le quedaría en el caso de marcharse? ¿Más muertes? ¿Más destrucción y maldad?

¿Qué perdería en el proceso?

"Ya no recordarías más, olvidarías todo y podrías ser libre".

"Crees que no lo sé. ¿Que no me tienta; que no me gustaría sentir su presencia en mi cuello… el dolor que me produce?" Wayren bajó los hombros. "Max, no puedes vivir con culpa por el resto de tus días, no puedes escudarte en eso para no sentir. ¿Cómo puedes llamar vivir a eso?"

Max la miró angustiado. Wayren no podía comprenderlo. No era a ella a quien le había sucedido. "La culpa no es lo que me corroe, Wayren. Es el hechizo lo que lo hace. Ya no me reprocho las decisiones, las cosas que he hecho. Son cosas del pasado, algo que ya no puedo cambiar. He luchado en cielo y tierra para hacer la diferencia. He hecho todo lo que estaba a mi alcance para combatir el mal".

"Por mucho que he contemplado la libertad que me daría la ignorancia, no puedo hacerlo. Sé que me necesitan. ¿Cómo puedo vivir en la ignorancia, sabiendo eso? ¿Cuántas muertes podría prevenir quedándome? Debo hacer lo correcto, no puedo volver la espalda".

Wayren permanecía de brazos cruzados, mirándolo mientras Max daba aquel discurso pasional. "No fuiste llamado para ser Venator, tú tomaste la decisión. Eso es muy diferente a ser una Gardella y desobedecer".

"¿No lo entiendes? Se convirtió en una obligación en cuanto invité a mi padre y a Giulia al Grupo Tutela".

"Le das más vueltas que un niño, sólo pensabas que les regalarías la inmortalidad. Los miembros te convencieron y tú les creíste. Así es como reclutan a jóvenes como tú".

"¿Estás aprobando mis acciones, entonces? ¿Entregarles a mi padre y a mi hermana a los vampiros? A los 16 años ya sabía la diferencia entre el bien y el mal, y así y todo, fuí cegado por el poder y la inmortalidad".

"De acuerdo, entonces en los próximos 17 años, terminase de recalcar la diferencia. Te pusiste un *vis bulla* y empezaste a combatir el mal. Creo que has pagado tu penitencia".

Wayren era la mejor amiga de Eustacia y había sido, como la difunta Gardella, su mentora y protectora. Su sabiduría, calma y buenos modales la habían convertido en una figura materna para él. Eustacia lo había preparado para que fuera un guerrero, mientras que Wayren le había enseñado a ser un hombre. Ella misma lo había ayudado para que pudiera obtener su *vis bulla*, había curado sus heridas tras las batallas y había rezado por él.

"¿Por qué quieres que use el antídoto?", le preguntó al fin. "¿Acaso crees que ya no soy apto para Venator, después de lo que sucedió con Eustacia?" Su garganta estaba seca y sus puños estaban cerrados.

"No, Max. No es eso", respondió acercándose a él y tomándole las manos. Max se relajó, como siempre lo hizo con su tacto. "Tengo miedo de que el poder de Lilith sea demasiado fuerte sobre ti. Tengo miedo que ya no puedas controlarlo. Se esforzó para que destruyeras el obelisco de Akvan, exterminaras a su rival e hijo. ¿Qué te pedirá la próxima vez? Tu vida no le importa cómo a mi".

Max nunca lo había pensado de esa manera y su razonamiento le abrió los ojos. "No lo sé, pero no puede controlarme como le gustaría", respondió Max, girando hacia la ventana. "Victoria me comentó sobre la puerta mágica. Necesitarán mi ayuda si es verdad que los vampiros han reunido las llaves".

"¿Has hablado con Victoria?"

"Anoche".

"Estoy segura de que se puso muy contenta de hablarte y de que hayas regresado. Han sido meses difíciles para ella. Primero perdió a su marido y ahora a Eustacia. Desapareciste tras la muerte de Phillip y volviste a hacerlo ahora. Tu inconsistencia se ha vuelto un hábito", le dijo acercándose a él. Max giró la cabeza y la apoyó en su hombro. Luego se incorporó y le dijo, "no era correcto que estuviera allí, que llevara el *vis bulla* después de lo que pasó".

"Fue muy penoso para ella perderte. Eres el único en el que puede confiar. Fueron tiempos difíciles".

"¿Confiar? Después de lo que pasó, no puedo imaginarme que volviera a confiar en mi. Por suerte no estuvo sola, estabas tú, Ilias y los otros".

Wayren se puso firme. "Tienes razón, no ha estado sola y tomó el rol de Illa Gardella con total entereza. Tuvo pena, tristeza y desolación, pero así y todo, pudo salir adelante. Victoria es una gran Venator y el legado se ha convertido en su vida. Debió tomar decisiones difíciles y con el tiempo probaron ser las acertadas. ¿Sabías que no le dijo a nadie que tú fuiste quién la mató? Siempre te protegió. Parece mentira que se haya adaptado a los sacrificios y a los cambios que esta vida le han requerido".

Wayren llevó los ojos a la botella y se acercó a la mesa. "Me gustaría llevarme esto si no planeas usarlo. A lo mejor puedo descubrir qué es lo que anulará los poderes que Lilith tiene sobre ti".

"Llévatela. No quiero verla".

Wayren la tomó con su mano y la guardó en su bolsillo. "Me imagino que debes estar esta noche en el Consilium, ahora que has regresado y que llevas un *vis bulla* nuevamente".

Max tomó la estaca que se encontraba en la mesa e hizo la señal de la cruz. Victoria lo había protegido, era hora de regresar.

~*~

Luego del agradable almuerzo con su madre y sus dos amigas, Victoria se dirigió al Consilium. Había estado despierta hasta el amanecer, pero al llegar a su casa, pudo entregarse al descanso hasta después de mediodía. Lady Melly estaba particularmente animada, tanto ella como sus amigas habían pasado una velada excelente con las hermanas Tarruscelli y sus nuevos amigos. El carnaval se había llevado lo mejor de ella y ahora le tocaba descansar durante los 40 días de Cuaresma. "¿Te encuentras mejor querida?", le preguntó. "Te perdiste una velada sensacional, una pena que no pudieras acompañarnos".

"Ya estoy mejor", respondió Victoria. "Necesitaba descansar; me he desacostumbrado un poco a los eventos sociales…".

"Así parece", respondió su madre.

"Espero no haberlas incomodado con mi malestar", agregó Victoria y las otras dos mujeres saltaron en la conversación. "Para nada Victoria, nosotras también nos alegramos de que hayas podido descansar".

"Me olvidé de contarles, que tengo una cita con un artista. Debo marcharme pronto".

"¿Un artista?" preguntó su madre intrigada. "Si, estoy viendo la posibilidad de que haga un retrato de Eustacia".

"Cariño, no te esfuerces demasiado. No queremos que te estreses", insistió su madre.

"No te preocupes madre, me da gusto hacerlo". Victoria terminó de almorzar con calma y a pesar de su ansiedad por contarle a Wayren sobre su encuentro con Max, no se apuró. Hacía mucho tiempo que no compartían un buen momento distendidas y ese almuerzo les vino muy bien. Victoria sabía que la querían mucho y que todo lo que decían y hacían era por su propio bien. Así que se limitó a escuchar sus comentarios y sonreír con gusto.

"¿Crees que regresarás tarde?", preguntó su madre. "¿Piensas que podrás acompañarnos en la fiesta. Nos recogerán a las ocho".

"¿Una fiesta?", preguntó Victoria sorprendida. "Estamos en Cuaresma", comentó asombrada.

"No es una fiesta…", expresó su madre haciéndose la inocente. "Claro que no iríamos a una fiesta en Cuaresma… no sería apropiado…". Victoria sonrió, era bueno que estuvieran ocupadas. De ese modo, no le preguntaría sobre las pertenencias de Eustacia.

"Se trata de una pequeña reunión", agregó la duquesa moviendo su cabeza. "Una cena…".

"Que pena que no podré acompañarlas. Será mejor que descanse. Pásenlo bien ladies", respondió retirando su silla lentamente.

"Lo haremos", confesó Lady Melly doblando la servilleta sobre su falda. "A mi también me sorprendió que los Palombara tuvieran una cena el miércoles de cenizas… ¿Qué pasa querida, tu cabeza otra vez?", preguntó Lady Melly al ver que Victoria se llevó la mano a la sien. "Benedicto, por favor tráigale un té a la señorita, por favor".

"¿Palombara?" Indagó Victoria. "Cuéntame más sobre la reunión mamá".

"La cena", insistió Lady Winnie. "De acuerdo, la cena" repitió Victoria. "¿No has oído lo que te hemos dicho?", preguntó algo ofuscada.

"Si Winnie, escuché. No es para tanto, además el papa no ha estado aquí desde la guerra, no creo que le moleste si asisten a una reunión o no…". Lady Melly levantó la ceja ante el comentario de Victoria, pero no la reprendió.

"¿Qué me decían de los Palombara?", insistió Victoria y volvió a acercar la silla a la mesa. El Consilium deberá esperar.

"Bueno, en realidad, no son los Palombara los que realizan la reunión", aclaró Lady Melly. "Qué pena que no puedas acompañarnos, seguro que será divertido, aunque no estoy segura cuanta gente asistirá, considerando que es miércoles de cenizas… ".

"A lo mejor podré asistir, después de todo. ¿Por qué no me cuentas más?" Victoria estaba apretando los dientes, la anticipación la estaba matando.

"Sería un gusto que nos acompañaras", agregó Lady Winnie.

"Aparentemente la mansión ha estado cerrada por centurias, pero la han restaurado para el encuentro" comentó su madre. "Solo ha sido invitada una selecta minoría. Se trata de una búsqueda secreta", agregó Lady Nilly. "Las hermanas Tarrurcelli insistieron en que nos dejaran participar".

"¿Una búsqueda secreta?" Victoria sintió un escalofrío. "¿Qué podrían encontrar en una casa vieja?" Internamente, sabía de lo que se trataba.

"¡Qué interesante, verdad! No sabemos exactamente como encontrar lo que buscamos, pero haremos lo que podamos", respondió alegremente. "A lo mejor no es tu idea de diversión, pero yo me siento feliz de ayudar a la familia a encontrar una llave que han perdido hace tiempo. Estoy segura de que hasta el papa estaría de acuerdo", concluyó Lady Melly.

"Parece interesante", respondió Victoria. "Yo también quiero acompañarlas".

Le tomó casi media hora dispensarse. Las mujeres estaban enloquecidas con entusiasmo. Olivier debió esperarla casi cuarenta minutos en la carroza antes de llevarla a Santo Quiranu.

Eran las cinco pasadas cuando finalmente llegó a la iglesia, atravesó el pasadizo y descendió hasta el Consilium. A su paso vio a varios feligreses, penitentes y miembros de la iglesia. Inclusive tuvo tiempo de rezar por unos momentos en el confesionario. Cuando Victoria cerró la puerta detrás de ella, ya la estaban esperando.

El corredor era largo y las caras amistosas. Atravesó las arcadas de mármol y entró al salón principal. La energía y el magnetismo de aquel lugar eran impresionantes. Se acercó a la fuente y se santificó con la purísima agua bendita. Del otro lado de la fuente, había un grupo de Venators: Ilias, Zavier, Michalas, Stanislaus ubicados alrededor de alguien que Victoria no terminaba de precisar.

Zavier fue el primero en verla y la llamó para que los acompañara. "¡Victoria!", le dijo. "¡Que suerte que ya estás aquí!", insistió. "Mira quien está aquí". Max se volteó y sus ojos se encontraron.

"Hola Max", le dijo; acercándose hacia el grupo. Por algún motivo, no sabía si debía hacer público que se habían visto la noche anterior. "Buenas tardes a todos", dijo Victoria al acercarse sonriendo educadamente y todos le respondieron. Max en cambio levantó la cabeza y eso fue todo. ¿Por qué debía ser tan formal con ella? Antes de que volteara, Victoria pudo ver que conversaba animada y distendidamente. ¿Por qué cambiaba su porte al verla?

"Siento haber llegado tarde", agregó Victoria y se mortificó ante su disculpa, la cual solo había extendido para que Max la oyera. "He descubierto algo de lo que debo ocuparme. Ilias, ¿Dónde esta Wayren? Necesito tener unas palabras con vosotros dos".

"Se encuentra en el estudio, te estaba esperando", respondió Ilias.

Victoria se unió al grupo y Zavier le hizo lugar. "Bienvenido Max. ¿Has regresado, entonces?"

"Por ahora, si".

Victoria miró a los otros y les preguntó qué tal les había ido en el carnaval. "¿Cómo les fue anoche?"

"Aniquilamos 15 vampiros", respondió Ilias.

"Entonces 17 en total", concluyó Victoria con una sonrisa. "Una noche relativamente tranquila", agregó.

"¿Adónde fuiste?", le preguntó Zavier. "Tenía miedo de que las personas que intentaron secuestrarte la noche anterior volvieran a buscarte", le dijo.

Victoria podía sentir la mirada penetrante de Max. Seguramente se preguntaba si Victoria compartiría o no con el resto del grupo, su encuentro con Beauregard. Dado que la mayoría de ellos desconocían todo aquello sobre la famosa puerta, Victoria no consideró necesario hacerlo; convencida de que se enterarían tarde o temprano si fuera necesario y le respondió a Zavier con una sonrisa, " Perseguía un vampiro, pero lo perdí en la multitud. Me gustaría que me acompañaras esta noche, hay algo que debo investigar y necesitaría de tus servicios. ¿Crees que podrás acompañarme?", preguntó abatiendo las pestañas.

"Por supuesto", respondió el joven. "Será un placer".

"Gracias", respondió ella. Zavier entretendría a su madre y a sus amigas y Victoria podría ocuparse de cosas más importantes.

"Decías que tenías que hablar con Wayren", interrumpió Max.

"Si, y con Ilias también", respondió Victoria dirigiendo la mirada hacia Ilias.

Zavier se quedó mortificado cuando Victoria se retiró, pero no dijo nada. Hoy sería su acompañante.

Victoria tomó el brazo de Ilias y ambos se dirigieron hacia el estudio. Atravesaron el corredor y la galería con los retratos. Cruzaron una pequeña antesala y por fin llegaron al estudio secreto de Wayren. Si bien esa habitación no era un secreto, muy pocos habían tenido la oportunidad de conocerla. Wayren era una persona muy reservada y sus estudios altamente confidenciales.

Victoria pensaba que tal vez Eustacia pudo haber tenido en algún momento la oportunidad de esconder la llave, tal vez antes de ir al encuentro que acabó con su vida. Su razonamiento era bastante lógico, después de todo aquella habitación era el mejor lugar para esconderla. Debía asegurarse de que no estuviera allí, antes de contactar a Sebastián y agotar todas sus opciones antes de pedirle ayuda.

Victoria le comentó sus planes a Ilias y ambos inspeccionaron la antesala. Separaron los muebles de la pared y revisaron los maceteros, jarrones y plafones. Aquella habitación encerraba sus más preciadas armas y recuerdos de batallas. Victoria encendió una vela y cuidadosamente recorrió el techo y los zócalos con la mirada. Las paredes estaban llenas de estantes y la cantidad de adornos era impresionante. A un lado de la habitación, se encontraba una vitrina que contenía la estaca que fue entregada a Gardeleus para combatir a los vampiros y según cuenta la historia, había sido realizada con la madera de la cruz de Jesucristo. Había animales disecados y cruces de distintos tamaños. Junto a la vitrina, había también un huevo de la serpiente demonio Pithius, que había sido cuidadosamente depositado en una caja de cristal por temor a que en algún momento naciera una criatura a pesar de no haber sido fecundado; pero por suerte hasta ahora nunca había pasado…

También allí, se encontraba el broche de oro que Eustacia y Kritanu habían recuperado aquella Nochebuena en Venecia de la que siempre hablaban tras salvar a la ciudad de los planes del malévolo Dahhak, un demonio persa. Uno de los cinco brillantes entregados por Lilith a sus más fervientes guardianes. Una caja de jade que no sabía que contenía y un trozo del obelisco de Akvan.

Victoria se acercó y miró a la piedra obsidiana recordando la batalla y su descubrimiento al huir con Sebastián. La había levantado del suelo con intenciones de entregársela a Wayren para que pudiese estudiarla, pero no había vuelto a verla hasta entonces.

El brillo de su vela sobre la piedra, le recordó a las llamas negras y azules que emitió durante la activación y la súbita memoria del episodio la hizo estremecer. Se llevó la mano al amuleto y luego acarició la piedra. Aún podía sentir rastros del espíritu en aquel fragmento y no pudo dejar de preguntarse si era una buena idea conservar la piedra.

“¿Qué haces?”, preguntó alguien y Victoria volvió a encontrarse con Max.

“¿Cuándo vas a dejar de seguirme?”, le preguntó. “Creí que no estabas seguro si querías volver y ahora estás en todos lados, como si nunca te hubieras ido, como si tuvieras derecho”.

Max ingresó en la habitación, bloqueando la luz que entraba por la puerta. “Estoy aquí. Eso es lo que importa. ¿Qué buscas?”, le preguntó.

“Simplemente quería asegurarme de que la tía Eustacia no dejó un brazalete aquí…” respondió defensivamente. “Si me disculpas, estoy retrasada para encontrarme con Wayren”. Rozándolo al darse vuelta, Victoria abandonó la habitación cerrando la puerta; pero para su sorpresa, al dirigirse hacia el estudio de Wayren, notó que Max estaba detrás de ella. “ ¿Qué haces aquí?”, preguntó.

"Como el consejero de la antigua Illa Gardella, he sido invitado a participar de este encuentro".

Wayren se aproximó a la puerta y los hizo pasar. "Por favor, siéntense". Les dijo y Victoria no pudo hacer nada.

"Cuéntanos que ha pasado", insistió Wayren y luego lo miró a Max.

"Mi madre y sus amigas han sido invitadas a un encuentro en Villa Palombara. Alguien ha organizado una búsqueda secreta".

"Evidentemente están buscando la llave", comentó Max sentado cómodamente en una silla. Parecía que disfrutaba viendo a Victoria incómoda ante su presencia.

"Esto es lo mismo que pensé yo", respondió ella. "La llave ha de estar en algún lugar de la casa. Asistiré con ellas para buscarla".

"En compañía del atentísimo Zavier", interrumpió Max. "Es un buena idea que alguien pueda distraer a tu madre, pero no el mejor", concluyó.

Victoria respiró profundamente. No podía dejar que sus comentarios la sacaran de quicio. Ya no era la joven inexperta a la que siempre criticaba. Era la nueva Illa Gardella y de ahora en adelante, las cosas se harían a su manera.

Si bien él tenía mucha más experiencia que ella, tarde o temprano, debería entender que Victoria era valiosa, intuitiva y que debería respetar sus comentarios sin intentar cambiarlos.

Victoria dejó que Max continuara.

"Sé que la Regaldo intentó secuestrarte y que su padre posiblemente está buscando la llave o algo más que aún desconocemos. Los Palombara no están en Roma, pero si los vampiros y varios miembros del Grupo Tutela. Eso de la reunión, debe ser una farsa para encontrar la llave".

"Lo sé. Por eso le pedí a Zavier que viniera. Será el acompañante de mi madre". Victoria se acomodó en la silla, "Yo también voy a ir, pero lo haré anónimamente. No tengo deseos de que los vampiros me reconozcan y la velada termine en una masacre. Particularmente porque la invitación proviene de las hermanas Tarruscelli, y como tú bien sabes, son muy amigas de la familia Regaldo".

"¿Entonces planeas inmiscuirse en la villa sin que sepan que estás allí?"

"Así es, me inventaré una excusa en la carroza y mi aseguraré de que Zavier las acompañe".

"Me parece una idea brillante. Veo que lo has pensado muy bien", concluyó Max.

"Te encontraré allí y buscaremos la manera de entrar juntos".

Victoria no dijo nada, ya que le hubiera dado demasiada satisfacción a él e internamente no esperaba menos.

Victoria es obligada a vestir un traje de noche

VICTORIA SE sujetó del brazo de Zavier para descender del carruaje. Estaba vestida de fiesta y más elegante de lo que se había mostrado en meses. A pesar de la incomodidad del vestido y lo difícil que resultaría luchar contra algún enemigo, si así fuera necesario, había valido la pena hacer el esfuerzo. Lady Winnie, se había tomado el atrevimiento de comunicarle a Verbena, a través de su mucama, que debía vestir a Victoria para la fiesta.

El rostro de Zavier se iluminó al verla y Victoria se sintió como una princesa. Hacía tanto tiempo que no participaba de eventos sociales y esa parte de su vida había sido olvidada ahora que estaba inmersa en el mundo de los Venators.

Victoria se mostró como la marquesa que era. Su vestido era color rosa perla y complementaba su color de piel y ojos; y su chal hacia juego con los guantes y zapatos. Se veía muy distinta a como la había conocido Zavier, pero así y todo era la misma. Su peinado era intrincado y la cascada de rulos resaltaba tanto su escote y la pedrería bordada como su maravilloso collar de rubíes.

Dentro de su peinado, Victoria tenía una estaca que había sido pensada por Olivier y pintada por Verbena. Se trataba de un espécimen bastante diferente de lo que estaba habituada a usar Victoria, e igual de letal que sus otras armas. Victoria llegó a convencer a Verbena de que no incorporara plumas en su peinado, pero no pudo abstraerla de que pusiera perlas.

Debajo de su vestido, llevaba la última creación de Miro, un corsé protector. La idea había sido originalmente de Verbena, pero a raíz de los comentarios de su doncella, Victoria pudo transmitirle sus deseos a Miro y éste lo fabricó.

Sus zapatos eran de tacón y le dificultaban el paso a través de las piedras del jardín. Afortunadamente Zavier la tenía del brazo y su madre y sus amigas caminaban delante de ellos.

"No parece una reunión muy animada", expresó Lady Nilly lo suficientemente alto como para que Victoria la escuchara. "Ni tenían a un mayordomo para ayudarnos a descender del carruaje, ¡qué extraño! Sabíamos que la familia no vivía aquí desde hace años, pero uno pensaría que se ocuparían de ciertos detalles, antes de invitar a alguien…" agregó Lady Winnie.

"Se trata de una búsqueda secreta", respondió Lady Melly, volteando para verlo a Zavier. " Debe ser por eso que la atmósfera es intrigante… si no hubiera sido por el barón Tarruscelli, no podríamos estar aquí. El mismo nos dio su invitación".

En verdad se trataba de una atmósfera bastante extraña. La mansión estaba oculta detrás de dos muros de piedra, los mismos que Victoria e Ylito debieron atravesar para llegar a la puerta mágica que se encontraba del otro lado de la mansión.

La mayoría de las luces estaban apagadas. Sólo dos faroles, uno a cada lado de la puerta, estaban encendidos. Al llegar a la entrada, se abrió la puerta y el mayordomo los recibió. Detrás de él podía verse a un grupo de personas conversando animadamente.

Apenas había carruajes estacionados en la calle, evidentemente pocos eran los invitados y Victoria se preguntó si se trató de una coincidencia, que la madre de una Venator hubiera sido invitada…

Zavier dejó que las mujeres entraran primero y las tres lo hicieron sin dudarlo, aunque no podían negar que el ambiente les parecía bastante extraño. Victoria en cambio, permaneció parada en la sombra pretendiendo arreglarse su zapato. El mayordomo cerró la puerta deliberadamente y la pareja se quedó parada en la oscuridad.

"Ten cuidado", le dijo, capturando su mano. "Claro que sí", respondió ella. "Gracias por cuidar de mi madre", agregó.

"Estará a salvo", respondió. "Dudo de que la llave este aquí realmente. Me parece que todo esto es una excusa para reunirse sin que los curas se quejen…".

"Puede ser", respondió ella. "No dejes de mirar de todos modos", insistió y se hubiera perdido en la sombra para que el pudiera entrar, pero Zavier no la soltó.

"Tu labio ya casi está curado. Ten cuidado de no chocarte contra nada más", agregó recordándole su mentira. Esa había sido la excusa que había utilizado Victoria para explicar su herida.

"Si, fue una tontería de mi parte…" respondió, recordando el choque con Max la misma noche y se dio cuenta de las intenciones del joven.

Quería besarla. Victoria se quedó dura.

Zavier se acercó y rozó sus labios con delicadeza y Victoria sintió su olor a tabaco y menta. Estaba tan oscuro que no pudo ver su expresión, pero si sintió sus dedos al acariciarle la barbilla. "Pobrecita", le dijo, acariciando su herida. "¿Estás mejor ahora?", le preguntó.

"Si, mucho mejor", respondió ella deseando que Max no interrumpiera el momento.

"Victoria", le dijo y luego se inclinó para besarla nuevamente. Ese si fue un beso real. Victoria acarició su hombro y sintió el corazón del joven y se echó hacia atrás. "Mi madre se preguntará por qué tardamos tanto. Dile que la traba de mi zapato se ha roto y que volví a mi casa a cambiarme de zapatos".

Zavier tuvo intenciones de decirle algo, pero Victoria insistió en que entrara. El joven asintió con la cabeza y se dio vuelta. "Ten cuidado", volvió a decirle antes de golpear la puerta y Victoria se perdió finalmente en las sombras.

Victoria se adentró en el jardín y se quitó los guantes. Era difícil sostener la estaca con ellos. Su cuello estaba cálido, pero no podía correr ningún riesgo. Max salió de atrás de unas plantas, en la dirección contraria a la que ella esperaba. "Otra llave ha sido insertada", dijo sin preámbulos.

"¿Vienes de allí?", preguntó.

"Si, quería verlo por mí mismo".

"¿Sabes que llave era?"

"Sé que no era la de Eustacia", respondió y Victoria se quedó más tranquila. Caminaron a través del jardín y Max la guió hacia la puerta de servicio. Comenzarían su búsqueda por ahí. Abrieron la puerta y entraron.

"Déjame entrar primero a mi", dijo ella apresurándose. Sin duda la mansión había estado desocupada por años, el polvo acumulado era impresionante.

Estaba oscuro y Victoria abrió y cerró los ojos varias veces para adaptarse a la oscuridad del ambiente y luego, sin decir ni una palabra, atravesó el cuarto con cuidado de no chocarse contra nada. Debió dar dos o tres pasos, cuando Max la cogió del brazo.

"¿Qué haces?", le preguntó.

"¿Qué crees?, me dirijo hacia el salón principal", respondió ella con voz firme.

"Entonces sígueme. Es en esta dirección. Por ahí se llega a la dependencia del servicio".

Victoria se dio vuelta y lo siguió con sigilo, enfadada consigo misma por haberse desorientado. Era obvio que la dependencia de servicio estaría en la parte trasera.

Los pasillos estaban vacíos, los muebles cubiertos con sábanas y había telarañas por todos lados. Victoria debió cubrirse la nariz para no estornudar, cuando Max empujó una vieja cortina y provocó una nube de polvo.

A medida que se acercaban, las voces se hacían cada vez más fuertes. Al llegar a una puerta, Max se acercó al marco y la abrió con cuidado. Se asomó deliberadamente y le bloqueó la vista a Victoria.

Ella no estaba segura si lo estaba haciendo a propósito o no, pero de todas maneras le molestaba. Les costaba muchísimo trabajar juntos y siempre se sacaban chispas.

Había sido su mayor detractor al principio de su carrera y un maleducado al pretender que era   parte del Grupo Tutela   . Si bien tal vez la muerte de Eustacia, lo había hecho reconocer el papel de Victoria, era demasiado pronto para saberlo y Victoria había caído en el viejo hábito de molestarse ante todo; pero igualmente estaba contenta de que hubiera regresado.

Max, abrió la puerta y salió, y luego le indicó que ella también lo hiciera. "Han debido de reunirse en el salón de baile", le dijo en voz baja. "Déjame acercarme y ver si puedo enterarme de algo. Tu si quieres puedes ir al segundo piso y comenzar la búsqueda".

"Muy bien", respondió ella. Max la cogió del hombro y le dijo donde encontrar la escalera. Victoria asintió con la cabeza y luego agregó, "Si nos separamos, encuéntrame en la puerta de servicio" y sin esperar a que respondiera, se marchó sin decir palabra, tal como él le había sugerido. Se apresuró a través del pasillo y muy pronto llegó a la escalera. Al escurrirse por el pasillo, Victoria tuvo la oportunidad de espiar a los invitados. Realmente eran muy pocos y no estaban en el salón principal, sino en una especie de hall de recibimiento. Había alrededor de veinte o treinta personas y el salón estaba iluminado sólo por velas, lo cual le recordó al juego del *mocoretto*. En la mesa del centro estaban las bebidas y los aperitivos y no había música, sólo el sonido de sus voces.

Una vez en la escalera, Victoria subió los peldaños, sujetándose de la barandilla y no vio un jarrón que estaba apoyado en uno de los escalones. Sin querer lo pateó y éste cayó dando tumbos. Victoria se apresuró a levantarlo antes de que volviera a golpearse en otro escalón y aferrada a él, término de subir, para refugiarse en la oscuridad por temor a ser descubierta.

Al cabo de unos segundos, dos hombres provenientes de la reunión, se acercaron a la escalera. Victoria podía verlos perfectamente desde donde estaba, pero ellos no. Conversaron un rato y luego volvieron con los invitados. Como Victoria se había llevado el jarrón, no tenían manera de identificar el ruido. Uno subió hasta la mitad del escalera, pero el otro lo convenció de que bajara, insistiendo que no había sido nada, que las casas viejas crujían. Victoria tenía el corazón en la boca, pero por suerte no pasó nada.

Apoyó el jarrón en el piso, en un lugar donde no molestaba e inspeccionó el corredor con la vista. Se trataba de una pequeña cornisa por sobre el salón de baile. El lugar estaba todo oscuro y la única luz provenía del salón de abajo. Victoria se cercioró de que no hubiera ninguna puerta y que estuviera sola. Espió detrás de las cortinas y se imaginó las glorias de la mansión cuando estaba en su apogeo.

A pesar de que el grupo era pequeño y que todos estaban vestidos de fiesta, la reunión era muy diferente de las que ella había participado hasta ahora. No se parecía en nada a las reuniones del Grupo Tutela. No había cánticos, inciensos, ni sacrilegios. La gente de todos modos, parecía conversar animadamente, pero no se veían distendidos.

Desde arriba, podía ver a su madre y a sus amigas y su cuello le confirmaba que no había vampiros cerca. De pronto sintió la presencia de alguien y se volteó para enfrentarlo. Se trataba de Max que había subido a buscarla. El joven se acercó por detrás de ella y ambos miraron por la abertura de la cortina. Victoria lo ubicó a Zavier y lo observó conversar con dos hombres. Algo que Max debió haber adivinado, ya que aprovechó un momento para decirle al oído: "Zavier es un buen Venator" y Victoria respiró hondamente. Su proximidad le incomodaba y su espalda rozaba su pecho. Deseaba que se separara para que ella no tuviera que hacerlo, pero Max no se movió. "Ten cuidado con él", le dijo y sus palabras resonaron en sus oídos. Era un aviso.

"¿Qué tenga cuidado?", preguntó y Max por fin se separó. "Le romperás el corazón".

Sus palabras la tomaron por sorpresa. "¿A qué te refieres?". Por fin preguntó: "¿No me digas que me das consejos sentimentales? Tú que estuviste a punto de casarte con la hija de un vampiro".

"Sólo te digo que Zavier es un buen hombre", le respondió Max en voz baja. "Eres demasiado fuerte para él. Lo dejas que se ilusione con tus zapatos de cenicienta y luego le romperás el corazón. Es posible que sea su culpa, ya que lo expone demasiado, pero eso no te hará menos culpable".

"No dejas de sorprenderme Max", le dijo Victoria firmemente. "También está enamorado del concepto de una mujer Venator. Si Eustacia hubiera sido más joven, lo hubiera intentado con ella también".

"Max, eres un grosero".

"Puede ser, pero sabes que soy honesto".

"Vulgar, diría yo".

"Ya que estamos en ello déjame decirte lo que pienso. Estarías mejor con el ventajero de Vioget, en lugar de este pobre infeliz".

"Me parece extraño que me incites para que esté con Sebastián. ¿Acaso es algún tipo de castigo?"

"No creo que esté incitándote para que estés con Sebastián. Yo no diría eso…".

"No estoy tan segura, ¿No fuiste tú, después de todo, el que le incitó para qué me secuestrara aquella vez?". Max sabía que Victoria no dejaría que Nedas activara el obelisco sin al menos intentar detenerlo, por muy peligroso que fuera y su interferencia podría haberle costado la misión, por eso le pidió a Sebastián que se encargara de ella.

"Una tarea que aceptó de buena gana. Claro que también tenía su motivo para cooperar. Tengo entendido que su carruaje era muy confortable".

El rostro de Victoria estaba a punto de explotar. ¿Cómo era posible que Max supiera que Victoria le había permitido a Sebastián que la sedujera en aquel carruaje? Menos mal que estaba oscuro o hubiera visto sus mejillas ardiendo con ira y vergüenza a la vez. ¿Cómo era posible que dijera algo así? ¿Acaso pensaba que ahora que Victoria era mayor, sus sentimientos ya no eran tan delicados?

"Al menos, estaría bien si puedes reconocer tus fallos", concluyó como si lo que dijo, no hubiera sido nada, como si no la hubiera ofendido. "Además, realmente no me importa lo que hagas con él. Por mí puedes cortarle la cabeza, clavarle agujas en el corazón o sacarle los ojos. Zavier en cambio, es un pobre tonto, no podría ver tus fallos aunque se los pusieras frente a sus ojos. Te tiene en un pedestal".

"Aún no entiendo por qué estás hablando de mi vida privada. No creo que mis asuntos te conciernan".

"Te repito, no son tus asuntos, sino los de Zavier los que me preocupan. Odiaría ver a un Venator incapacitado por un corazón roto, y los dos sabemos que eso es lo que sucederá".

"¿Cómo puedes estar tan seguro de ello?"

"Porque no es lo suficientemente fuerte. Es un gran guerrero. Pero no está a la par en asuntos del corazón. Lo único que le queda es hacerte feliz. Te perdonará todo por temor a perderte. No le hagas esto, por su bien y el bien de todos los Venators".

Victoria comenzó a llorar, las lágrimas le obnubilaban la vista. Sentía pena, odio y culpa. Cerró los ojos y respiró profundamente. Temía voltear y abofetearlo, pero eso no era para una dama de sociedad. "Seguro que te hubiera gustado decirme lo mismo de Phillip".

"No", respondió él. "Phillip era fuerte, pero no comprendía nuestro mundo. Si lo hubiera hecho…" Max no tuvo necesidad de terminar sus palabras y Victoria tampoco quería oírlas. Victoria sabía que si Phillip hubiera entendido un poco más, aún estarían juntos. Victoria se echó hacia atrás y se paró junto a él. Le ardían los ojos y su garganta estaba seca.

"Victoria, tú más que nadie sabes lo que se siente tener un corazón roto. Ocúpate de no generarle males a pobres inocentes. Puedes hacerlo".

Victoria no respondió. Tras la muerte de Phillip, se encontró discapacitada durante muchísimos meses. Tuvo miedo de levantar la estaca y utilizar su poder de mala manera. Era consciente de que su instinto, su fuerza y su don, podían ser utilizados de ambas maneras. Si bien se haría cargo en el exterior, internamente, atravesaba un torbellino de emociones. Varias de ellas la llevaron por mal camino.

"¿Victoria?" Le dijo en voz baja.

"No tengo nada más que decirte", le respondió. "No he visto ni sentido la presencia de ningún vampiro, ni miembro del Grupo Tutela". Victoria volteó y agradeció la oscuridad entre ellos. "Voy a bajar", le comunicó.

"Victoria" volvió a llamarla, pero Victoria no volteó y siguió caminando hacia la escalera. Apenas podía ver, la sal de sus lágrimas se lo impedían.

Al llegar al primer escalón, Victoria se sujetó de la baranda para guiarse en el descenso y un objeto de metal tocó su hombro. "Que sorpresa", dijo una voz familiar. "No los esperábamos todavía". Alguien encendió una vela y Victoria vio el rostro de George Starcasset y Sarafina Regaldo.

~9~

Tres damas perdidas en la noche

MAX ESCUCHÓ el ruido del gatillo y se quedó helado al sentir que su nunca finalmente intentaba alertarlo de algo.

Vampiros...cerca… en las proximidades.

La luz que emitía la vela, no era suficiente para verle la cara.

"¡Maximilian!", exclamó ella y aún sin verla, Max la reconoció de inmediato. Se trataba de su prometida Sarafina Regaldo y el mismísimo George Starcasset. "Sara", exclamó sin poder controlarse. Aquel encuentro lo había dejado pasmado. "Qué sorpresa más inesperada", se atrevió a decir y al acercarse vio que Victoria tenía la cara manchada. Que había llorado y que se encontraba bajo el control de Starcasset y su arma. Lo miraba con cara de enojada y sin decir nada, lo culpaba de ello. Antes de que pudiera dar un paso más, Sarafina fue a su encuentro. Era la muchacha rubia de ojos alegres con la que se había paseado del brazo durante demasiados meses para su gusto y con la que había tenido demasiados tete a tete de los que recordaba. Una muchacha encantadora, pero con una afinidad hacia los vampiros que era difícil de comprender. Sarafina se paró delante de él y Max se preguntó si lo abrazaría o qué tipo de reacción tendría para con él. Cuando ella levantó la mano y le tocó el hombro derecho, Max no parpadeó. Le abrió la camisa bruscamente y sus marcas recientes fueron expuestas. Max se la quitó de encima y volvió a arreglarse la camisa. " Déjame tranquilo Sara, y guarda esa pistola, podrías lastimar a alguien".

Sara no dejó de apuntarlo firmemente. Evidentemente le estaba haciendo daño. "Entonces es verdad. Fuiste a verla".

Max no supo qué contestar. Una mujer despechada puede ser una bomba de tiempo.

Starcasset interrumpió sus pensamientos. "¿Podrías dejar esto para otro momento? No creo que sea el lugar…" y debió clavarle el arma a Victoria más fuerte que antes, ya que la joven saltó y su cara demostró dolor. Mirándolo a Max agregó. "Estoy seguro de que coincidirás conmigo, con que es mejor mantener las cosas calladas".

Max le dio la razón con la cabeza y la miró a Victoria cuando respondió: "Efectivamente. No creo que sea una buena idea que la gente de la reunión se involucre en esta lucha" y la joven no dijo nada.

"Muy bien, señor Pesaro. Veo que nos entendemos. Qué le parece si usted y su adorada prometida nos muestran el camino. La Srta. Rockley y yo los seguiremos…".

La pareja obedeció y comenzaron a bajar las escaleras lo más silenciosos posibles. Max estaba bien armado y sabía que podía reducirlos sin problema, pero no quería crear ningún inconveniente enfrente de los invitados. Evidentemente esos dos, eran dos amateurs. A ninguno de los dos se les ocurrió palparlos por armas. Habrán pensado que sólo tendrían estacas, pero en verdad tenían mucho más que eso.

En teoría Max dejaría que se alejaran lo suficiente antes de actuar. Lo último que necesitaban en ese momento, era un montón de mujeres corriendo desaforadas. A medida que se alejaban del salón principal, las sensaciones en el cuello de ambos, comenzaban a hacerse más fuertes. Las criaturas estaban cerca. Atravesaron una de las puertas de servicio y descendieron hasta lo que anteriormente era la bodega y entraron a otra área del personal de servicio. Aparentemente la idea detrás de la búsqueda secreta era alimentar a los vampiros y entretener a los miembros del Grupo Tutela, como por ejemplo el padre de Sara Regaldo.

Max esperaba el momento para sorprenderlos y un movimiento detrás de él lo animó. Se trataba de Victoria que había encontrado el modo de revertir los roles con Starcasset. Max se encargó de Sara y la levantó cogiéndola por las costillas. Max sabía cuánto podía apretarla, y si bien no quería hacerle daño, si pretendía colocarla en su sitio. Saltó en el aire con la técnica del Qinggong y por un momento pareció volar al aterrizar del otro lado de unas cajas. Ejecutó un movimiento preciso y golpeó a George en la nuca, desmayándolo en el acto y Victoria se encargó de Sara, atándola de pies y manos y luego se dirigió nuevamente hacia el salón principal. Max término de amordazar a Sara y fue en su búsqueda.

"¡Mi madre!", gritó Victoria frustrada al no recordar el camino y Max la alcanzó.

"Por aquí", dijo él y antes de que pudieran abandonar el sótano, se abrió una puerta y más de 12 criaturas los embistieron. Algunos de ellos eran vampiros, pero no todos. Se defendieron como pudieron y no pudieron ayudarse. Los pliegues de la falta de Victoria estaban todos revueltos y parecía un mar de encaje y rosetas bordadas. Victoria trató de quitarse de encima al primer malhechor, pero como la atacó por detrás, fue difícil reducirlo. Max, por su parte, también tuvo problemas para defenderse. Los miembros del Grupo Tutela lo apuñalaron por la espalda e hirieron sus piernas. Max cayó rendido y algo lo golpeó en la cabeza.

~*~

"No me sorprendería si nos ataca un vampiro", confesó Lady Nilly guiando el camino. Estaba oscuro y su vela apenas iluminaba.

El pasillo era lo suficientemente ancho como para que caminaran a la par, aunque debían poner atención para no chocar contra los muebles y siempre una de ellas terminaba detrás. Los techos eran altos y los corredores largos. Había tierra y telas de araña.

"¿Un vampiro?" Repitió Lady Winnie apretándole la mano a Nilly y acercándose lo más que pudo a la luz. "¡Qué horror, no tengo mi cruz!", respondió espantada, "¡y olvidé también mi diente de ajo y la estaca!"

"Por favor, Winnie" dijo Lady Melly. "Cuántas veces deberé decirte que los vampiros no existen. Menos mal que dejaste de usar esa cruz. Te quedaba fatal, nunca combinaba con tu ropa y además hacía un ruido horrible al caminar...".

"Estás exagerando", respondió mortificada y volteó hacia adelante. "Sólo digo que es el lugar perfecto para esas criaturas. Puedo sentirlo. El aire estancado, las sombras... el sonido de los murciélagos".

"Basta de decir esas cosas Nilly", le encomendó su amiga Winnie, llevándose las manos a los oídos. "No sé para que venimos aquí, ni por qué nos separamos de Zavier". La mano de Melly, le dio un susto bárbaro y la duquesa pegó un alarido. " Winnie, ¿qué haces? ¿No ves que soy yo?", insistió Melly. " Fue tu idea pedirle a Zavier que fuera al bar, mientras nosotras investigábamos. Permíteme el mapa Nilly, y tú déjate de hablar de vampiros. No sé por qué te dejamos ser la guía...".

Lady Melisande le arrebató el mapa y se colocó delante de ellas. "No escucho nada, debemos haber quedado detrás del grupo", anunció la duquesa en voz baja. "No se para que vinimos, seguro que nos encuentran mañana con las gargantas cortadas y tres X en nuestros pechos".

"Maldita sea Nilly, nos llevaste por el camino equivocado", le dijo a su amiga estudiando el mapa y cuidando no prenderle fuego con la vela.

"No nos cortarán la garganta", respondió Nilly a la duquesa ignorando el comentario de Melly. "Los vampiros no atacan, a menos que sean puestos en peligro. Simplemente te chupan la sangre".

Ulises llevó las manos a la garganta y se cubrió el escote. Estaba aterrada. "Eso no es lo que he escuchado", retrucó.

"Hablo de buena fuente", respondió Nilly. " La hermana de la esposa de mi primo fue mordida por un vampiro", compartió Nilly siguiendo a Melly " y dice que apenas le dolió. Que en realidad fue placentero...".

"Realmente no veo qué es lo que puede ser placentero de esa experiencia. A mí no me gustaría que me clavaran los colmillos", respondió Winnie asustada. " Si me pasara, seguro que me moriría de miedo y además no sentiría nada...".

"¿Puedo ayudarlas ladies?", le preguntó una voz gentil y las tres corrieron a su encuentro. Al claro por dónde había aparecido.

Winnie dio un pequeño grito y se amarró a su compañera.

"No tengan miedo", les dijo y con una sonrisa gentil se acercó a ellas mostrándoles las manos para no atemorizarlas. No se trataba de un hombre joven, pero tampoco era de la edad de las mujeres. Parecía amistoso y estaba bien vestido. Una telaraña colgaba de su hombro y evidentemente, el también era parte de la búsqueda. No era particularmente atractivo, pero tampoco era feo y tenía bigote y barba. Su cara era agradable y no parecía que fuera a morderlas.

"No estamos asustadas", respondió Lady Melly con firmeza intentando soltarse del brazo de Winnie. " Simplemente nos separamos del grupo. ¿Acaso usted también es parte de la búsqueda secreta?"

"Así es. A lo mejor puedo ayudarlas. ¿Acaso les gustaría volver al salón? Creo que se dónde están todos reunidos…".

"No me diga que ya han encontrado el tesoro", respondió Winnie mortificada olvidando sus nervios, pero antes de que pudiera contestar, un ruido los distrajo.

"¿Qué fue eso?", preguntó Melly. "¿Acaso ya están festejando?", demandó Winnie.

"No lo creo", respondió el caballero. "Es muy temprano. Acompáñenme, yo las llevaré al salón". Melly fue la primera en dar un paso al frente y Nilly y Winnie la siguieron.

Winnie se acercó a Nilly y le dijo,"¿qué tal si él fueron vampiro? Podría convertirse en un murciélago en cualquier momento y atascarse en tu cabello". "Si en verdad se tratara de un vampiro, creo que tendría mejores cosas que hacer, que convertirse en un murciélago. Seguramente nos llevaría a un lugar oculto y nos atacaría", respondió Lady Petronilla con voz angustiada."Me pregunto si nos llevaría a una habitación o directamente a un ataúd…" continuó.

Lady Winifred se detuvo. "¿Qué dices? No puedo creer que fuera tan tonta como para olvidarme la Cruz en casa".

"Le pediré ser la primera", dijo Nilly con valentía. "De ese modo tal vez tú y Melly puedan escapar…".

"Tal vez pueda encontrar algo con qué defendernos. Una estaca. Quizás pueda fabricarla con algo. ¿Tiene que ser de madera, verdad?"

"¡Qué tontas que somos! Si fuera un vampiro no necesitaría una vela. Todos sabemos que los vampiros ven en la oscuridad" y las dos se abrazaron alegremente.

"Además no es lo suficientemente alto", agregó Nilly. "Ni lo suficientemente guapo", se aventuró a decir su compañera.

"No saben lo contenta que me pone que sepas tanto de vampiros, Nilly". Comentó su amiga caminando felizmente.

Lady Petronilla de todos modos, no estaba del todo convencida; pero no quería demostrarlo, para no asustar a su amiga. "En realidad nunca conocí a ningún vampiro. Es posible que esté equivocada…". Su tono era sincero y se notaba que no quería perder la esperanza.

"Debemos habernos equivocado muchísimo", le dijo Lady Melisande a su nuevo amigo. "No pensamos que nos habíamos alejado tanto". El caballero se rió y su risa terminó de descolocarlas. "Por aquí nos dirigimos al salón, a menos que quieran ir adonde está escondido el tesoro…".

"¿El tesoro?", preguntó Lady Winifred, apresurando el paso para alcanzarlos. "¿Dices que sabes dónde está el tesoro?"

"Si de verdad sabes dónde está el tesoro, estaríamos muy agradecidas de que compartieras el hallazgo con nosotras, amable desconocido", expresó Winnie, haciéndose la simpática. " Además sería mejor ir ahora en lugar de perder tiempo llevándonos al salón y volver sólo". Insistió. "¿Qué tal si alguien se le adelantara…?"

"Su lógica es brillante", respondió. "Si vamos a ir ahí primero, debemos doblar aquí entonces", les dijo guiándolas a través de un corredor.

El pasillo era mucho más angosto que el anterior. No había muebles y parecía una zona de servicio. Winnie pensó que el tesoro estaría escondido en la parte trasera de la mansión, lo cual fue una gran deducción. Su sentido de orientación era impecable. "¡Claro! El tesoro está escondido en un lugar poco transitado", concluyó.

Nilly apresuró el paso y se pegó a sus dos amigas que estaban una a cada lado del misterioso samaritano y cuando una mano le tocó el hombro, dio un salto, pero ninguna de las dos se dieron cuenta. Nilly volteó y se encontró con un caballero alto muy elegantemente vestido y cuando le sonrió, pudo verle los colmillos detrás de los labios.

Sus ojos eran rojos y a pesar de que quiso gritar, no le salió la voz. Nilly cerró los ojos y giró el rostro, consciente de que su pecho y cuello estaban demasiado expuestos. De pronto cambio el aire y escuchó un ruido como de forcejeo seguido de un Poof y una voz delicada le preguntó si se encontraba bien. Cuando abrió los ojos, el hombre frente a ella, ya no tenía ojos rojos ni el cabello oscuro.

Se trataba de un muchacho joven, de cabello castaño y piel color caramelo que sujetaba su vela con una sonrisa.

"Yo… tu… el…".

"Tuvo que marcharse", le respondió. " Ya está a salvo señora, o debo llamarla señorita?", le dijo con una sonrisa desarmante. " ¿Qué hace una mujer tan hermosa como usted en un sitio como éste?"

"¡Nilly!" sus amigas corrieron al verla y el misterioso acompañante, ya no estaba con ellas.

"¡Oh!", se quejó Nilly cuando volteó y no vio a su enigmático defensor.

"¿Por qué te separaste de nosotros Nilly?" , preguntó Melly. " Es muy fácil perderse, por favor no lo hagas".

"Nos estás retrasando", le informó la duquesa. "Y lo digo ahora, si llegamos a perder por tu culpa, no te lo voy a perdonar Petronilla".

"Acompáñanos", insistió Melly. "Nuestro amigo nos está esperando. " ¿Dónde está tu vela?" Preguntó Winnie.

Nilly volteó una vez más, pero no volvió a ver al caballero. Abrió la boca y luego volvió a cerrarla sin emitir sonido. Nada indicaba que ninguno de los dos hombres habían estado ahí. Sólo una vela extinguida en el piso y una montaña de polvo que no había visto antes. Apresuró el paso y alcanzó a sus amigas.

"Me pregunto si Victoria ya habrá regresado", comentó Melly y las tres se apresuraron para encontrarse con su guía.

"Espero que si es así, que esté con Zavier", respondió Nilly. " A lo mejor se están conociendo…".

"Espero que no", respondió Lady Winifred como si Nilly hubiera sugerido que Victoria se enamorara de un vampiro. "Por muy agradable que sea ese muchacho, no creo que sea para Victoria. No está a la altura de una marquesa. Cuando Victoria se casó con el Marqués de Rockley, el pobre descanse en paz, levantó su estatus social y no es hora de que lo baje ahora".

"Ladies", dijo el misterioso guía y luego preguntó si ya estaban todos reunidos.

"Así es, señor", respondió Lady Melly sin ponerle atención al hecho de que aún no se habían presentado.

De pronto apareció una mujer rubia y los sorprendió. "¡Esta buscándote por todos lados!", le dijo y bajó la voz para decirle algo en privado.

"Espero que no quieran acompañarnos", comentó Winnie mirándolos de reojo y la pareja se retiró por un momento. Escucharon pasos y al voltear, lo vieron a Zavier que acudía en su búsqueda en compañía de un desconocido para Melly y Winnie, pero un aliado para Nilly.

"Por fin las encuentro", dijo Zavier bromeando y se guardó algo en el bolsillo, que sólo Nilly llegó a ver. " Debemos marcharnos", les dijo y su compañero se adelantó, pero no vio a nadie.

"Zavier, estamos a punto de encontrar el tesoro", insistió Winnie y se adelantó para hablar con el guía, pero al hacerlo, descubrió que se había marchado.

"Me temo que sí, han encontrado el tesoro y por eso es hora de marcharnos. Todos los huéspedes ya se han retirado", confirmó el misterioso amigo de Zavier.

"¿Dónde está Victoria?", preguntó Lady Melly, aún buscando al guía. "¿No les parece extraño que se haya ido de esa manera?", les preguntó a sus amigas. "Qué poca categoría".

"Victoria volvió a buscarla, y como no la vio, pensó que ya se había marchado y se regresó a su casa…", explicó Zavier. " Están un poco tristes por haberse separado del grupo. Vamos ladies, es mejor que nos marchemos".

"¿Me permite?" Preguntó el caballero rubio ofreciéndole el brazo a Nilly y cuando está aceptó, con pasos apresurados, la escoltó hacia la salida. Cada vez que los caballeros miraban por encima de sus hombros, ninguna de las mujeres prestó atención. Estaban, más que nada, ocupadas en seguirles el ritmo.

"Por aquí no es por donde entramos", exclamó Melly, pero ninguno de ellos le prestó atención. Al salir por una puerta lateral, el cambio de temperatura los golpeó.

"Mis zapatos", dijo Nilly al pisar el húmedo césped. "¡Se arruinarán!"

"Por aquí", insistió Zavier abriendo el pórtico y haciéndole seña a la carroza para que los recogiera. Las damas subieron y se acomodaron rápidamente y Zavier cerró la puerta y le indicó al conductor que arrancara. No fue hasta que se alejaron lo suficiente, que las mujeres notaron que el caballero rubio había desaparecido. A decir verdad, ninguna de ellas recordaba si había abandonado el edificio.

"No lo puedo creer", dijo Winnie mirando por la ventana. "Me parece que ese hombre nos engañó para quedarse con el tesoro", dijo desmoralizada y se cruzó de brazos. Ninguno de los cuatro dijo palabra.

10

Victoria se encuentra a sí misma en una posición incomoda

VICTORIA DESPERTÓ suavemente y rápidamente se dio cuenta que le dolía todo.

Lo último que recordaba, eran la lucha al lado de Max intentando defenderse segundos antes de colapsar. Luego algo la atacó por detrás y no vio más.

No sabía cuánto tiempo había pasado, ni dónde se encontraba. Todo estaba oscuro y no podía ver nada. Intentando adaptar su vista, abrió y cerró los ojos varias veces, pero esto poco la ayudó.

No podía moverse. Sus manos estaban atadas detrás de su espalda. Victoria intentó sentir la pared con sus dedos y notó que era de piedra; debía encontrarse aún en el sótano.

Su cuello estaba helado y ráfagas frías azotaban su rostro. Los muertos vivientes estaban cerca y Victoria poco podría hacer para protegerse. Su ropa estaba rasgada y su piel magullada, pero eso era lo que menos le preocupaba. Cerró los ojos se intentó concentrarse, escuchar algo que pudiera informarle dónde estaba, pero no escuchó nada. Todo estaba en silencio. Intento ponerse de pie, pero no tuvo éxito y volvió a cerrar los ojos. Respiró profundamente y confirmó sus sospechas. No eran sólo vampiros, sino también demonios los que estaban cerca. Podía olerlos. Su aroma era inconfundible.

Si bien se trataba de enemigos mortales, algunas veces operaban juntos. Según cuenta la leyenda, los demonios son ni más ni menos que ángeles caídos y Lucifer es su patrono quien condenó a Judas Iscariot con la inmortalidad y lo envió al infierno tras haberlo desobedecido. Judas fue el primer vampiro de la historia, una mezcla entre humana y demoníaca, una nueva raza, un nuevo peligro para la humanidad...

Lo vampiros fueron una creación de los demonios y en algún momento decidieron que debían reinar por encima de ellos, ya que se creían mucho más fuertes e inteligentes y que por ello merecían reinar en el infierno. Eso ocasionó una gran lucha interna y ambos acabaron por odiarse.

Victoria súbitamente recordó a su madre y se quiso morir. El terror invadió su cuerpo y se horrorizó. Sólo podía rogar para que Zavier hubiera sentido la presencia de esos dos grupos y hubiera persuadido a su madre y amigas para que abandonaran la fiesta. Con estos pensamientos se permitió calmarse.

Otra opción hubiera sido que Regaldo hubiera reconocido a su madre, lo cual no hubiera sido bueno; pero de ser así, seguramente la hubiera tomado de rehén y eso hubiera garantizado su vida. O al menos eso era lo que esperaba. Lo que rogaba...

Victoria escuchó un ruido y pensó que tal vez podría tratarse de Max. "¿Max?", llamó con voz baja, pero nadie respondió. Cerró los ojos e intentó escuchar nuevamente. Sabía que alguien estaba ahí, pero todavía no estaba segura quien era. Si en verdad se trataba de Max, el pobre debía estar muy malherido que ni siquiera podía contestar. Eso la aterraba.

Victoria movió las piernas una vez más y se dio cuenta de que no estaba atada. Ayudándose con las manos, logró sentarse y luego arrodillarse. De pronto escuchó voces y el frío de su cuello se intensificó y antes de que pudiera pensar en algo, se abrió la puerta y Victoria solo atinó a recostarse nuevamente y hacerse la inconsciente.

Con ojos entreabiertos, pudo inspeccionar la habitación y al personaje de la puerta. Notó que se trataba de una habitación pequeña y casi no tenía muebles. En el extremo opuesto había un bulto que pensaba que podía ser Max , por lo que se arrastraría hasta allí en cuanto cerraran la puerta.

"No tengas miedo", escuchó decir y la vos le pareció familiar. " No estarás aquí por mucho tiempo. Akvan vendrá a buscarte pronto".

¿Akvan? ¡Qué horror! ¿Acaso era ese el demonio que olía?

Arrojaron a alguien y cerraron la puerta con traba.

"Ay", dijo la persona al golpear el piso. "¡Qué manía de tratarnos como animales!"

A Victoria se le cayó la mandíbula, pero por suerte estaba todo muy oscuro como para que la viera. "¿Sebastián, eres tú?"

"En carne y huesos, que es lo que han dejado de mi…"

"¿Cómo llegaste aquí?"

"¿No me digas que no te alegras de verme? Pensé que me estabas buscando, ¿o acaso era un falso rumor?"

"Esperaba verte en otras circunstancias… tal vez más convencionales. Pero, si, te estaba buscando. Necesito preguntarte algo". Victoria intentó levantarse nuevamente y acercarse hacia donde lo vio caer. Todo estaba vuelto en la oscuridad, pero resultaba más fácil orientarse. Ahora sabía dónde estaba la puerta, el tamaño de la habitación y cómo acercarse hasta el bulto, que pensaba que podría tratarse de Max. "¿Escuche bien, acaso es verdad que los oí decir que Akvan vendrá a buscarnos pronto?"

"Si, el…" Sebastián soltó un pequeño quejido y no pudo terminar la frase cuando Victoria le pisó la mano. " Aprecio tus ganas de verme Victoria, pero por favor ten cuidado".

"Lo siento", respondió ella sonrojándose. " ¿Por qué no me desatas? Así podré ayudarte mejor".

"Aunque me excita la idea de verte atada, será un gusto desatarte, si es que puedo". Creo que estoy aún más impedido que tú. También llevó atados los pies".

"Maldita sea, me han quitado el cuchillo", dijo Victoria mortificada al darse cuenta que ya no tenía. Seguro que me lo quitó Sara, George era demasiado tonto. "¿Por qué no te sientas de espaldas a mí? Tal vez así podamos desatarnos mutuamente", compartió la joven.

Sebastián, se incorporó como pudo y se recostó en su espalda. Se sentía dolido y tibio sobre ella y olía igual que siempre; a una mezcla de ajo con especias. Sus hombros se acariciaron y Victoria sintió el material de su camisa sobre sus hombros desnudos. La tela estaba empapada.

"Creí que Akvan estaba muerto", dijo Victoria mientras intentaba desatarlo. Sus manos estaban entrelazadas y sus dedos pegajosos. La posición no dejaba de ser erótica y su tacto sensual.

Sebastián deslizó sus dedos sigilosamente y pudo localizar los nudos. Sus palmas estaban mojadas y Victoria creyó oler a sangre. "¿Estás sangrando?", le preguntó.

"Un poco", respondió él y Victoria creyó escuchar algo de esfuerzo en su voz. "Verás, se alertaron cuando me vieron tan cerca del objeto y la lucha fue cruenta".

"Por favor, dime que no te mordieron", dijo Victoria, lejos de ser una pregunta.

"No, por supuesto que no. No se atreverían. Después de todo soy el nieto de Beauregard".

"Lástima que eso, no te previno de llegar a esta situación", resaltó Victoria irónicamente.

"Al menos, me previno de que me cortaran la garganta. Al menos por ahora..." " y Akvan", insistió la joven. " Akvan estaba muerto, o al menos en el infierno, pero cuando Pesaro destruyó el obelisco le pidieron que regresará a Roma y así lo hizo. Tengo entendido que estaba muy débil y que ha pasado estos últimos cuatro meses recuperando su fuerza".

"¿Está aquí entonces? ¿Lo viste? Déjame desatarte", le dijo y por fin lo liberó de manos.

"Gracias mi querida Victoria. Sabía que podía contar contigo", expresó el joven acariciándose las manos. " Estoy aquí, porque mi abuelo me pidió que vigilará la puerta mágica. Aparentemente alguien ha estado intentando abrirla y parece ser que es el mismísimo Akvan. Lo vi a Pesaro y luego a un grupo de civiles, pero no esperaba encontrarte a ti también".

"Yo también me alegro de verte", le respondió y Sebastián río. " Déjame intentar soltar tus piernas", le dijo, pero no logro hacerlo.

Sus nudos eran muy tirantes. "¿Estás seguro, de que únicamente investigabas?", preguntó.

"Claro, que más entonces".

"No se, tal vez batirte con Max…"

"¿Por qué haría eso? Ya he ganado esa batalla hace tiempo. Max me debe la vida".

"¿Ah si? Qué curioso". Siguió intentando desatar los nudos y luego recordó el corsé que Miro le había fabricado. El único problema era que necesitaría ayuda para alcanzarlo. " Quiero ayudarte, pero no puedo sola. Creo que Max está inconciente del otro lado de la habitación y no podré atenderlo hasta que termine contigo.

"Tengo un cuchillo, pero necesitaré que me ayudes a sacarlo".

Sebastián rió. "Estoy segura de que te habrán desarmado, Victoria. Lo hicieron conmigo".

"Aún tengo mi corsé y esa es mi arma secreta".

Sebastián se quedó pasmado. ¿Me dices que quieres que te ayude con tu ropa interior aquí y ahora? No sé si reír o llorar…".

Victoria también se rió, sonaba cómico después de todo. No era el lugar propicio, pero los recuerdos de su último encuentro invadieron su pecho y la hicieron estremecer. Se le secó la boca y Victoria tragó la ridiculez de sus pensamientos en un momento de tanto peligro.

Debía pensar en su madre.

El sólo recuerdo del posible trágico final de su madre, la devolvió a la realidad. "No necesito que me lo quites, sólo que accedas a una daga. ¿Cree que podrás hacerlo?"

"Lo haré lo mejor que pueda", respondió galantemente. "¿Debo comenzar por adelante o por atrás?", le preguntó.

Victoria quería matarlo, eso no importa ahora. " Empieza por abajo", le indicó mirando hacia arriba. Se posicionó delante de ella y cuidadosamente insertó sus dedos entre la piel y el vestido y Victoria agradeció que no fuera Max quien debió hacerlo. La idea de sus manos tocando su piel le retorció el estómago. Sacudió los pensamientos y espero que terminara. El movimiento de sus manos, se sentía como caricias. El material de su ropa interior era tan delicado, que era como si estuviera desnuda. Su pulso se aceleró un poco y Victoria luchó por controlarlo. No quería que Sebastián notara que la estaba excitando.

"Creo que he visto a tu madre", le dijo al llegar a su torso. "¿Era acaso la señora delgada?"

"¿Qué señora delgada?", preguntó Victoria confundida.

"Había tres mujeres juntas, una era seria y protocolar, la otra ruidosa y rechoncha y por último, la elegante y mandona. Hubiera preferido que ninguna de esas fuera tu madre, pero como hablaban de ti, me imaginé que alguna lo sería. Posiblemente la mandona…" comentó concentrado en lo que hacía.

"¿Las vistes entonces? ¡Si las encarcelaron por tu culpa te juro que no te lo perdonaré!" anunció la joven bloqueando las cosquillas que le producían sus manos . "¿Sientes eso?, es el cuchillo. Por favor apresúrate".

"No me tienes fe", respondió. "Yo fui quien salvó el cuello de una de ellas, y también fui yo quien guió al hombre que supuestamente debía protegerlas, Zavier es su nombre, ¿verdad?"

"¿Están a salvo, entonces?", preguntó Victoria, exhalando.

"Ya casi", dijo él. "Había olvidado quitar un elástico", comentó.

"Si, debes soltarlo y la daga se aflojará", anunció ella. "Oh, detente", le dijo.

"No me decías lo mismo la otra vez".

"Eso fue cuando confiaba en ti", respondió Victoria inteligentemente sintiendo como retiraba sus manos del lugar que nunca debería haber visitado. "A decir verdad, creo que nunca confié en ti, inclusive antes de que me drogaras y me secuestraras… ¿Por qué dijiste que esperabas que la delgaducha no fuera mi madre?", preguntó la joven.

Sebastián forcejeó un poco más y finalmente liberó la daga. "No me cortes", le pidió Victoria y Sebastián removió el cuchillo e intento cortar sus cuerdas. "No, déjame hacerlo a mí", insistió Victoria. "Qué buena idea", respondió él. "Así la sangre nueva se mezclará con la vieja", bromeó.

"Y para responder a tu pregunta, que decías que yo esperaba que no fuera tu madre, ya que es sabido que una mujer termina siendo muy parecida a su madre al envejecer". "Y que tiene de malo Lady Petronilla en su aspecto?" " No tiene curvas. Es plana con una tabla", resumió Sebastián. Victoria agitó la cabeza y se mordió el labio.

"¡Por fin!", dijo Sebastián. "Ya puedo sentir mis piernas. "Ten cuidado, aún tengo el cuchillo en mi mano. No quiero cortarte, o dejaras de sentirlas".

"Ya estoy libre, muchísimas gracias". El exhaló profundamente y las cuerdas cayeron al piso. "¿Te das cuenta que al liberarme, ahora tengo ventaja sobre tí? Que estoy libre mi querida Venator". Victoria sintió una punzada en su estómago. "Sebastián, necesito preguntarte algo sobre mi tía". Sebastián, se levantó enérgicamente y aunque Victoria intentó seguirlo, notó que estaba atada de pies, algo que no había advertido antes.

"Sebastián, al tomar su *vis bulla...*" Vioget tomó su rostro entre sus manos y Victoria se olvidó lo que iba a decir. Primero le acarició su barbilla con sus labios, se arrodilló frente a ella y por fin la besó en la boca.

11

El deseo de Michalas se hace realidad

TRAS EL beso Victoria se sintió más vulnerable que nunca. Sebastián tenía el don de hacerla sentir así. Sus manos aún estaban atadas y su balance era precario. Así y todo Victoria cerró los ojos y abrió su boca cuando él lo hizo también. Aceptó su lengua y ofreció la suya en retribución. Los dolores de su pierna pasaron a segundo plano y aquel beso le hizo darse cuenta de cuánto lo había extrañado.

No podía verlo, sólo reconocer su sombra frente a ella, bloqueándole la visión. Podía imaginarse su rostro, su cabello alborotado y su mirada carismática. Qué diferente de la de su abuelo que era color caramelo y no dorada.

Sus labios eran suaves y la besaba con total devoción, raspándole la herida que su abuelo le había hecho la noche anterior. Victoria se sacudió cuando sus dientes le tocaron la herida e intentó retirarse, pero Sebastián la tenía tomada del cuello y no la soltó.

"Pensé… que preferías carrozas", dijo una voz rasposa. "Vioget" y Victoria se volteó súbitamente. "¿Max? ¡Gracias a Dios que estás vivo!"

"Tu preocupación me… mata", respondió con gran esfuerzo. "A lo mejor podrías traer ese cuchillo para aquí… ¡si es que habéis terminado!"

"Carruajes, salones, bodegas…" respondió Sebastián bromeando. "Siempre que se presente la oportunidad como podrás imaginarte". Victoria logró separarse de los labios insistentes de Vioget e intentó dirigirse hacia donde estaba Max y Vioget la siguió, cogido por su cintura.

"No te muevas Victoria", le dijo. "Llevo el cuchillo y no puedo ver nada", la alertó. "No quisiera cortarte, la sangre alertaría a todos los vampiros de los alrededores y se presentarían aquí enloquecidos".

Sebastián deslizó la mano que no llevaba la daga y le retiró el cabello de la espalda y comenzó a besarle el cuello mientras cortaba las cuerdas y Victoria pareció disfrutar el intercambio. Los motivos de Sebastian aún no estaban claros. Victoria creía que la besaba no sólo porque estaba atraído hacia ella, sino también para molestarlo a Max. En un momento deslizó su mano nuevamente y le cogió el pecho. Victoria se incomodó ante su oportunismo y ligereza y forcejeó para liberarse. Perdió el balance y cayó al piso. Sebastián rió e intentó levantarla, pero Victoria se movió justo a tiempo y por fin se liberó de las desgastadas cuerdas. Se puso de pie y le pidió el cuchillo. "Hasta aquí llegó el juego", le dijo. "¿Serías tan amable de darme la daga?" y el cuchillo cayó frente ella.

"Si tan solo pudiéramos ver" dijo recogiéndolo del piso… Miro había realizado el arma especialmente para ella. El mango era de plata y terriblemente afilado.

"Yo tengo algo que puede servirnos", dijo Max, "Pero necesito ayuda para sacarlo…".

Victoria sintió a Sebastián alejarse y le preguntó, "¿Adónde vas?"

"Quiero inspeccionar el suelo. A lo menor hay otra salida…"

Victoria no dijo nada, pero le molestó que no la ayudara con Max. Se acercó tímidamente y al tocarlo notó que estaba caliente y húmedo. Muy húmedo.

"Por Dios Max, ¿Qué te han hecho?", le preguntó, reconociéndolo con sus manos y acccidentalmente metiéndole un dedo en el ojo.

"¡Santo Cielo, Victoria. Me vas a dejar ciego!", se quejó y la joven deslizó sus manos por su rostro con mas delicadeza. "No hace falta que me profanes. ¿No te das cuenta de que no veo nada?"

"Obviamente", respondió. "Quítame las cuerdas, tengo un encendedor". Su respiración estaba agitada.

Victoria cortó las cuerdas y escuchó el alivio de Max cuando sus manos fueron liberadas. "¿Dónde está el encendedor?", preguntó. Lo que menos necesitaba era palparlo para encontrarlo. Especialmente herido como estaba.

"En la bota izquierda", respondió él y Victoria se agachó frente a él y tímidamente deslizó sus manos por su pierna hasta llegar a la bota. Alarmándose al sentir la sangre en sus pantalones. "¿Te han mordido?", le preguntó.

"No, me han disparado", le dijo. "Me duele mucho. Por favor date prisa", insistió.

Como un valet, se arrodilló frente a su bota e intentó quitársela. "No me la quites" le indicó. "Busca en el taco", le dijo. "Verás que se desliza y adentro encontrarás una lija y pedazos de madera". "Creí que era un encendedor", reprochó Victoria.

"Es igual de efectivo", insistió él.

"Otro estelar diseño de Miro", agregó Sebastián desde el otro lado de la habitación.

"¿Cómo conoces a Miro?", demandó Victoria.

"No deberías sorprenderte. Estoy muy relacionado", retrucó el joven y Max dio un alarido. Era difícil precisar si le había hecho gracia el comentario o si acaso una ola de dolor había recorrido su cuerpo.

"De poco te sirve, ¿verdad Vioget?", insistió Max.

"Aquí está lo que me pediste. ¿Ahora qué?", preguntó Victoria ignorando el argumento.

"Debes encontrar algo que quemar. Por qué no utilizas una de las espantosas flores de tu vestido" sugirió.

Victoria se mordió el labio en vez de responder. Evidentemente estaba muy dolorido, aún tratándose de un Venator y dejó pasar su comentario. Victoria arrancó una de las rosetas del vestido y coincidió con Max que sería una buena fuente de luz. Mortificada de no haberlo pensado antes.

"¿Cómo hago?", preguntó y Max le pidió que le acercara las cosas. Victoria obedeció, y acercó todo. Los dedos de Max estaban fríos, pero así y todo se desempeñaron muy bien. Max prendió la primera cerilla y encendió la flor. Se hizo la luz y su rostro se iluminó.

Victoria tomó la flor de su mano y la depositó en el suelo. Al levantar la vista, se encontró cara a cara con Max. El pobre lucía deplorable. "¿Adónde te dispararon?", le preguntó.

"En el hombro y la pierna", respondió. "Es grave". Una persona normal, entre la pérdida de sangre y el dolor, estaría inconsciente, pero Max era un fuera de serie. El joven intentó quitarse el abrigo y Victoria lo ayudó. Al quitarle la manga, se encontró con una gran mancha de sangre en el pecho. La bala lo había atravesado.

Victoria sintió un nudo en el estómago y recordó como la había ayudado a que recuperara sus fuerzas frotándole el talismán. Max intentó pararse y Victoria quiso ayudarlo, pero él le hizo señas con la mano para que lo dejara solo. "Necesito aplicar un torniquete", le dijo.

"Tu abrigo, ¿tal vez?", insinuó Victoria.

"No, es muy grueso", respondió el.

"De acuerdo", dijo ella y se arrancó el forro del vestido. "Esto funcionará".

"¿Has encontrado algo, Vioget?", preguntó Max.

"Poco y nada", respondió él. "La puerta está cerrada con llave y tiene doble seguro. A menos que tengas algo más escondido en tu corsé, querida, creo que no podremos salir hasta que abran la puerta y dudo que debamos esperar hasta entonces".

"Tiene razón", respondió Max.

"Seguro que Sara y su padre, se han unido con Akvan con intenciones de abrir la puerta mágica. Por eso armaron esta farsa, para atraer a mortales y alimentarse de ellos".

"No todos los miembros del Tutela se han unido a ellos. Te recuerdo que muchos de ellos son leales a mi abuelo".

Tras la destrucción del obelisco y la muerte de Nedas, que era el vampiro más poderoso de Italia, se ha desencadenado una gran batalla entre el padre de Sara, el conde Regaldo y el poderoso Beauregard; pero ahora que el conde se ha unido a las fuerzas demoníacas de Akvan, ya no están en igualdad de condiciones.

Victoria finalmente comprendió a lo que se refería Beauregard al mencionar aliados. No se trataba de una mala estrategia para Regaldo.

"¿Cuál es la conexión con los cuerpos hallados hasta el momento?", pregunto Victoria.

"Sus cabezas", respondió Sebastián. "Las utilizan para alimentar a Akvan". "La reunión fue una excusa para saciar su curiosidad. Es a ti a quien quieren", concluyó.

"No soy yo, sino la llave, lo que buscan".

"No dejes que la flor se apague", le indicó Max y Victoria se arrancó otra roseta.

Max bebió un trago de su petaca y al inclinar su cabeza hacia atrás, observó que había una claraboya y la señaló como la mano. Victoria levantó la vista y comprobó que estaba en lo cierto.

"Sebastián, déjame pararme en tus hombros". Le dijo.

"Por supuesto" le respondió. Victoria se subió a sus hombros y ayudándose de las hendiduras de la pared, logró escalar hasta arriba. " Efectivamente se trata de una ventana, pero es demasiado pequeña para todos nosotros; incluso para mí".

"¿Qué ves?", le preguntó Sebastián sujetándola de los tobillos. "Estamos al nivel del suelo y sólo llego a ver una pared".

"¿Puedes ver la reja de entrada?"

"Está muy oscuro, no veo nada".

"Aquí tienes", dijo y le alcanzó la roseta en llamas. Victoria se agachó intentando mantener el equilibrio y la acogió con su mano. Al hacerlo pudo verle el rostro y notó que estaba menos pálido. Fuera lo que fuera, lo que había en su petaca, funcionaba rápido. Al subir la antorcha y depositarla en la pequeña pestaña de la ventana, Victoria pudo identificar el jardín y la reja.

"Sí, ahora puedo ver la entrada. Se trata de una reja pequeña", le dijo y volvió a alcanzarle la roseta y se bajó de los hombros de Sebastián. Cuando logró soltarse de éste, se encontró con Max en el piso.

"¿Max, estás bien?", le preguntó. "¿Qué haces?", insistió acercándose a él.

"No me tapes la luz", le dijo. " Esa reja, está justo detrás de la Puerta mágica. La vi hoy durante mi recorrida" y confirma la sospecha de Ylito, que afirmaba que el laboratorio era adyacente a la mansión. Max volvió a incorporarse y anunció. "A diferencia de su sentido de la orientación, el niño es muy agudo".

"Lo que sea que estás planeando, te sugiero que lo hagas rápido", expresó Sebastián. " Nuestros anfitriones volverán en cualquier momento y preferiría no estar aquí cuando regresen. Desafortunadamente mi parentesco empeora la situación, no me podrá ayudar y ya me veo donando mi cabeza y todo lo que hay en su interior al hambriento demonio".

"Entonces, ¿qué te parece si nos ayudas?. Estoy seguro de que hay otra manera de salir de aquí" y debió sentir la ansiedad de Victoria, ya que le dijo. "No me hagas perder tiempo explicándotelo. Ni siquiera yo estoy seguro… ¿o sí?"

Max se obligó a pararse y con el resplandor de la antorcha, Victoria observó algo de satisfacción en su rostro. "¿Una puerta?", preguntó.

"Una gota de oro. Oro derretido. Esta pared comunica al laboratorio", dijo más convencido y juntos comenzaron a inspeccionarla con intenciones de descubrir un pasadizo secreto.

De pronto, sus nucas comenzaron a helarse. "Maldita sea", dijo él. "Vienen por mí", dijo ella. "A lo mejor no. ¿Qué tal si vienen en busca del nieto de Beauregard? Ninguno está exento".

"¿Por qué no nos hacemos los atados? Así podríamos sorprenderlos. Max, hazte el inconsciente. Sebastián, ponme unas cuerdas; pero antes, déjame sacar una estaca. Había olvidado que la tenía en el corsé". Se acercó a Sebastián para que le atara las muñecas y le indicó que las dejara lo suficientemente flojas, como para poder defenderse y luego lo ató a él.

Max volvió a recostarse donde estaba antes y Victoria se echó a sus pies, apagando lo que quedaba de la roseta en llamas. Apenas hubo olor a quemado y el cuarto quedó en silencio.

Su nuca estaba helada y su corazón latía fuerte. Sin duda, estaban cerca.

"¿Max, tienes el cuchillo?"

"Si", respondió "y también una estaca escondida en mi bota. No ataquen hasta que estemos fuera del cuarto".

"Seb…", no terminó de decirlo cuando la puerta se abrió. Con ojos entreabiertos Victoria, espió el panorama. Por lo que podían ver, había tres guardias. Parecían altos, sus colmillos eran largos y sus ojos rojos. Max tenía razón, debían esperan estar fuera de la habitación para comenzar a luchar o los encerrarían nuevamente. El tercer personaje, era una mujer y Victoria no la había visto hasta que se acercó a Max. Era alta y de facciones angulosas, su cabello era rubio y estaba prolijamente peinada. Cuando la tuvo enfrente, observó que llevaba un arma. Al pasar frente a Max, lo pateó con su bota y el pobre no dijo nada. Luego se acercó a Victoria y apuntándola con la pistola le dijo, " Akvan te está esperando" y al terminar de hablar, se pasó la lengua por los colmillos.

Estaba vestida de hombre y al agacharse para levantarla, Victoria le vio un colgante que traía en el cuello. La joven lo identificó de inmediato. Se trataba de la piedra de Akvan, otro fragmento como el que había visto ayer en el museo del Consilium. La tenía tan cerca, que podía oler su aliento a sangre. Evidentemente, acababa de alimentarse. Victoria sintió náuseas y pena ante la pobre víctima que había sido su cena. Desafortunadamente, Zavier y Sebastián no habían podido salvar a todos los invitados.

"Dile a tus amigos que no se muevan, o te volaré los sesos", le dijo y Victoria pretendió pararse. Primero se puso de rodillas y luego se levantó, denotando gran esfuerzo. La estaca estaba escondida dentro de su mano y no perdería oportunidad de utilizarla. Se arrastró hasta la puerta y la vampira la siguió, apuntándola con la pistola. No podía arriesgarse y ninguno de ellos hizo un movimiento en falso. Victoria abandonó la habitación, escoltada por los tres vampiros y se preguntó si volvería a ver a sus amigos. Intimidada ante el arma, se limitó a seguir las instrucciones.

Supuestamente Akvan la estaba esperando y los vampiros tenían instrucciones de trasladarla sin perder tiempo, pero Victoria no se entregaría tan fácilmente. En el momento en que la mujer bajó la pistola, Victoria aceleró la marcha y le quitó la tapa a la petaca que Max le había encomendado. Victoria no estaba segura que contenía, pero sabía que fuera lo que fuese, los sorprendería. Seguramente Max no se la había dado para que lo bebiera. Esperando el momento propicio, Victoria se limitó a oír la conversación de los guardias. La mujer vampiro era la jefa y los otros dos meros guardias de épicas proporciones. Menos mal que las estacas funcionaban en todos de la misma manera, ¿Qué tal si para los grandotes, necesitara algo más…? Victoria levantó los brazos y dejó que las cuerdas se escurrieran, liberando sus muñecas. Caminaron unos metros más y por fin Victoria lanzó el contraataque. Sacudió la petaca y los roció con una mano, mientras que con la otra desenfundaba su estaca. Los vampiros comenzaron a los gritos y se llevaron las manos a los rostros como si el líquido los quemara. Victoria tomó a uno de ellos por la ropa y le clavó la estaca, salvándolo de su miseria. Empujó al otro sobre la mujer y luego giró para atacarlo, protegiendo su cuerpo con el del vampiro, en caso de que ella quisiera disparar. Herir a su compañero no la imposibilitó de hacerlo y el ruido del disparo retumbó entre las paredes. El peso del vampiro aplastó a la mujer y Victoria sintió un dolor impresionante. Estaba herida, pero no podía rendirse. Victoria sujetó la estaca lo más fuerte que pudo y gritó furiosa a la vez que se lanzaba sobre ella. Victoria la cogió de los hombros y empujó su cabeza contra el suelo. Los ojos de la vampira estaban descontrolados y por mucho que luchaba por defenderse, poco pudo hacer. El cordón del pendiente de la vampira le llamó la atención y Victoria se lo arrancó sin reparo y le clavó la estaca en la base de la garganta haciéndola desaparecer. Victoria se levantó triunfante antes de que el polvo se depositara en el piso y se dirigió hacia el tercer vampiro que había sido herido y aguardaba su turno. Victoria notó que en su cintura había un llavero y pudo quitárselo antes de enviarlo al infierno. La estaca era tan efectiva que no sólo los aniquilaba en el acto, sino que también hacia desaparecer sus pertenencias, su ropa y cualquier objeto que pudieran tener de valor.

Victoria no sabía bien a qué se debía, y Wayren nunca había podido explicárselo, pero fuera lo que fuera, era un gran alivio. Victoria se guardó el collar en el bolsillo y abandonó la zona del crimen. La piedra irradiaba energía y Victoria podía sentirla en su pierna. Con pasos ágiles, se deslizó a través del corredor con intenciones de rescatar a sus amigos antes de que alguien sospechara que había habido inconvenientes con los prisioneros. De pronto, le pareció escuchar voces y se detuvo en el acto para escuchar lo que decían, pero no lo logró. Afortunadamente, nadie tenía sospechas y pudo seguir con sus planes.

Evidentemente el demonio estaba lo suficientemente lejos, como para que no les llamara la atención el retraso. La tercera y última llave, fue la que abrió la cerradura y Victoria se anunció para que ambos se prepararan. "¡Por fin!", dijo Max, levantándose rápidamente.

"¿Estás herida?", preguntó Sebastián, acercándose velozmente y si bien no la abrazó, le apoyó la mano sobre la herida con sumo cuidado. Victoria tendría que encontrar el modo de ocultársela a su madre y no sería fácil.

"Ya tendrás tiempo de jugar al enfermero", le dijo Max a Sebastián. "Ahora debemos marcharnos", insistió. "Yo ya hice mi parte, ¿por que no nos guías tú Max?", dijo Victoria. "Buena idea ya que tú te orientas menos que una paloma". Max sacó otra botella y tomó un trago.

"Creí que me la habías dado a mí", le dijo Victoria al verlo y Max le dijo que guardara silencio. Se asomó por la puerta y les indicó que lo siguieran. Victoria no volvió a decir nada, pero el episodio con los frascos le pareció extraño. Evidentemente la primera botella tenía agua bendita, sino los vampiros no hubieran reaccionado así, pero ésta contenía algo más. Max tendría mucho que explicarle. Además, las marcas en su cuello eran recientes y eso, sólo podía significar una cosa. Victoria sintió que se le erizaba la piel de sólo pensarlo.

Max los llevó por un camino directo y pudieron alejarse de allí rápidamente; pero no lo suficientemente rápido, como para librarse por completo. Victoria corría tan rápido como podía, pero el dolor punzante de su cadera, estaba empezando a ralentizarla. Subieron la escalera que comunicaba con el primer piso y cerraron la puerta de comunicación de la dependencia de servicio con intenciones de bloquearles el paso y felizmente, atravesaron el salón principal en busca de la salida. "¿Qué pasará con los invitados?", cuestionó Victoria. " Están todos muertos, ¿Acaso no los oíste?", expresó Sebastián. "No puede ser", insistió ella y dejó de seguirlos. "Victoria, te lo juro. No hay nada que puedas hacer. Debemos irnos", demandó Vioget. "Tiene razón", avaló Max. "La mayoría de los invitados, lograron escapar. Otros no tuvieron tanta suerte…".

Victoria quería demostrarles que estaban equivocados y se puso como loca. Max se acercó y la zarandeó, obligándola a que lo siguiera. Desde ya, no fue gentil.

Antes de que pudiera darse cuenta, ya estaban afuera. Comenzaba a amanecer y el olor del césped mojado era vigorizante. Caminaron juntos y pronto abandonaron los predios de Villa Palombara.

Sebastián la cogió del brazo y le dijo: "No sé cuándo volveré a verte, pero mantente alejada de mi abuelo". Y Victoria lo miró con ojos incrédulos. "Merece que le clave una estaca", le respondió belicosamente y Sebastián la besó, y lo hizo por sorpresa. Cuando Victoria volvió a abrir los ojos, vio a Zavier y a Max mirándola.

Sebastián había desaparecido, Max parecía aburrido y Zavier estaba pálido como un fantasma.

12

Lord Jellington tiene competencia

VICTORIA LUCHÓ por despertarse y por fin abandonó la pesadilla, aunque las horribles imágenes permanecieron con ella. Había sangre, cuernos y rostros distorsionados. Eustacia, Max, Sebastián, e inclusive Phillip fueron parte del sueño y sus voces y quejidos aún despierta, aturdían sus oídos. Victoria despertó desorientada y esforzándose por adaptarse a la idea de que estaba a salvo, hizo el intento de incorporarse lo más rápidamente posible. Se sentó en la cama y descubrió su frente. Su cabello estaba revuelto y sus manos entumecidas. Aferrada a las cobijas intentó alcanzar la campanilla para llamar a Verbena y reconociendo la habitación con la vista logró calmar su ansiedad, aunque sus ojos no dejaban de ver vestigios de ojos rojos y el rostro de aquella criatura macabra de piel negra y cuernos verdes que parecía atormentarla.

La cama estaba revuelta y Victoria estaba enroscada entre las sábanas. Por mucho que quiso liberarse, le fue imposible. Halos de luz se colaban entre las rendijas de su persiana contrastando aún más con el espantoso sueño. Al deslizarse hacia un lado, una puntada en su torso le recordó la batalla de la noche anterior y los esfuerzos de su doncella por curarla antes de que se fuera a dormir. Por mucho salvi y vendajes que le aplicaron, Victoria aún estaba dolorida. Sin duda había tenido mala suerte, Al atravesar la bala al vampiro, rasguñó la cadera derecha de Victoria y le dejó una marca espantosa que sólo se curaría con el tiempo. Su pierna izquierda, también había sido damnificada y tenía arañazos y moretones que por suerte ya estaban comenzando a esfumarse. Era una suerte que los Venators fueran tan resistentes y se curaran tan rápido.

Victoria por fin consiguió deshacerse de las sábanas y pudo sentarse en el borde de la cama si la ayuda de nadie. Sus dedos del pie apenas llegaban al piso y desde allí podía verse en el espejo de su tocador que estaba enfrentado a la cama. Tenía ojeras y un golpe en el pómulo derecho, pero dentro de todo, no estaba tan mal.

Max vino a su mente y Victoria recordó el intercambio de palabras cuando él le decía que regresara a su casa para que le curaran las heridas y ella se negaba. Según recordaba, caminaron juntos hasta la carroza, pero aunque Victoria insistió en quedarse con él, no lo logró. "No quiero dejarte solo", insistió la joven, pero Max ha hizo entrar en razones. "Has perdido mucha sangre, debes dejar que te atiendan", le dijo haciéndola recapacitar.

Su expresión era difícil de descifrar, Victoria no podía establecer si estaba enfadado o si acaso disfrutaba la situación. No era la primera vez que pensaban diferente y su obstinación los cegaba. "No seas tonta Victoria, esta no es la primera, ni será la ultima vez que me hayan herido. Vuelve a casa".

"Soy Illa Gardella y…".

"No me vengas con eso. Ve a que te atiendan", insistió sin ser persuadido y se dio media vuelta y se perdió en la niebla.

Victoria no tuvo más remedio que acatar su sugerencia y subir a la carroza. Olivier y Zavier la esperaban dentro y durante el viaje de regreso, ninguno de los tres dijo nada. El joven Venator, simplemente se remitió a observarla como intentando asimilar su verdadera personalidad.

Había sido una pena que la hubiera visto besando a Sebastián, o más bien que la viera correspondiendo su beso. Si bien Victoria no lo había iniciado, tampoco se había negado y a los ojos del joven, no hacía diferencia. Se había dejado llevar, en cambio los motivos de Sebastián seguro que eran mucho más elaborados que eso. Era muy posible que lo hubiera planeado para llevarle la contra a Max y hacerlos perder tiempo con una frivolidad semejante y también para demostrarle a Zavier que Victoria estaba con él. Cualquiera haya sido su motivo, el resultado era el mismo y Max estaba en lo cierto al advertirle sobre la vulnerabilidad de Zavier. Victoria debía ser cuidadosa, La joven odiaba reconocerlo, pero sabía que era así. Zavier por su parte, estaba mortificado, Victoria lo había dejado ilusionarse y sus intenciones para con ella no eran las mismas que las de la joven para con él.. Su beso no había significado nada para ella, había besado a dos hombres e internamente supo desde el principio que sólo tenía intenciones de volver a besar a uno de ellos.

Al apoyar los pies en el piso, Victoria se despojó de todos esos recuerdos y por fin recordó que Sebastián nunca respondió a su pregunta sobre el brazalete. Había esquivado la pregunta y seguramente también ocultado información. No le molestaba haberlo besado, lo que le molestaba era que el joven siempre encontraba la manera de no revelar información a menos que ya no le quedara más remedio.

Verbena llamó a la puerta y segundos después entró a la habitación. "Tu madre y sus amigas están en el salón", le comunicó y abrió paso para que entrara un sequito de personal cargando cubetas con agua y una bañera. "Están ansiosas por descubrir que te pasó noche…", le dijo.

"¡Qué lío!", respondió Victoria. "¡Llegaré tarde al Consilium!"

"Yo también quiero que me cuentes cómo te fue. ¿qué tal funcionó el corsé?", preguntó intrigada al cerrar la puerta tras los sirvientes. "Necesito saber para contarle a Olivier. Me está volviendo loca, no hace otra cosa más que preguntarme…", comentó Verbena. "¿Por Dios, qué sucedió con tu vestido?", le preguntó horrorizada "¿Qué le pasó a las rosetas?"

Victoria se hundió en la bañera. Eran demasiadas preguntas juntas. Al emerger su cabeza del agua, exhaló y oyó el resto de los comentarios de su doncella. Sus heridas le ardían con las sales de la bañera, pero aún así, la sensación del agua era más placentera que dolorosa. En algún momento debería comunicarle a Verbena que su peinado no había sido efectivo. Que se había desmoronado tras quitarle la estaca de la base de su nuca, pero lo dejaría para otro momento. De todos modos deberían corregirlo cuanto antes, ya que le había resultado mucho más difícil luchar con el cabello en el rostro…

Cuando el agua se puso turbia, Victoria abandonó la bañera. Verbena la esperaba a un costado con una toalla muy mullida. Ambas se dirigieron hacia el tocador y Victoria se sentó en su banqueta, mientras que Verbena permaneció parada detrás de ella. "¿Qué es todo este desorden?", preguntó Verbena apresurándose por organizar el tocador. "¡No toques!", ordenó Victoria extendiendo sus brazos para cubrir los objetos. "Hazme mejor el cabello así puedo bajar a saludar cuanto antes…".

Verbena se quedó helada ante la reacción de su dama y no respondió. Los artefactos le llamaban ahora aún más la atención. ¿Acaso Victoria guardaba secretos con ella? La doncella estaba mortificada y Victoria por su parte, también estaba irritada. ¿Cómo era posible que Verbena demandara estar informada de todo? No siempre podría ser su confidente.

Imágenes del sueño volvieron a invadir su memoria y Victoria se cubrió los ojos y luego agitó la cabeza y logró despojarse de ellas. El sueño posiblemente había sido un aviso, un llamado. La mujer vampiro llevaba un trozo del obelisco y esa era la conexión con Akvan. El demonio había regresado y muy pronto alcanzaría más poder que nunca. Alguien lo había rescatado de las tinieblas y pese a la destrucción del obelisco, muy pronto tendría suficiente poder como para reinar sobre la tierra. Victoria debía alertar a los otros sobre sus hallazgos. Debía informarlos sobre el poder de la piedra y el peligro que representaba, pero antes, debía librarse de sus huéspedes.

Era consciente del peligro que la piedra acarreaba y no podía permitir que cayera en manos equivocadas; por eso decidió guardar el pendiente en su bolsillo y llevarlo al Consilium.

~*~

Al descender la escalera escuchó el sonido de las voces de su madre y amigas platicando animadamente en el salón y aunque tenía hambre y le hubiera gustado ordenar el desayuno, consideró más oportuno reunirse cuánto antes.

"Victoria", dijo lady Winnie al verla.

"Ven a sentarte con nosotras", la invitó la duquesa.

"Temíamos que pasaras todo el día en la cama", comentó su madre. "Ven y cuéntanos tus aventuras querida", le dijo.

Victoria entró al salón y se sentó junto a su madre y la duquesa. Exactamente dónde hubiera preferido no sentarse...

Antes de que la acribillaran con preguntas, interrumpió Giorgio, el mayordomo, felizmente. "Hemos recibido algo para las ladies", anunció y se hizo a un lado para que tres hombres hicieran la entrega. Se trataban de tres hermosísimos ramos flores. Uno más impresionante que el otro.

"¿Son para nosotras?", preguntó Lady Winnie, estirando los brazos para recibir su bouquet y hundiendo su rostro entre las flores que la deleitaron con su aroma. Giorgio hizo una reverencia y abandonó el salón tras cumplir con su función.

Victoria observó el regocijo de las tres mujeres al abrazarse a las flores e intoxicarse con su perfume. "Son del caballero que conocimos anoche", reveló Winnie al leer la tarjeta.

"¡Qué atento, no llamó, pero envió flores en lugar de ello..." dijo Lady Melly acariciando los pétalos de su arreglo, que era el más glorioso de los tres. Se trataban de rosas de todos los colores imaginables adornadas en degrade y rosas blancas en el centro.

"Te envió el arreglo más grande", resaltó Lady Nilly, escondida entre un sinfín de tulipanes amarillos y flores salvajes. "Lo has impactado. Las flores son un gesto sumamente generoso".

"¿Por qué no llamó?", insistió Lady Melly haciéndose la desinteresada. "Deberé asegurarme de no estar aquí mañana en caso de que quiera pasar a saludar", concluyó Melly mirándola a Victoria y agregó, "Querida, creo que tu también deberías acompañarnos...".

"¿Adónde?", preguntó la joven confundida. "¿A quién tienen qué ver? Si no conocemos a nadie".

"Victoria, llevas más de seis meses aquí ¿y dices qué no conoces a nadie? ¡Tonterías, eso no es verdad! Conoces a las hermanas Tarruscelli, entre otros...".

"Es verdad, me olvidaba de las hermanas Tarruscelli. Eso es todo".

"Precisamente, por eso vendrás con nosotras mañana para conocer nuevas amistades y de esa manera nos aseguraremos de que no haya nadie aquí en caso de que Alberto se digne a mostrar su rostro".

"Su precioso rostro", recalcó Winnie. "Su hermosísimo rostro. Aunque no sé si han notado que es mucho más bajo que Lord Jellington y también es pelado y no habla muy bien en ingles…".

"¿Alberto Eh?", dijo Nilly sorprendida. "¿Acaso firmó la tarjeta como Alberto?"

"¡Debe estar enamorado, Melly!, insistió la duquesa frotándose las manos con ansiedad. "Mi tarjeta no la firmó Tarruscelli así" agregó…

"¡Qué bonito nombre!", exclamó Nilly, llevándose las manos al pecho. "¡Muy italiano, muy masculino! Alberrrrrrrto. Alberrrrrrto. Hay que pronunciar bien la erre".

"Bobadas", respondió Melly. "Si hubiera tenido intenciones de conocerme, hubiera llamado. Hasta Lord Jellington lo sabía y eso que no me envió flores al día siguiente de conocernos".

Vitoria estaba lista para matar a alguien, ya había tenido bastante circo. Con su madre era siempre lo mismo; si no es un pretendiente, es otro. El peso de la piedra en su bolsillo la incomodaba y Victoria estaba preocupada por el estado de salud de Max; además, no veía la hora de hablar con Wayren y contarle todo lo acontecido. "Debo disculparme", les dijo finalmente poniéndose de pie. "Tengo una lección con mi tutor de latín", les informó decididamente.

"No sabía que estudiabas latín", respondió su madre sorprendida. "¿para qué deseas aprender latín, una lengua tan antigua?"

"Mucha de la historia de Roma está escrita en latín y me encantaría poder leerla en la legua original. Se pierde tanto en las traducciones…" respondió dirigiéndose hacia la puerta. "Ladies, espero que pasen un buen día. No estoy segura si regresaré a tiempo para la cena, mi tutora me ha invitado a cenar con ella".

Victoria llegó al Consilium a la tarde noche y lo encontró vacío y silencioso, lo cual no le pareció extraño ya que normalmente los Venators no estaban allí a menos que hubiera una reunión. La mayoría del tiempo no había necesidad de que estuvieran lo cual ayudaba a mantener el sitio en el anonimato.

Ni siquiera Wayren o Ilias estaban en los alrededores, a pesar de que vivían allí. Ylito y Miro, también, pero al igual que los otros generalmente estaban en otros recintos de la propiedad y rara vez acudían al salón principal o a las galerías.

Victoria se puso contenta de no cruzarse con nadie, de esa manera podría acceder al museo de los recuerdos sin distracción. Después de los hechos acontecidos y su horrible sueño, debía cerciorarse de que la piedra estuviera a salvo. Además debía encontrar un lugar seguro para ocultar sus otros dos hallazgos. Cuanta menos gente supiera de su existencia, mejor. Cuando Victoria llegó a la habitación y se apresuró a cerrar la puerta y encender la luz. Esta vez, tomó las precauciones necesarias para que nadie la sorprendiera por detrás como Max lo había hecho la última vez. Se llevó la mano al bolsillo y sacó el pendiente. Hoy parecía mucho más brillante que la noche anterior.

El otro trozo del obelisco estaba intacto en donde lo había dejado. No parecía haber sido movido y eso la tranquilizó. Si la piedra había estado a salvo, el pendiente también lo estaría. Al depositar el pendiente junto a la piedra, un brillo azulado resplandeció frente a sus ojos y un olor putrefacto alcanzó su nariz y luego desapareció casi inmediatamente.

Victoria levantó el pendiente y lo alejó de la piedra. No fuera a ser que al contacto, se activaran mutuamente. La joven acarició la piedra y una descarga eléctrica sacudió su mano irradiándole dolor a través del brazo hasta el hombro. Era una sensación similar a la que había experimentado al acariciar el pendiente, pero notoriamente más fuerte. No dejaba de ser una rareza que aquella malévola piedra tuviera prácticamente el mismo tamaño y la misma forma que las estacas que Victoria utilizaba para combatir a las criaturas.

Si bien el origen de la piedra no era del todo claro, Victoria sabía que le pertenecía a un demonio, y más allá de que se tratara o no de un ángel caído; mitad humano, mitad demonio, no cabía duda de que no le pertenecía a un ser de luz o a un ser con buenas intenciones. Los demonios son parte de la familia de los vampiros y lo interesante del caso es que si bien les pertenecía a ellos, aún así podría utilizarse como un arma en su contra. Victoria volvió a tocarla, desafiando su poder y notó que su magnetismo había disminuido. Ya no destellaba luz, y lentamente se estaba enfriando.

Victoria no puedo evitar preguntarse si esto era lo que Akvan quería de ella. Que le devolviera la piedra. ¿Pero… cómo podía saber que se encontraba en su poder?

Una vez más tenía demasiadas preguntas y pocas respuestas. Wayren hasta hacía poco, era la única que sabía sobre la piedra, ambas habían adoptado suma discreción tras la batalla de Akvan, pero recientes hallazgos, las forzaron a hacer partícipes a otros miembros del Consilium. De pronto Victoria se estremeció al recordar que no sólo su gente sabía sobre la piedra, sino que Sebastián también estaba informado. Después de todo él había estado allí la noche que Victoria la había incautado. Cómo pudo olvidarlo…

Victoria se llevó la mano al compartimiento secreto de su abrigo y se aferró a su estaca. Ya había anochecido y muy pronto sería hora de salir a cazar. Debía hablar con Beauregard o con Sebastián. Había tenido la oportunidad de hablar con Sebastián sobre el extraviado brazalete y necesitaba saber de una vez por todas si él sabía algo que pudiera ayudarlos a encontrar su paradero. ¿Qué tal si Akvan no hubiera regresado? ¿Qué tal si todo se tratara de una farsa para recuperar el trozo de la piedra? Victoria no podía confiar en nadie y menos en ellos.

Si no se trataba de Akvan, era otro demonio.

Lo había olido…

Victoria tomó la piedra y decidió ocultarla. No podía dejarla expuesta de esa manera, menos ahora que sabía que la estaban buscando. Al envolver sus dedos en ella, corroboró que se trataba de las dimensiones perfectas para aniquilar a sus enemigos. Sin duda se trataba de un arma sin igual, era una pena que no pudiera adoptarla. Victoria cerró los ojos y se imaginó combatiendo a sus enemigos. Levantó su brazo y mentalmente exterminó a Lilith, a Beauregard y a cuánta criatura se atravesó en su batalla imaginaria. La estaca los devolvería al lugar de dónde nunca debieron salir. Sus labios se tensaron, apretó los dientes y con gran determinación los redujo a todos. Todas esas criaturas le habían arrebatado demasiado, nunca podría compartir la filosofía de Sebastián y tampoco podía entender sus motivos. No podía ser verdad eso que decía de que no todos los vampiros eran malvados. ¿Cuántas oportunidades había tenido ella de cruzarse con un vampiro bueno: ninguna. Por eso Sebastián debía estar confundido y si se interpusiera en su camino, lo mataría a él también.

La piedra estaba empezando a calentarse y sus dedos dejaban huellas húmedas sobre el negro cristal. Era hora de guardarla. Debía esconderla en un buen lugar.

Victoria inspeccionó el cuarto con la mirada e identificó un pequeño baúl de cuero oculto tras unos libros en un estante de la biblioteca. Al abrirlo, encontró tiras de madera como si alguien hubiera tallado algo, tal vez una estaca y hubiera conservado los restos de la madera allí en lugar de desecharlos. La piedra y el pendiente entraron perfectamente en su interior y Victoria cerró la tapa convencida de que era un buen lugar para ellos. Lo cubrió con una carpeta y le puso libros encima.

Las piezas del obelisco estarían a salvo allí. Ahora debía lidiar con Sebastián.

Victoria abandonó la habitación y se escurrió por el pasillo. Al pasar por la puerta de Wayren, todo estaba en silencio y a pesar de su insistente llamado, nadie acudió. No había indicios de que ella estuviera allí. Al volver al salón principal, solo oyó el ruido de la fuente.

El llamativo silencio significaba que Max estaba bien, sino todos estarían allí atendiéndolo. Un Venator herido, siempre permanece en el Consilium hasta curarse.

Con relativa paz interior, abandonó el Consilium a través de las escaleras secretas, atravesó el confesionario y el altar y en cuestión de segundos dejó Santo Quiranu. En lugar de salir por la puerta principal, optó por una puerta lateral y se perdió entre los transeúntes. Era una noche fría de invierno y el viento helado la despabiló.

El cielo estaba oscuro y cubierto de estrellas. Aferrada a su estaca, debajo del abrigo, caminaba inmersa en sus pensamientos. No sentía la presencia de ninguna criatura cerca, pero tampoco podía estar tan segura. Al cruzar una de las calles principales, Victoria intentó recordar si había cerrado la puerta de la bodega o no y no pudo hacerlo. No estaba segura. ¿Qué tal si la piedra no estaba a salvo? Victoria se quería morir. Estaba nerviosa y no podía entender cómo era posible no acordarse de algo así. Algo que acababa de hacer.

No podía continuar su viaje con esa preocupación así que dio media vuelta y se dirigió al Consilium. No se había alejado mucho y no tardó en regresar.

Acelerada llegó a Santo Quiranu y repitió la operación en reversa. Entró por la misma puerta por la que había salido, atravesó el altar, el confesionario y descendió por la escalera. Tomó la llave y abrió la puerta. Al entrar al salón principal se encontró con un hombre de espaldas acariciando el agua. Había poca luz, pero Victoria igual pudo reconocerlo.

Imposible, pensó.

Él también debió sentir su presencia ya que volteó. Victoria borró la expresión de sorpresa de su rostro y actuó como si no pasara nada. Se le acercó y le dijo, "y yo que pensaba dar vueltas por la ciudad para encontrarte, cuando todo lo que debía hacer era esperarte. ¿Qué haces aquí, Sebastián?"

13

Nuestra heroína se queda con una prenda de un caballero

SEBASTIÁN SE volteó sorprendido, pero inmediatamente después pudo camuflar sus emociones. Se alejó de la fuente y se acercó a ella. La manga de su camisa estaba húmeda; acariciaba el agua cuando Victoria lo encontró.

"Volviste mucho antes de lo que esperaba" le dijo con una sonrisa, recuperándose de la sorpresa que le produjo verla. "Debería haber esperado un poco más antes de entrar", bromeó. "Aunque debo admitir que no estoy arrepentido de encontrarte finalmente sola. Fue un suplicio compartirte con Max anoche".

"Respóndeme Sebastián", demandó la joven. Su corazón latía confundido, sus manos temblaban y su garganta estaba seca. "¿Por favor dime que no trajiste a tu abuelo?", le preguntó, aunque de algún modo era más bien una afirmación…

El Consilium, el lugar sagrado, había sido traspasado.

No.

Victoria sintió furia y un conjunto de emociones que se esforzó por controlar. Necesitaba correr hacia la habitación, comprobar que la piedra estuviera a salvo, que Sebastián no había invadido el estudio de Wayren. Su mente estaba obnubilada y la sonrisa de Vioget era irritante.

"Estoy solo", respondió finalmente y su voz la calmó por unos momentos.

"Nunca…".

"¿Tú nunca qué? ¿Cómo puedo confiar en ti? ¿Cómo supiste sobre este lugar? ¿Cómo?"

Era cierto, Beauregard no estaba allí. Victoria lo hubiera sentido. Al menos ese instinto si funcionaba en ella. Todos los demás parecía haberlos perdido al involucrarse con él. Sebastián mientras esperaba que Victoria hablara, la analizaba minuciosamente.

En un momento pareció que iba a decir algo, pero luego cambió de opinión. Fuera lo que fuese que iba a decir, decidió no hacerlo y seguro que fue para mejor. La tensión entre ellos era palpable y Victoria no podría permanecer en silencio por mucho tiempo más.

Y así fue…

"Respóndeme. Al menos dime cómo supiste de este lugar, confírmame las sospechas. ¿Me seguiste, verdad?"

Sebastián se acercó a ella. "No temas mi querida. Tu secreto está a salvo conmigo. Sé desde hace años de este lugar y nunca se lo he dicho a nadie", expresó llevando sus manos a los hombros de Victoria y acariciando con sus dedos la base de su nuca. "¿Acaso no te has dado cuenta todavía de que no haría nada que pudiera afectarte? Ya que estamos aquí y que posiblemente no seremos interrumpidos, ¿no sería mejor que nos pusiéramos al día? No sabes cuánto te he extrañado. Su mirada era sensual y sus labios apetitosos. Si bien no era el contexto adecuado, su proposición no dejaba de movilizarla. Estaba enojada y confundida, igual que siempre. Eran cosas que nunca cambiarían en su relación.

"¿No eras tú la que me estaba buscando?"

"Por algo importante, Sebastián".

"Entonces, a lo mejor podrás explicarme que era tan importante que debiste besar a mi abuelo para asegurarte de que me comunicaría el mensaje". Sus palabras fueron agudas y Victoria sacudió sus hombros para soltarse.

"No te hagas el amante ofendido, Sebastián. No te queda bien. La razón por la cual te estaba buscando es que necesito preguntarte algo. Algo referente a mi tía". Sus ojos comenzaron a llenarse de lágrimas, evidentemente era un tema muy delicado para ella y despertaba todo tipo de sentimientos. "Me enviaste su *vis bulla*, pero no su brazalete. ¿Lo viste cuando…?"

"Era de plata, ¿verdad?" preguntó. "Sí, también se lo quité. Me pareció prudente hacerlo. Era lo único que llevaba".

"¿Dónde está? ¿Qué hiciste con él?"

"No pensé que fuera tan importante. Lo guardé para que estuviera a salvo… detrás del retrato de Catherine Gardella. Aparentemente a ella le encantaban las joyas".

Victoria sintió alivio y luego se molestó. "¿Por qué no me enviaste las dos cosas?"

Sebastián puso cara de confundido. "No hubiera sido lo mismo. No quise mezclarlas, pensé que el *vis bulla* era más importante, quise que fuese más intimo", expresó con una ligera sonrisa y volvió a cogerla. "Además, ¿qué tal si hubiera necesitado otra excusa para contactarte?", le dijo acercándola contra él. "No hubiera tenido ninguna carta debajo de la manga. Sabes que no actuó así…". La sostenía firmemente y Victoria por un lado tenía ganas de soltarse y empujarlo con todas sus fuerzas y por el otro, quería dejarse abrazar. Mirándolo a los ojos, estaba empezando a caer presa de su embrujo, de sus labios. Recordaba sus besos y sus caricias, pero Sebastián recobró la compostura y la alertó. "Debes tener cuidado, dijo. Afirmó que te quiere para él", y haciendo un esfuerzo mantuvo el porte y la distancia entre ellos.

Al principio, Victoria no estaba segura de quien hablaba, pero al mirarlo a los ojos, Sebastián le aclaró las dudas. "Beauregard. Me refiero a Beauregard, aunque por lo que he visto, ahora te gustan los hombres menos conflictivos. No perdiste tiempo en involucrarte con el caballero pelirrojo". Victoria lo empujó y se dio media vuelta. Sebastián se tambaleó, pero no perdió el equilibrio.

"Sigues jugando al amante celoso. ¿Cómo es posible, si no hemos sido amantes por muchos meses? Pensé que lo nuestro fue algo esporádico"

Sebastián sonrió y borró la seriedad de su rostro. "Veo que tú también me has extrañado", le dijo sutilmente y con ojos destellantes intentó cogerla por tercera vez.

Esta vez Victoria lo dejó que la acercara cuanto quisiera contra su cuerpo. Su falda se arrugó contra sus pantalones. Sus senos se estrecharon contra su pecho, sus caderas se alinearon y sus piernas quedaron centradas frente a él. Victoria podía sentir el calor recorriendo su cuerpo, la sangre fluyendo a través de sus venas. Era agradable sentirlo, experimentar ese tipo de sensaciones, el peso de su cuerpo, la fuerza de sus brazos.

"Casi nada", respondió ella y los dos supieron que mentía.

No podía extrañarlo. No podía confiar en él, Beauregard estaría siempre rondándola… y aún así, lo extrañaba y de alguna manera, también confiaba en él. Su interés por él no remplazaba su amor por su difunto marido, pero Victoria era humana y experimentar ese tipo de sensaciones era normal. Era una mujer. Una mujer que había crecido muy mimada por su madre, por su tía y por las amigas de su madre. Todas ellas, no paraban de recalcarle lo hermosa que era y que muy pronto encontraría a su compañero soñado. Esa felicidad, desafortunadamente le duró muy poco y ahora no había nada de malo en dejar que le endulzaran los oídos, la hicieran sentir deseada y, de alguna manera, le hicieran olvidar sus penas. Con Sebastián se olvidaba de las angustias padecidas en su lucha por la humanidad. Con su irresistible carisma y seducción, logró despertarla del duelo de su marido y demostrarle que aún le quedaba mucho por vivir. Finalmente estaban reunidos, las fuerzas del destino les impedían blanquear sus sentimientos y tan solo podían resignarse a esos encuentros clandestinos.

Mirándose a los ojos, ambos ardían con anticipación ante el recuerdo de sus manos acariciando la piel desnuda del otro. "Créeme cuando te digo que no quería estar lejos", le imploraba mientras acariciaba su cuello con sus labios y aquel olor a ajo y especias inundaba sus sentidos. "Quería que estuvieras a salvo".

"¿A salvo?", repitió sorprendida alejándose para poder verle la cara. "¿A salvo de quién? ¿De los vampiros que cazo cada noche? Por favor, esa es otra excusa falsa ¿Cuándo vas a decirme la verdad?"

"Quería que estuvieras a salvo de Beauregard", respondió finalmente. Su mirada era penetrante y su expresión pensativa.

"No tienes idea…".

"Sé protegerme sola".

"Estoy totalmente enterado de tus capacidades, no dejas de recordármelas, al igual que todos mis defectos. No pierdes oportunidad para ello, por cierto".

"Soy quien soy", respondió. "Te lo explique en el otoño. Es mi elección y si para ti es demasiada carga saber que soy más fuerte, más rápida y que no tengo necesidad de que me protejas, que no soy como cualquier otra mujer que se queda indefensa esperando a que la rescaten, entonces márchate. Sebastián, no te necesito más de lo que tú me necesitas a mi".

Antes de que pudiera evitarlo, su rostro estaba cubierto de lágrimas. ¡Por Dios, llorando! Victoria Illa Gardella estaba llorando. La misma que no derramó si quiera una lagrima al ver a su tía decapitada, ahora tenía lágrimas rodando por sus mejillas.

Si las lágrimas fueron producto de su tristeza, esa sensación ya había abandonado su cuerpo. Ahora estaba enfadada. Enfadada con ella misma, con Sebastián, con las decisiones que había tomado y con las consecuencias que había recibido. Se despegó de su lado e intentó enfocarse en algo más para dejar de pensar, de sentir.

Victoria se enfocó en la fuente, en la cascada y el sonido del agua.

Y luego un pensamiento invadió su mente. Volteo rápidamente y fue a su encuentro. Se besaron apasionadamente y en una explosión de sentimientos se abrazaron por varios minutos. Sebastián le besó el cuello, la barbilla y repitió su nombre sobre su piel. Victoria recorrió el contorno de su cuerpo con sus manos y sintió sus músculos debajo de su camisa. Deslizó ligeramente sus manos y a pesar de que Sebastián intentó correrse ligeramente, tal como siempre había hecho, Victoria fue más rápida y encontró lo que buscaba.

Los brazos de Victoria cayeron a ambos lados de su cuerpo. "¿Crees que podrás decirme por que llevas un *vis bulla* o acaso fabricarás más mentiras?"

Sebastián dudo en responder solo un segundo y luego le explicó "yo también nací para llevar uno, al igual que tu, Victoria".

Victoria se quedo helada. "¿Cómo podría creer que eres un Venator y te niegas a matar vampiros?"

"Si no me crees, puedes preguntarle a Pesaro. Tanto él como Wayren lo saben".

Entonces era verdad. Max no le había mentido y Sebastián sabría que había preguntado por él. Victoria no podía permitirlo. Se sentó en la silla donde estaba su abrigo y no supo que decir. Tenía tantas preguntas, no sabía por dónde comenzar.

Sebastián se quedó parado frente a ella, avergonzado de alguna manera, como si se tratara del niño que roba galletas y es descubierto en el acto.

Victoria quiso sonreírle, pero la desilusión y enfado se lo impidieron. Buscando en su memoria se remontó a su primer encuentro. "Por eso nunca te desvestiste aquella... " Victoria no puedo terminar.

"No quería que supieras", confesó él.

¿Por qué le ocultaría algo así? Victoria pensó por unos instantes y luego creyó encontrar la respuesta. "Beauregard no lo sabe, ¿verdad?"

Sebastián agitó la cabeza con solemnidad. "Claro que lo sabe y aprecia la ironía. El nieto de uno de los vampiros más poderosos es un cazador".

"Pero tu no cazas. ¿Es por él?"

"No es tan simple", respondió arrodillándose frente a ella. El carismático Vioget, ha vuelto. "No temas, nuestro parentesco no nos impedirá continuar con nuestras actividades. No soy ningún descendiente de los Gardella. Apenas estamos emparentados y no sabes la alegría que me da saberlo".

Victoria corrió la cara cuando él intentó tocarle la mejilla, ofuscada de que eso fuera lo único que le preocupaba en ese momento. "¿Sí no respondiste al llamado, por qué usas el *vis bulla*?" Aparentemente eso era lo que más le molestaba a Victoria, que lo llevara, pero que no hiciera honor al legado. Se trataba de una blasfemia y explicaba los sentimiento de Max para con Vioget.

¿Cómo era posible que Max hubiera devuelto su *vis bulla*, por temor a no representar a los Venators, o que Victoria también lo hiciera y que Sebastián circulara por ahí con éste?

Sebastián debió leerle la mente. "Me muevo en un circulo de vampiros y saben que soy parte de la dinastía Gardella, que he sido elegido. Beauregard, como te dije, aprecia la ironía y los otros me respetan. He tenido que sacrificar muchas cosas por ello. Nada es tan fácil como te imaginas".

"Por eso es que estabas tan cómodo entre los vampiros cuando operabas en el Silver Chalice. Era también un modo de proteger a los amigos de tu abuelo".

Debió también leer la aberración de su rostro y la confusión en sus ojos ya que la levantó suavemente y la acercó dulcemente hacia él.

Victoria por fin comprendió su fuerza. Algo que siempre le había llamado la atención. Sebastián había seguido la farsa desde el principio y sobre todo el año pasado cuando debieron enfrentarse con los vampiros que asesinaron al Dr. Polidori por sus infidencias en su novela y por revelar demasiados secretos sobre la vida de las criaturas. Acto del cual Sebastián se desligó y le otorgó el éxito indiscutible de la batalla a la joven cazadora. También durante el episodio con el obelisco de Akvan cuando no participó en lo más mínimo y aquella batalla se cobró la vida de Eustacia. No solo no participó, sino que también hizo varios comentarios, recordó Victoria.

Cualquiera puede matar a un vampiro, le dijo.

Siempre y cuando se acerquen lo suficiente, argumentó ella. Evidentemente no tenía intenciones de hacerlo.

"Te quedaste quieto y no hiciste nada", le reprochó Victoria. "¿Qué podría haber hecho, Victoria?", retrucó él. "¿Qué podrías haber hecho? ¿Por qué hablas como si hubieras estado sólo? Yo estaba ahí y Max también. "Sabes que ninguno de los tres hubiéramos podido evitar esos eventos".

Victoria sabía que era verdad, pero así y todo no podía darle la razón. La impotencia se lo prohibía.

"La noche que murió Polidori, si hubiera sabido que eras un Venator...".

"¿Victoria, cómo pudiste no darte cuenta? Fui yo quien detuvo al imperial. ¿No te llamó la atención que pudiera mantenerle el duelo de espadas? Si no hubieras estado tan ensimismada en ti misma lo hubieras notado. Sin mi ayuda, nunca hubieras podido detener al guardián y a los dos imperiales".

Mientras que los vampiros guardianes de ojos rosados son muy feroces, los imperiales lo son aún más. Sus ojos destellan color púrpura y sus iris son incandescentes. Los vampiros imperiales son los más fuertes del ejercito de Lilith. Su guardia personal. Tienen espadas y pueden trasladarse a la velocidad de la luz. Al verlos luchar, parecen volar.

"Yo era el que estaba a cargo de Polidori, hasta que llegaste tu y quisiste ocuparte de él", continúo Sebastián.

"¡No te costó mucho dejarme!", insistió Victoria. "Para ti fue mucho más fácil quedarte de brazos cruzados y dejar que alguien más hiciera tu trabajo. Si no te hubieras ido esa noche, tal vez hubieras podido defender a Phillip, tal vez hoy estaría vivo. ¡Tal vez lo hubieras podido ayudar!"

"Tal vez, pero posiblemente no. Había ocho imperiales y una multitud de guardianes. Siento mucho lo que le sucedió a Phillip. No se lo hubiera deseado a nadie. Créeme".

Su rostro estaba cubierto de lágrimas y ya no luchaba por soltarse. Si bien sus músculos estaban distendidos, su sufrimiento, en cambio, seguía intacto. "Y esa noche en Londres… intentaste seducirme y entregarme a los vampiros. ¡Dejaste que me secuestraran!". Pensar que al encontrarse sola con él, dejó que la sedujera y estaba dispuesta a que le hiciera el amor, hasta que fueron interrumpidos por las criaturas. Victoria siempre había sospechado de él, particularmente después de aquel episodio.

Sebastián agitaba la cabeza como un energúmeno. "De veras crees que dejaría que algo así interrumpiera un momento tan intimo como éste. Me di cuenta de su presencia en el mismo momento que tú, no antes, no despúes. Intenté impedir que te secuestraran, pero no pude impedirlo, entonces yo fui quien le comunique a tu chofer dónde estabas para que Pesaro te fuera a buscar. Lilith estaba enfadadísima conmigo por ayudarte y me vigilaba demasiado como para que hubiera podido rescatarte yo mismo".

Sebastián estaba mortificado. Era como si Victoria lo hubiera embestido con todas sus fuerzas.

"Victoria no puedes…".

"Claro que sí".

Un ruido los sacó de tema y de pronto un tercero en discordia irrumpió en escena. Era Zavier.

"¡Cómo pudiste!" le dijo. Su rostro estaba rojo de furia y no hacía más que acusarla. "Victoria, puede que seas Illa Gardella, pero te juro que esto no corresponde. ¿Tienes idea de lo que has hecho? ¿De la seriedad del caso? Acercándose vehementemente y con un porte intimidante se paró junto a ellos con la estaca en alto. "Primero lo besas y ahora lo traes a nuestro santuario".

"Ya es suficiente Zavier". Ordenó Victoria aun acongojada por el intercambio de palabras con Sebastián. "No sabes de que hablas", le dijo, interponiéndose entre él y Sebastián.

Victoria lo miró a los ojos y observó la angustia del joven. Había sacado conclusiones apresuradas y esto no era lo que parecía. Le costó no enfadarse con Zavier por simplemente asumir lo peor o por algún tipo de intercambio macabro pero pudo controlar sus emociones y hablar con calma.

"Esto no es lo que parece" y antes de que pudiera seguir hablando, olfateó el olor inconfundible de la sangre y notó que Zavier estaba herido.

Antes de que pudiera decir nada, un ruido estridente invadió la habitación y Victoria giró para detectar de dónde provenía. El ruido de pasos y voces captaron su atención y muy pronto la habitación se llenó de gente. Entre ellos se encontraban Wayren e Ilias. "Alguien ha traspasado la seguridad de la iglesia", dijo este último y Victoria volteó enfurecida. "¡tú!", le dijo acusándolo frente a todos y Sebastián lo negó. "¡No soy yo! ¡Lo juro!", decía, cuando Wayren se acercó y le puso la mano en el cuello. "Más tarde Sebastián, hablaremos de esto más tarde", le dijo y con una simple maniobra le apretó una terminación nerviosa y lo desmayó en el acto. Obviamente, ella tampoco confiaba en él.

Victoria la miró desafiante. Wayren supo todo este tiempo sobre Sebastián, pero nunca se digno a decirle. ¿Por qué nunca nadie le dijo?

"Los vampiros aún no nos han encontrado, pero están cerca. Algo los atrae" decía Zavier actuando como si Victoria no estuviese ahí. Su amigable rostro estaba transformado y su voz tenía un tono acusatorio.

"Debemos alejarlo", insistió y embistió hacia la escalera caracol por la que había entrado Victoria hacia apenas unos treinta minutos y la joven le dijo que se detuviera.

"No. Zavier, espera. No podemos salir por ahí, Si lo hacemos descubrirán nuestro secreto. Sabrán que estamos debajo de Santo Quiranu. Si bien a modo de precaución, Venators y Comitators están siempre alertas en los alrededores, de ninguna manera sería bueno salir y confirmar el paradero.

"Por aquí", insistió Ilias haciendo una seña con la mano y Victoria, Zavier y otros hombres lo siguieron. Evidentemente Ilias conocía el lugar mejor que nadie. Si alguien podía indicarles el camino era él. Los llevó por un pasadizo y atravesaron uno de los arcos que los condujo hacia una zona del Consilium que Victoria nunca había explorado. Ilias levantó una antorcha de la pared y con ella alumbró el camino. Atravesaron una puerta pequeña y llegaron a una escalera caracol. Victoria estaba tan acelerada, que tuvo gran dificultad para bajar la escalera e intentando calmar sus emociones se limitó a esperar su turno. Ilias hizo una maniobra extraña y la persona que estaba delante de ella desapareció. "Ten cuidado", le dijo. "Esto es solo una salida".

"Gracias", le dijo ella y se dirigió en su búsqueda. Zavier había dejado una mancha de sangre en el suelo y aunque Victoria desconocía la gravedad de su herida, sabía que debía ayudarlo. La puerta secreta se cerró inmediatamente y no quedó rastro de él y Victoria no se detuvo hasta alcanzar a los otros. Había tres guardias y ellos dos en la azotea de un edificio cercano custodiando la cúpula de Santo Quiranu. Ilias y Wayren permanecerían en el Consilium hasta las últimas consecuencias.

Victoria estaba lista, sus instintos más agudos que nunca y dispuesta a dejar su vida en la batalla. Con la estaca en la mano patrullaba los alrededores. Al llegar a la esquina, se encontró con unas escaleras metálicas y al mirar para arriba, reconoció los zapatos de

Zavier a tan sólo unos metros de distancia. Lo siguió a través de una puerta de piedra y antes de lo previsto se encontraron nuevamente en la calle de enfrente de Santo Quiranu. La fachada de la iglesia brillaba a lo lejos con la luz de la luna. Al cruzar la calle notó dos cosas. La primera fue una mancha de sangre y los restos de un Comitator y lo segundo el olor nauseabundo que dejan los demonios al pasar.

En las cercanías de Santo Quiranu había un demonio.

¡Sebastián atrajo los demonios al Consilium! Se le erizó la piel y cualquier duda que hubiera existido, se evaporó por completo cuando Victoria vio a Michalas luchando contra una criatura de ojos rojos que parecía no querer desfallecer pese a sus repetidos intentos con la estaca.

Victoria miró en todas las direcciones en busca de algo que pudiera utilizar como una espada. A los demonios hay que decapitarlos, recordó, pero antes de que pudiera dar un paso más al frente, una fuerza la embistió por atrás y la levantó en el aire varios metros antes de que golpeara el piso. Victoria se levantó lo más rápido posible y pateó a sus oponentes con todas sus fuerzas. Se trataban de un vampiro y un demonio que estaban listos para atacarla nuevamente.

Victoria luchó mano a mano y logró reducir al vampiro, pero con el demonio no fue tan fácil. Aquella criatura tenía una fuerza descomunal y cada vez que la agarraba, Victoria sentía como si le triturara los huesos. Su apariencia era humana, pero sus ojos y su olor nauseabundo lo delataban.

"¡Victoria!", escuchó a alguien llamarla y luego vio algo brillante volar por encima de ella. Con el rabillo del ojo lo identificó a Zavier y pudo levantar la mano al tiempo para atrapar la espada que le había arrojado. Apenas llegó a correr los dedos y el filo tan sólo le cortó la palma. Victoria se puso de pie y con un movimiento certero decapitó al demonio en el acto y no tuvo tiempo de verlo desaparecer, ya que tuvo que volver inmediatamente para seguir luchando con los otros que se desesperaban por apresarla. Luchó, pateó y finalmente decapitó a otro demonio hasta que finalmente pudo incorporarse al grupo. Michalas estaba agotado y la transpiración goteaba de su cabello.

Zavier se quedó sin aliento al ver que uno de los edificios estaba a punto de derrumbarse. Los demonios habían hecho algo en la estructura con intenciones de cundir el pánico y forzar a los Venators a abandonar su guarida.

"Ahí está Stanislaus", dijo una voz e Ilias se asomó por una ventana de la Iglesia con su rostro desencajado. "Está muerto, pero custodió la puerta hasta último momento y por ello no descubrieron la entrada secreta. Dadas las manchas de sangre, creemos que se arrastró hasta el pulpito y activó la alarma antes de morir".

"¡Por poco encuentran el acceso!", exclamó Zavier conteniendo sus emociones. "Si no hubiéramos estado así para entrenar, quien sabe lo que hubiera pasado". Se levantó indignado y destilando veneno. Victoria nunca lo había visto así.

Victoria se acercó a él para consolarlo y no fue hasta ese momento que vio el cuerpo de alguien más. Se trataba del pobre Mansur, un Comitator que recientemente había sido ascendido a la guardia de Santo Quiranu y que hasta entonces siempre había trabajado con Zavier. Victoria se acercó y apoyó su mano sobre el brazo del joven. "Lo siento mucho", le dijo y creyó descomponerse. ¿Acaso podrían haber impedido la muerte de Mansur y la del otro pobre Venator? ¿Acaso era su culpa por oponerse a que salieran por la puerta?

Respetuosamente recogieron los cuerpos de los mortales y los trasladaron a un edificio cercano, preocupándose por mantener en el anonimato Santo Quiranu. Las bajas habían sido un Comitator, un Venator y dos tercios de la guardia de la Iglesia. Victoria estimó las muertes de los rivales y finalizó la cuenta con dos demonios, dos vampiros y tres mortales que no reconocía, pero que intuía que eran miembros del Grupo Tutela.

~*~

"Estás en lo cierto, Victoria. La marca del Grupo Tutela estaban en los tres hombres", compartió Wayren luego de identificar a los cadáveres y sus ojos reflejaban más preocupación de lo habitual.

"Mansur y Stanislaus no se dieron cuenta que combatían demonios hasta que fue demasiado tarde" dijo Victoria, apenada por la muerte de los camaradas. Si bien tanto los Venators como los Comitators tienen la habilidad de identificar vampiros, los demonios son mucho más difíciles de identificar. La mayoría de ellos puede adoptar cualquier forma.

"Encontraron Santo Quiranu, pero no pudieron encontrarnos a nosotros", reflexionó Zavier evitando mirar a Victoria. Internamente no podía perdonarla, aunque era consciente de que no había sido ella la que los había conducido hacia allí.

Entendía perfectamente su ira y aceptaba la culpa con honra. Por una vez, pudo creer lo que le dijo Sebastián y no cuestionarlo. Sin duda no había sido él quien había atraído a los demonios. Los mismos estaban allí, a pedido de Akvan. Aquel demonio no descansaría hasta recuperar el último trozo del obelisco.

14

Wayren comparte una profecía con el grupo

"**NO IMPORTA** lo que pienses de mi", fueron las primeras palabras de Sebastián al ver entrar a Victoria cojeando. Wayren lo había aislado para evitar complicaciones. "Deben creerme. Tuve muchísimo cuidado para que no me siguieran, especialmente Beauregard. Salí a plena hora de sol", le explicó intentando incorporarse en la cama donde lo habían dejado.

La habitación era pequeña y estaba un piso más abajo del Consilium. Casi, parecía una celda, sin embargo, la puerta estaba abierta. Se trataba de una habitación bastante precaria, tenía una cama, una pequeña mesa y una silla ubicadas encima de una alfombra que cubrirá gran parte del piso de piedra. Victoria volvió para cerrar la puerta y luego se acercó a la cama.

Todavía estaba necesitada de la pelea y llena de furia por la muerte de dos de sus hombres. Victoria se paró frente a él con las manos en la cintura. Sebastián respondería a todas sus preguntas y por una vez, se dejaría de cuentos.

Wayren hizo lo correcto al incapacitarlo. No era momento de hablar de nada y Victoria debía atender los conflictos del Consilium. No hubiera sido una buena idea dejarlo suelto, para que anduviera dando vueltas por ahí; desafortunadamente, la lealtad de Sebastián era un concepto que aún estaba en el aire.

"¿Por qué estás todavía aquí?", preguntó la joven. "La puerta no estaba cerrada, podrías haberte marchado en cualquier momento. ¿Acaso no es eso lo que haces ante el primer signo de peligro?"

"Quise asegurarme de hablar contigo antes de hacerlo", respondió el joven levantando sus hombros y mirándola especulativamente, como si no supiera que ruta tomar. "Además, me sentí un poco mareado después de lo que me hizo Wayren". Ah… con que ahora vamos a bromear. "¿A lo mejor te gustaría sentarte? Lamento no poder ponerme de pie todavía".

"No, gracias. Prefiero quedarme de pie. Aunque estoy segura de que si pasara algo, te levantarías en el acto y saldrías corriendo", insistió la joven. Victoria estaba verdaderamente enfurecida por la proximidad de los demonios y vampiros. La herida de su mano había sido atendida y su rodilla aún le molestaba.

A pesar de todo… estaba allí. Había bajado las escaleras.

Él la miraba sin decir nada, como si por fin entendiera que no necesitaba ningún comentario. Ni siquiera mencionó que estaban solos en una habitación con una cama, no hizo ningún chiste y no se remontó a las aventuras del pasado. La última vez que habían estado en una cama, Victoria había sido atada y secuestrada por él para que no alterara los planes de Max.

"Fue el trozo del obelisco lo que los atrajo hasta aquí, no tu", dijo ella finalmente. Obviamente deberán removerlo del predio de Santo Quiranu, pero como apenas estaba amaneciendo, Victoria sabía que tenían prácticamente todo el día para ocuparse de ello. Lo movería pero no tenía en mente adonde llevarlo.

Sebastián esbozó una ligera sonrisa. "Entonces mis sospechas se han confirmado. La piedra esta aquí. Beauregard no sabe que la tienes tú; aunque cueste creerlo, no compartí esa información con él".

Victoria sabía que decía la verdad. Después de todo lo que había pasado, sus palabras tenían sentido. El pequeño pendiente había estado en contacto con Akvan y de alguna manera había absorbido parte de sus poderes y al ponerse en contacto con el resto de la piedra, le había transferido parte de ellos. Eso explicaba los destellos y la pequeña combustión.

"Akvan supo donde enviar a sus hombres porque las vibraciones de la piedra lo guiaron", explicó Victoria intentando no distraerse con la abertura de la camisa de Sebastián que se produjo cuando el joven se movió y su camisa se abrió dejando ver su pecho. Aquella imagen, la remontó al momento en que, con sus propias manos, descubrió su *vis bulla*.

Pero ahora no era el momento de estar pensando en esas cosas y volvió a centrarse en los demonios.

"Victoria", le dijo él con voz sensual y Victoria se puso a la defensiva antes de que siguiera hablando. "No va a funcionar, Sebastián. Deja el coqueteo para otro momento, para otra mujer…".

"Tus palabras me hieren, pensé que tal vez…".

"Acabo de perder a dos de mis hombres en la lucha con los demonios y vampiros que vinieron en busca de la piedra. Podrían habernos encontrado, destruir nuestro santuario, todo por lo que luchamos".

"¿Entonces has venido a verme para descargarte? ¿Para vaciar tu veneno?" Maldita sea, Sebastián eres un experto en dar vuelta las cosas, pero aún así Victoria no pudo dejar de sentirse mal ante sus palabras.

"¿Sabías que el fragmento de la piedra que recogimos atraería al demonio? Si es así, ¿Por qué no me lo dijiste? Me viste levantarlo y sabes más de lo que callas".

"No sabía que estaba aquí, en el Consilium".

"Pero sabías que lo tenía".

Sebastián movió los brazos mientras refutaba las acusaciones de Victoria. "No soy tu protector Victoria, a menos que quieras que lo sea, y en tal caso podremos discutir los términos". Su sonrisa la hizo estremecer.

Victoria volteó con frustración y lanzó un grito por el dolor de su rodilla. "Sebastián, cómo es posible…".

Sus palabras se detuvieron cuando se dio cuenta que en su estado de frustración se había acercado tanto, que ahora estaba parada frente a él. Sebastián la tomó por sorpresa, haciéndola perder el equilibrio y aferrándola fuertemente contra su pecho.

"¿Te acuerdas, Victoria?", le dijo tomándola por la cintura antes de que ella pudiera liberarse. "¿Te acuerdas de aquella noche en el carruaje? Antes de que fuéramos interrumpidos por los vampiros".

Victoria intentó soltarse, pero le fue difícil. Sebastián no tenía por qué ocultar sus poderes de Venator. Sus dedos la tenían firmemente de la cintura, impidiéndole liberarse. "¿Te acuerdas? Estabas igual de enojada que ahora, tenías culpa y frustración igual que ahora".

"Suéltame, Sebastián. No quiero lastimarte", le dijo y el paró. Aunque la tensión no había abandonado su cuerpo. La presión del pecho de Sebastián no era algo feo, pero tampoco era algo que le diera miedo. De pronto se sintió cansada y resignada. Expectante y viva.

"Estoy seguro de que lo recuerdas", le murmuró al oído sin quitarle los ojos de encima, sin soltarla. "Querías pelear entonces, igual que quieres pelear ahora. Por eso viniste a verme. Puedes admitirlo".

"Estás loco". Su corazón latía tan fuerte que retumbaba en todo su cuerpo.

"Loco… sí, efectivamente. No lo niego. Estoy loco". Estas últimas palabras fueron más bien una confesión, ya que al terminar, volteó su rostro y posicionó sus labios frente a los de ella. El olor a ajo y tabaco tan característico de Sebastián, inundó sus sentidos. Estaba muy cerca, pero no la tocó. "Esto es lo que querías, ¿verdad?", su voz era baja, casi inaudible.

"No", respondió ella y sintió sus labios estirarse en una sonrisa. "Te aseguro que es la mejor manera de descargar toda esa pasión y odio. Qué pena que te resistas".

"Sólo funcionó una vez, Sebastián".

"Dos".

"No…. Nosotros… sólo una vez, en el carruaje".

Estaban tan cerca, y aún así no se besaron. Victoria no levantó la barbilla para encontrar sus labios.

"Sin embargo yo, me acuerdo de otras cosas", le dijo frotando sus labios contra su barbilla. "Recuerdo tus gemidos en el diminuto salón de tu villa".

"Eso… fue otra cosa". Sebastián se movió y Victoria continuó hablando sobre sus labios.

"Fue suficiente para mí".

Sus labios eran tan suaves como ya lo recordaba, sin embargo lo suficientemente tensos, como para demostrarle que no la dejaría cambiar de opinión. Victoria le devolvió el beso, aclarando que no tenía intención de cambiar de opinión y luego se entregó para disfrutar el momento.

Sebastián soltó sus brazos y se acercó más a ella besándola con total intensidad.

"Quiero ver tu *vis bulla*", le susurró Victoria al oído y Sebastián sonrió. Se quitó la camisa y por primera vez Victoria vio su pecho desnudo y lo recorrió con sus manos acariciando sus músculos, su vello varonil y su amuleto. Su torso era perfectamente proporcionado y su cintura delgada. Parecía la estatua del David esculpida por Miguel Ángel.

Victoria sintió su boca seca y luego húmeda al acariciar su cuerpo. Sebastián parecía disfrutar sus caricias y la levantó y la llevó a la cama. Victoria estaba encima de él y sus pechos estaban aplastados sobre su piel, sus piernas estaban entrelazadas y sus brazos estirados para poder besarlo. Sebastián le besó la barbilla, el cuello y el oído mientras que sus astutos dedos le desabotonaban el vestido y lo separaban de su piel y sus pechos fueron finalmente liberados.

Sebastián la tomó de la cintura y la oprimió fuertemente hacia él. Bajó la cabeza y comenzó a besarle los pechos y a pasarle la lengua por sus pezones. Victoria comenzó a respirar más rápido y a gemir de placer. La tomó en sus brazos y la depositó en la cama suavemente recorriendo sus muslos desnudos con sus manos. Victoria levantó la cadera para que pudiera acomodar su falda y llevó sus manos al centro de su pecho. Cuando Sebastián llevó sus dedos a la entrepierna, Victoria se levantó como pudo para besarlo, demostrando su impaciencia.

Respiraron juntos entre besos y Victoria por fin llevó sus manos a sus pantalones y comenzó a desatarle los bridges. Sebastián rodó hacia un lado y se despojó de ellos, revelando sus musculosas piernas, igual de bronceadas que el resto de su cuerpo.

"¿Entonces?", preguntó él desnudo, parado frente a ella. Y con una sonrisa se inclinó sobre ella, separó sus piernas y con un movimiento preciso se fundió en su cuerpo.

Victoria mantuvo la respiración por unos instantes y luego la reanudó suavemente adoptando el ritmo de su pareja. Si habían llegado tan lejos, no se detendría hasta haber experimentado con su cuerpo al máximo. Sebastián arqueó su cuerpo y ambos cuerpos encajaron perfectamente. Sus piernas quedaron entrelazadas y se abrazaron mutuamente. "¿Te sientes mejor?", le preguntó, con voz baja y alegre. Victoria aligeró su peso y se recostó en la cama junto a él. Le sonrió y se perdió en su mirada. "¿Qué piensas?", le preguntó .

"En tu sonrisa y todos tus hoyuelos. No los muestras muy a menudo".

Victoria se incorporó lentamente y comenzó a vestirse. "A lo mejor no he tenido mucho por lo que reírme últimamente".

"Al menos estás riendo ahora. Pensé que tal vez te resistirías y nos negarías este placer".

Victoria miró a su *vis bulla*, lo único plateado en su cuerpo dorado. "Niegas tu legado y tu responsabilidad. No puedo entenderlo; como tampoco puedo entender que te muevas entre dos mundos".

"¿Qué es lo que no puedes entender? ¿Qué no sea capaz de mandar a mi propio abuelo al infierno por toda la eternidad? No podría hacer algo así. Alguna vez fueron mortales, padres, hermanos, amantes. No puedo condenarlos por la eternidad, por algo que no pueden controlar".

"Pero… lo has hecho, Sebastián, o no tendrías esto". Se acercó y le acarició la Cruz. "Has debido matar al menos a un vampiro para conseguir esto".

"Dos, maté a dos mucho antes de conocerte y a uno más la noche en que murió tu tía. Ya te lo dije, pero no me creíste". Se levantó y comenzó a vestirse.

Le tomó un momento darse cuenta de lo que hablaba. "Que salvaste la vida de Max. ¿Mataste a un vampiro para hacerlo?" Victoria se dirigió hacia él. "¿Por qué tu y Max…?"

"¿No nos llevamos bien? ¿Nos odiamos? Parece ser que la palabra demasiado fuerte. Verás tenemos una historia y no, no lo hice para salvarlo".

"¿Entonces por qué? ¿Para qué quebrar tus propias reglas, por un hombre con el que no te llevas bien?"

Victoria esperó a que se terminara de vestir y que levantara la mirada. Fue entonces cuando notó en sus ojos la respuesta.

"¿Fue por mí?"

Sebastián se agachó para ponerse las botas.

"Sebastián…".

"Él es lo que yo no puedo ser. Lo necesitas".

Victoria lo miró confundida, estupefacta. "¿Qué necesito a Max?"

"Si vas a continuar con la batalla contra el mal, necesitan a alguien con las habilidades de Max. Me cuesta reconocerlo, pero sé que es el mejor Venator que existe. Él puede ser lo que yo no seré".

"Te refieres a lo que tú no quieres ser".

De pronto un ruido en la puerta hizo saltar a Victoria que se acercó a la cama para recoger sus pertenencias. Menos mal que la había trabado; pudieron haberlos interrumpido en un momento mucho más incómodo.

Por Dios, que no sea Max, pensó mientras Sebastián la terminaba de abotonar y cuando abrió la puerta se encontró con Ilias. "Ya ha salido el sol", le dijo sin entrar en detalles. "Illa Gardella te necesitan en el Consilium".

"Debo irme", dijo Sebastián, arreglándose la camisa.

"Espera", dijo ella. "¿Qué es esa marca en tu hombro?", le preguntó. Se parecía al tatuaje de Max aunque el diseño era diferente al del Grupo Tutela.

"Es la marca de Beauregard".

Sebastián le mantuvo la mirada y Victoria comprendió. Tal vez llevaba una *vis bulla*, pero también tenía la marca de los vampiros y nunca podría priorizar un grupo sobre el otro.

Antes de que Victoria pudiera detenerlo, esquivó a Ilias y abandonó la habitación. Victoria no pudo hacer nada.

~*~

"¿Por qué no me fueron a buscar?", dijo enfadado, intentando sacudir la pesadez que sentía. "Y además, ¿qué me diste anoche?" No había dormido tan profundamente en varios meses.

Wayren mantuvo la compostura y permaneció igual de calmada que siempre. Su rostro era sereno y su cabello estaba peinado en una trenza.

Max estaba mejor de lo que pensaba que se encontraría por la mañana, considerando los dos balazos y las numerosas heridas que había recibido. Fuera lo que fuera lo que Wayren le había dado, no sólo lo había ayudado a dormir, sino que también le había calmado el dolor y en un par de días estaría como nuevo.

"Debería haber estado ahí. Deberían haberme llamado", insistió. "Estaban demasiado cerca del Consilium, Myza podría haberme ido a buscar…".

"Myza es una paloma. No hubiera podido despertarte, ni siquiera golpeando su pico contra tu ventana".

"No sé", retrucó. "Dijiste que hay algo más", demandó.

Wayren no parpadeó. "Sebastián estuvo en el Consilium con Victoria".

Max dio un salto. "¿y Beauregard?"

Wayren agitó su cabeza. "No, no lo trajo…". Max no la dejo terminar. Lo último que le faltaba era oír explicaciones sobre el comportamiento de Sebastián.

"Si nos traiciona, lo mato".

"Es un Venator".

"Necesito entonces decir algo más…".

Wayren se puso seria y no hizo ningún comentario sobre su interrupción. En lugar de ello, continuó, "Sebastián tenía el brazalete de Eustacia. La tercera llave está en nuestro poder"

"Qué atento de su parte en devolverla".

"Podría habérsela dado a su abuelo, Beauregard", respondió ella.

Max apretó los dientes, pero no dijo nada.

"Victoria querrá que los acompañes cuando intenten abrir la puerta. Piensan hacerlo al amanecer. De este modo, habrán menos distracciones y los pocos vampiros que estén circulando por ahí, buscarán refugio por el sol".

Max sería parte del grupo: Zavier, Vioget, Michalas, Ylito y Max.

"¿Te duelen las mordidas?", le preguntó Wayren con tono maternal y acariciándole el brazo.

"Claro que me duelen", respondió llevándose una mano al cuello. Algunas eran tan recientes, que aún no habían comenzado a cicatrizar.

"¿Qué tan seguido sientes su magnetismo, Max? Dime la verdad".

Max se puso de mal humor. "No quiero hablar de eso".

"No te estoy preguntando, Max. Demando saberlo. Debemos ayudarte". Wayren estaba empezando a sonar como Eustacia.

"No me controla. Le gustaría hacerlo, pero uno puede. Nunca me ha obligado hacer nada que no quisiera". Al menos, eso pensaba.

"Akvan ha regresado. Evidentemente cuando te pidió que destruyeras el obelisco, supo que de esa manera liberaría el demonio".

La pesadez en su cabeza había desaparecido y todo estaba claro. Lilith prefería luchar contra un demonio, que enfrentarse a su hijo. Si Nedas hubiera activado el obelisco, hubiera sido aún más poderoso que su madre, en cambio de esta manera, con él fuera de la ecuación todos los vampiros se reunirán bajo el mando de Lilith y su ejército será más poderoso que nunca".

"Efectivamente. Ese fue su plan desde el comienzo. Aunque no todos los vampiros se han reunido bajo su comando, muchos de ellos se han aliado con Regaldo, pero Beauregard en cambio, no perderá tiempo en reunirse con la reina".

"Es verdad. E inclusive algunos de esos vampiros no tendrán ningún problema en defender a un demonio por pedido de su líder, al igual que varios de los mortales del Grupo Tutela".

"Tienes razón", dijo Wayren. "La batalla por el infierno no es exclusiva entre vampiros y demonios, también hay personajes que han cruzado del otro lado".

"El poder de Akvan es muy fuerte. Mientras el obelisco exista, la promesa es que la persona capaz de activarlo, recibirá todos los poderes del demonio, pero ahora que ha sido destruido, no hay manera de transferir semejante poder. Akvan ha sido liberado y no está dispuesto a compartir su poder con nadie.

"¿Cómo es posible que si ha vuelto hace tres meses, aún no lo hemos visto?"

"Está muy débil todavía y necesita de la ayuda de Regaldo y sus seguidores para ponerse fuerte".

"No podemos esperar a que los vampiros nos combatan, si dejamos más tiempo, recuperará toda su fuerza y será más difícil destruirlo".

"Yo lo enviaré al infierno".

"No será tan fácil", le respondió Wayren con un dejo de resignación en su mirada.

"¿Qué pasa? ¿Por qué te has puesto así?"

"Está escrito".

"Que moriré haciéndolo. No temo mi muerte". Sus palabras eran ciertas, sólo muerto sería libre y estaba dispuesto a entregar su vida como otros antes lo hicieron.

"Soy un Venator, dejaré mi vida en la batalla".

"Está escrito en una profecía de Lady Rosamund Gardella… 'ningún Venator ni vampiro podrá reducir a Akvan; sólo un mortal podrá enviarlo al infierno usando su propio poder en contra de él'"

La garganta de Max quedó seca y sintió que la energía abandonaba su cuerpo. ¿Quién está equipado lo suficiente como para combatir un demonio? No cualquier mortal. Sólo un Venator sabría hacerlo, sería lo suficientemente valiente y tendría las habilidades necesarias.

Sólo un Venator que no fuera un Venator.

Wayren se acercó para tocarle la mano, pero Max se retiró y enfundó su estaca.

"Sabías que pasaría esto, por eso te guardaste la pócima". Si bien intentó contener su rabia, no podía camuflarla lo suficiente. Era lo que era. Un camino sin retorno.

Levantó la mirada y sus ojos se encontraron. Max asintió con la cabeza.

"Mañana".

~15~

Una heroína provocativa

UNA VEZ que pudo recapacitar, Victoria se puso contenta de que Sebastián hubiera abandonado el Consilium y que ya no estuviera allí.

Tenía demasiadas cosas que decirle, demasiados asuntos sin resolver, demasiadas demandas que deberían esperar hasta que supiera cómo manejarse. Debía tomarse un tiempo para descubrir cómo se sentía acerca de todos los descubrimientos que habían salido a la luz en este último día. No debía confrontarlo, debía esperar.

Su cuerpo aún estaba revuelto por su encuentro sexual. ¿Acaso habían hecho el amor? ¿Acaso había amor entre ellos?

Victoria no estaba lista para enfrentar ese tipo de sentimientos. Ni siquiera estaba segura de los motivos por los cuales se había abierto de tal manera. Tal vez no confiaba en él y a pesar de que le molestaba muchísimo su predisposición de escapar de los problemas, aun así se encontraba contenta, e inclusive relajada cuando estaba con él.

Estar con Phillip era mucho más fácil. Este era elegante, carismático y adinerado. No sólo la quería, sino que hasta la adoraba. Quería casarse con ella y Victoria fue lo suficientemente tonta como para aceptar la propuesta. Lo suficientemente inocentona que creyó que podría balancear esos dos aspectos de su vida.

Se enamoraron y se casaron y eso fue su destrucción.

Victoria se secó las lágrimas y entendió que ya no podía seguir culpándose por el pasado. Lo había hecho demasiadas veces y ya era hora de que reanudara su vida.

Si en verdad pensaba empezar una relación con Sebastián, tendrían demasiadas cosas que discutir. Ambos conocen su mundo y no habría necesidad de mentiras ni engaños, quién sabe, tal vez podría dejar de tomar la poción que la previene de quedarse embarazada y podría tener un hijo propio. Un heredero.

Un torbellino de emociones circulaban en su interior mientras atravesaba los patios del Consilium rumbo hacia la calle. Tras la partida de Sebastián, Victoria tuvo la oportunidad de dormir un par de horas y luego se reunió con Wayren e Ilias para discutir los detalles de la expedición de hoy. El Consilium estaba desierto, todos se habían retirado a sus respectivas casas para poder descansar hasta la hora de la cacería. Ya casi era la una del mediodía y Victoria debía regresar a su casa.

Al pasar frente a la puerta de la oficina de Wayren, vio a la misma sentada en su silla observando cuidadosamente un manuscrito, tan ensimismada en su lectura que ni siquiera la vio pasar rumbo al cuarto de utilidades donde Victoria había escondido la piedra de Akvan. Sólo le quedaba una cosa por hacer antes de marcharse. Caminó rumbo a la galería y se paró frente al retrato de Catherine Gardella, giró su pintura ligeramente y efectivamente encontró el brazalete de Eustacia y el magnífico nicho de esmeraldas de Catherine. Tal como Sebastián lo había afirmado.

El pensamiento la hizo reír y continuó su camino, pero antes de marcharse, contempló la pintura una vez más. La mujer del retrato estaba vestida muy elegante y tenía muchísimas joyas. Victoria no podía imaginársela luchando contra los vampiros con ese atuendo.

Victoria se puso el brazalete y cerró la puerta detrás de ella. El frío picaporte fue reconfortante al contacto con su piel. La llave estaba dentro del brazalete y lo único que faltaba era ocultar los trozos de la piedra lejos del Consilium. Se llevó la mano al bolsillo y palpó la piedra para confirmar que estuviera ahí y una descarga magnética le confirmó su presencia. Levantó la solapa de su abrigo y se arregló las mangas. Desde luego era demasiado masculino y nunca hubiera sido aprobado por su madre, pero para fines prácticos, su abrigo había sido una gran inversión.

Lo mejor sería que su madre nunca la viera vestida de esa manera para evitar disgustos. Si todo saliera como lo habían planeado, Victoria no regresaría a su casa hasta altas horas de la madrugada y entonces su madre y sus amigas nunca se enterarían de su atuendo.

El pendiente que había incautado de la vampira, estaba en el bolsillo interno de su abrigo. Victoria no quería que ninguna de las dos piezas se rozaran, o entraran en contacto con cualquiera de sus armas. Podría perderlos al meter y sacar sus estacas, por ejemplo.

Victoria abandonó el edificio a través del pasadizo secreto y en un abrir y cerrar de ojos se encontró a varias cuadras de distancia. Era una tarde lluviosa y el cielo estaba encapotado con nubes. La piedra golpeaba su cadera en cada paso que daba y era un buen recordatorio de lo que debía hacer esa noche.

Victoria tenía una pistola y varias estacas. Una en su cabello y dos más en sus bolsillos. Su peinado era mucho más simple que los que le hacía Verbena, pero igual de efectivo. Tenía una gran cruz colgada de su cuello y tres pequeñas botellas de agua bendita escondidas en su ropa.

Y debajo de todo, llevaba su corsé.

Victoria se sentía preparada para lo que fuera. Atravesó el distrito de Esquiline y llegó a la Villa Palombara antes que nadie.

Podría haber dejado que Olivier la llevara, pero prefirió no involucrarlo. Éste era un trabajo que requería absoluta discreción y temía que la siguieran.

Había traído peligro al Consilium y ahora debía corregirlo por mano propia. No sabía la rapidez con la que Akvan podía identificar la ubicación de la piedra, pero dada la rapidez con la que los secuaces habían localizado el Consilium, Victoria no tenía tiempo que perder. Si hubiera podido esperar hasta el amanecer lo hubiera hecho, pero desafortunadamente, no era posible.

Sabía que si se apuraba lo suficiente, podría completar la tarea antes de que el sol se ocultara. Entró en la mansión por la misma abertura en la cerca y con su suerte, debió atravesar un jardín todavía embarrado. Exploró la propiedad a pie atenta a sus instintos, por temor a ser seguida. Si bien era de día, los rayos del sol no era muy fuertes y podría haber vampiros en los alrededores.

"Te esperaba hace horas", le dijo una voz familiar.

"Qué tonto de tu parte. Quedarte en el frío, en medio de esta humedad. ¿Qué hacías?". Al menos había dejado de llover, pero el cielo estaba cargado y parecía querer desplomarse en cualquier momento.

"Esperarte a ti". Max se acercó lentamente y la miró con intensidad que la hizo sentir extraña.

"¿Qué pasa?", le preguntó. "¿Tengo algo en la cara?"

"Si, una mancha de tierra". Llevó su mano a su cara y con el pulgar le sacudió la mejilla.

"¿Tienes la piedra?"

Victoria no se sorprendió. "Y también la última llave".

"Excelente estrategia. Usar la última llave para abrir la puerta y guardar el obelisco adentro. No sólo Akvan no podrá abrir la puerta sin las llaves, sino que tampoco podrá captar la señal".

Se encontraban parados debajo de un gran roble y cada vez que soplaba el viento, gotas de lluvia caían sobre ellos. Todo estaba en silencio y ellos escondidos de cualquier posible enemigo. "¿Cómo sabías cuáles eran mis planes?", pregunto Victoria,

"Lógica", respondió él y ella se sorprendió ante su respuesta. Max generalmente era arrogante, sin embargo hoy parecía mucho más maduro.

Victoria creyó entender el cambio de comportamiento. "Hablaste con Wayren sobre el ataque".

Max asintió con la cabeza. "Hoy por la mañana" y luego se impacientó. "¿Qué estamos esperando?", preguntó. "¿Acaso esperamos a Zavier o es Vioget quién te retiene?" Su arrogancia había vuelto, o en todo caso, nunca nos había abandonado.

Victoria ya había empezado a caminar, pero al escuchar sus últimas palabras se volteó. "¿Por qué no me dijiste sobre Sebastián?"

Max levantó una ceja. "¿Decirte sobre Sebastián? Sabes que prefiero no hablar de él…".

"Pero es un Venator. Nunca me lo dijiste".

"¿Acaso hace alguna diferencia? Puede que tenga sangre de Gardella, pero cuando se lo llama a la lucha, ignora el llamado. No lo estimo y no le tengo respeto".

"Te salvó la vida".

"Por lo que siempre le estaré agradecido". Su tono decía lo contrario. "Podría haber salvado muchas vidas más si hubiera estado en el lugar adecuado".

"Aún lleva su vis bulla", retrucó la joven.

"Eso explica tu retraso. Estabas ocupada"

Victoria mantuvo el aliento para evitar ruborizarse. Max sabía desde antemano que eran amantes. "Estoy aquí ahora. Eso es lo que cuenta".

Max la miró con una expresión imposible de leer, recordando la desilusión de Zavier al verla besar a Sebastián. Se llevó las manos a los bolsillos y no le dijo nada. Sólo se limitó a mirarla. Por un momento Victoria deseo que apareciera un vampiro para poder apuñalarlo. Para poder cambiar el aire.

Cuando no pudo soportar más el silencio le dijo, "Te lo advertí. ¿Piensas destruir a todos nuestros hombres? ¿Romperles el corazón uno a uno?" y por fin se separó, admitiendo que estaban perdiendo el tiempo. "Sólo tenemos unas horas hasta que anochezca". Se dio media vuelta y continuó su camino, Victoria lo siguió.

La joven se llevó las manos a los bolsillos y acarició la pistola con una mano y la piedra con la otra. Se sentía bien al sujetarlas. El peso le daba seguridad y nunca se había detenido a pensar lo bien que cabían en su palma.

La piedra se recalentó en su mano y Victoria la sacó del bolsillo para admirar su color. Era azul violáceo, tan oscuro que parecía negro y brillaba descomunalmente, inclusive en un día nublado.

Victoria ralentizó sus pasos para observarla con más detenimiento. Estaba fascinada por el brillo que emitía aquel objeto opaco.

Una estupenda arma. De pronto Max sacudió su brazo, sobresaltándola de tal modo que casi la suelta.

"Victoria", le dijo y luego vio lo que sujetaba.

"¿Qué...?", comenzó a preguntarle cuando Victoria lo interrumpió. "Estas celoso", le dijo sujetando la piedra y llevándose las manos a la cintura.

"¿Ah sí?", respondió él. "Eres demasiado creída".

"Ninguna mujer dejaría..."

Su risa no la dejó terminar. "Lamento desilusionarte, pero nunca he practicado el celibato, obligado, o por interés. Lo que parece ser muy selectivo a la hora de elegir mis parejas. Deberías saberlo a estas alturas" y estiró su mano e inhabilitó su muñeca, la misma que sujetaba la piedra.

"¿Te refieres a esa ocasión cuando te pillé con Sara Regaldo? No me sorprendería si lo hubieras planeado".

"¿Planeado qué? Como si eso hubiera sido suficiente para alejarte de mi". Continuó apretándole la muñeca de tal modo que un dolor eléctrico comenzó a viajar a lo largo de su brazo. "Basta, Victoria".

"¿Afección por Sara Regaldo? No me digas que sentías algo por ella". El dolor de su mano era insoportable, pero aún así no se callaba. Intentó soltarse, pero Max fue más rápido y también le cogió la otra mano. Max era muy fuerte, pero Victoria llevaba dos *vis bullae*.

"Te romperé el brazo si es necesario. Suelta la piedra".

"Seguro que lo harías", confirmó Victoria desafiante.

"Si, lo haría". Le respondió apretándola más fuerte y acercándola hacia él. Su mirada era penetrante y su expresión determinada. "Suéltala, Victoria" y Victoria no tuvo más remedio que abrir los dedos. La piedra cayó al piso e irradió luz antes de que Victoria se agachara para levantarla.

Aún sujetándola por las muñecas, la dio vuelta y luego la empujó hacia delante. Si bien había soltado la piedra, Victoria no se daba por vencida y Max no estaba dispuesto a soltarla todavía. La dirigió con una mano en el hombro hacia donde estaba la piedra y luego la volvió para que lo mirara y Victoria supo exactamente qué decirle para hacerlo enfadar aún más.

"¿Vas a besarme ahora?" Le dijo valientemente y Max por fin la soltó.

"Prefiero no ser un número".

"¿De qué tienes miedo, Max?"

Max sonrió. No fue una sonrisa agradable. "¿Quieres que te bese, es eso?"

Su expresión la intimidó, pero Victoria no se echó para atrás.

"¿Por qué no?"

Max se acercó hacia ella. "¿Por qué no, entonces?" Se acercó aún más y el corazón de Victoria comenzó a latir de tal modo que parecía que iba a salírsele del pecho. Sus pulmones estaban llenos de aire y apenas podía tomar otra bocanada, pero al inhalar nuevamente, aspiró

el aroma de Max. El olor de su abrigo mojado, vino y fuera lo que fuese la envolvió y quedo subyugada por su fragancia. Victoria estiró sus brazos y los usó de soporte. Max extendió los suyos y le cogió la cabeza, se inclinó frente a ella y sus labios cubrieron su boca.

Max besaba al igual que hacia todo: con arrogancia, gracia e increíble habilidad.

No fue atento, no dudó en hacerlo, ni estiró las aguas antes de embarcarse en un beso. Max era fuerte, sensual y determinado. Victoria alguna vez pensó que sus labios eran ásperos o no sabían qué hacer, pero esos pensamientos se disiparon con ese beso.

Sus dedos se hundieron en la sucia pared y Victoria dejó que su rodilla se relajará lo suficiente como para sostenerla y la ayudara a mantener el balance. Había paz entre los dos. Victoria sintió la calidez de su cuerpo en esa tarde fría de invierno, pero no tocó nada más que su boca.

Cuando finalmente se dio por terminado el beso, acarició el córner de su boca y dejó que su nariz rozara su mejilla antes de separarse y luego llevó su boca a su sien y le murmuró algo al oído: "Ahora que has satisfecho tu curiosidad, ¿podemos retomar nuestros compromisos?".

La separó de la pared y le dio la espalda apresurándose por levantar la piedra. Debió apurarse antes de que Victoria recuperara el aliento y demandara que se la devolviera.

Sus piernas aún estaban temblorosas y se sentía algo confundida, pero no tuvo de que preocuparse, ya que Max no volteó para verla.

"Perdimos suficiente tiempo. Ya casi esta anocheciendo". Ambos continuaron el camino.

~16~

El nuevo candidato de Lady Melly toma la delantera

EL CONDE Regaldo, o Alberto, como él insistía en que ella lo llamara, era el hombre más enigmático que había cortejado a Lady Melisande Grantworth, o que ésta había tenido el gusto de conocer.

La primera vez que lo conoció, fue el atento caballero que les mostró el camino en la solitaria mansión Palombara. Fue galán y cortés. Aunque no llegaron a encontrar el tesoro y él desapareció casi por arte de magia, aún lo encontraba enigmático.

No sólo eso, sino también excelentemente caballeroso y bien predispuesto. Su ropa era cara y a la moda, no era muy alto ni esbelto, pero tenía un acento irresistible. Tras haberse conocido, en lugar de llamarla al día siguiente, insistió en enviarle flores a ella y a sus amigas, pero eso no fue lo que la compró. Lady Melly estaba acostumbrada a que le enviaron flores y le compraran joyas.

Lady Melly demandaba de los hombres mucho más que unas flores maravillosas que morirían en unos pocos días. Quería compañía, atención y más que nada, un hombre que la adorara.

"Ha de llegar en cualquier momento" comentó Nilly y su pálido rostro pareció revivir con su excitación. Espiaba por la ventana, a través de las cortinas de encaje, de la habitación de Lady Melly, vigilando la calle y la llegada de la carroza del conde mientras su amiga terminaba de arreglarse.

"No pudo imaginar adonde te llevará en un día tan espantoso. Está todo oscuro y el cielo tormentoso", comentó Winnie apesadumbrada desde una esquina de la habitación. "Tu cabello se erizará con la humedad ni bien pises la calle".

"El conde se ha ofrecido a llevarme a visitar el Coliseo y posiblemente otros monumentos emblemáticos de Roma. Si bien está un poco fresco y tal vez pasemos un poco de frío, estoy segura de que no nos mojaremos".

"¿El conde, pensé que lo llamarías alberrrrrrto?", respondió Winnie con una gran sonrisa. Evidentemente estaba algo celosa.

"Alberto, entonces" respondió Melly admirando su imagen en espejo.

"¡Ya llegó!"

Winifred pegó un salto y se acercó a la ventana junto a su otra amiga. "Estaba vestido como para ir al teatro. Espero que regreses a una hora prudente para que podamos oír los detalles antes de dormir".

"¡Qué curioso!", exclamó Melly, "yo deseo lo contrario, deseo volver muy tarde" y les guiñó el ojo. Se agachó para saludarlas y luego se dirigió a la puerta, pero antes de marcharse volteó y les dijo, "no olviden que soy una viuda, que estoy lejos de casa y que él es muy guapo…".

Nilly se sorprendió con sus palabras y con cara de preocupada le dijo, "¡no lo asustes Melly!" Y Winnie rió. "El pobre no tiene chance de domar a nuestra amiga" comentó mientras Melly bajaba las escaleras con más energía de la que ella nunca tuvo. "Espero que esta unión, sea un poco mejor que la última unión que se le puso en mente. Lo de Victoria Rockley fue un fracaso".

Nilly asintió con la cabeza. "Seguro que lo será".

Las dos damas se disponían a bajar al salón cuando Verbena se interpuso en su camino. "Ladies, ¿en qué puedo servirlas?", les preguntó luego de profesarles una reverencia.

"Nos gustaría tomar él té, Melly nos ha abandonado por el Conde Regaldo".

"¿El Conde Regaldo?", repitió Verbena sorprendida.

"Sí", respondió la duquesa. "Si tienes algo para decir, dilo ahora", le dijo la otra.

"Oh… Dios… Lady Melly corre grave peligro" los ojos de la Verbena brillaban desencajados y sus mejillas estaban rojas.

"¿A qué te refieres?", preguntó Nilly.

"El Conde Regaldo es… no importa, debemos ayudar a Lady Melly", dijo Verbena retirándose por un momento.

"Señorita", llamó Lady Winnie con tono alarmado. "Le ruego que no se marche así, sin decirnos a donde va".

"Lo siento", respondió Verbena. "Su amiga está en gran peligro y no hay tiempo que perder", entró a la habitación de Victoria y cerró la puerta detrás de ella.

"¿Qué es eso de que Lady Melly está en peligro?" Volvió a preguntar Winnie. Verbena salió de la habitación cargando una estaca y las dos se quedaron heladas.

"¿Qué haces con eso?", le preguntó Nilly y Verbena se guardó la cruz dentro de su escote y le respondió. "Cazo vampiros".

~*~

Zavier aguardo bajo la lluvia, con un sombrero que aunque no lo favorecía, cumplía el fiel propósito de cubrirlo y evitar que el agua le afectara la visión. Estaba acostumbrado a la lluvia y aquella humedad no le molestaba; después de todo había nacido en los países bajos y allí llueve todo el tiempo.

No estaba seguro de cuanto tiempo debería esperar, pero a pesar del tiempo miserable, su mayor problema era la soledad y la lentitud con la que pasaba el tiempo. No hacía otra cosa que pensar en los hechos ocurridos.

La carnicería había sido terrible y la imagen de su amigo no dejaba de aturdirlo. No podía sacarse la visión de la sangre de encima ni la angustia del pecho. La muerte de su amigo no sólo había sido una gran pérdida, sino también una traición.

Victoria no sabía lo que hacía. No estaba en sus cabales, debía ser eso, concluyó Zavier. No podía ser de otra manera. Le dolía haberla perdido a Sebastián Vioget; aquel bastardo incapaz de cumplir con su función. Le parecía mentira que fuera un miembro de la familia Gardella, que estuvieran emparentados y que no respetara el legado. ¿Cómo podía darle la espalda a su familia?

La idea de que Victoria estuviera involucrada con él le producía pavor. Si bien nadie se atrevía a decir nada, todos estaban enterados de su relación ilícita. Al recordar que Victoria había compartido tantas horas en la habitación con Sebastián, se enfermaba de ira y apretaba tanto los puños que sin querer se clavaba las uñas sin darse cuenta. No quería pensar en ello, pero tampoco podía evitarlo, por eso había decidido dar un paseo por los predios de Villa Palombara para distraerse.

Tenía demasiado resentimiento embotellado y las muertes de esos dos seres allegados, no le daban tregua y la relación de Victoria con Vioget, tampoco.

Tampoco terminaba de creer las palabras de Wayren que insistía en recalcar que Sebastián no había tenido nada que ver con la invasión de los demonios, pero Zavier tenía otras hipótesis.

Inmerso en sus propios pensamientos, intentó calmarse lo más que pudo y patrullar los alrededores. Metió la mano en el bolsillo y acarició su estaca. Deseaba que una criatura se cruzara en su camino para arrancarlo de sus problemas. Necesitaba distraerse.

~*~

"¿Dónde está la llave?" Preguntó Max parado frente a la puerta, pero Victoria no lo oyó. Estaba oscureciendo y era difícil precisar si el sol ya se había ocultado o no porque estaba nublado. Victoria se encontraba más callada que de costumbre. El beso la había turbado y ensimismada en sus pensamientos no oyó cuando Max la llamó.

"Victoria", insistió Max y por fin lo escucho. Se sacudió un poco y se dio cuenta que no era la primera vez que la llamaba. "Ya estamos aquí", le dijo y Victoria se quitó el abrigo para acceder al brazalete con la llave. Como le quedaba grande, Victoria se lo había trabado en el antebrazo.

Max la miraba con detenimiento mientras la joven se quitaba la pulsera y la abría con sumo cuidado. La llave efectivamente estaba en el interior. Victoria la tomó con sus dedos y se la pasó a Max que miraba al cielo con ansiedad. "Debemos apresurarnos", le dijo y comenzó a remover las ramas que estaban frente a la puerta para que no estorbasen.

Se puso en cuclillas, removió el polvo de la cerradura y verificó que las otras dos aún estaban allí. "¿Estas lista?", le preguntó e insertó la última llave. Victoria mantuvo la respiración por un instante y luego se oyó el ruido del mecanismo interno y la puerta se hizo a un lado.

Max se hizo a un lado y la dejó pasar. "Señoritas primero", le dijo y Victoria le agradeció con la cabeza. Al atravesar la puerta, arrancó un montón de telarañas que colgaban del marco y se impresionó un poco. Victoria le tenía miedo a las arañas y como el laboratorio había permanecido cerrada por cientos de años, era normal que estuviera lleno de ellas.

Max notó que parecía alterada y le preguntó sorprendido, "¿te dan miedo las arañas?"

"No me dan miedo, pero tampoco me gustan…". Respondió, intentando no pensar mucho en eso. "Me recuerdan a los vampiros, te chupan la sangre y son desagradables".

El laboratorio estaba oscuro y tenía un olor extraño difícil de identificar. Victoria terminó de sacudirse las telarañas del abrigo y se acercó a un pequeño velador con intenciones de encenderlo.

"No tiene aceite", comentó al levantarle la tapa y Max encendió una cerilla y luego una bengala que traía en su abrigo.

"Cerremos la puerta", dijo Victoria. Si bien su cuello no estaba frío, no debían correr riesgos y no sabían cuánto tiempo pasarían adentro.

La puerta se deslizó lentamente y volvió a su lugar original. Max retiró las llaves y le guiñó el ojo.

"Muy practico", le respondió ella sujetándole la bengala mientras Max se guardaba las llaves en la chaqueta. "Déjame llevar la piedra a mi", le insistió, pero Max no le hizo caso. "Fíjate la marca que te dejó en la mano. El poder del obelisco se activa con el contacto".

Victoria se acercó la mano a los ojos y corroboró que era cierto. Tenia una mancha sobre la piel. "La próxima vez, ten más cuidado, no vaya a ser que no se te quite…". Le dijo para asustarla y Victoria se mortificó. Levantó la antorcha y miró todo alrededor. Se trataba de una habitación inmensa y era un laboratorio perfectamente equipado. Había mesas largas y frascos de todos los tamaños. Varios asientos de diferentes alturas y todo tipo de contenedores. Sobre la mesada habían diferentes tipos de metales y varios minerales agrupados por color y densidad, claro que todo estaba cubierto con polvo y excremento posiblemente roedores.

Victoria se acercó al escritorio del Marqués Palombara y no encontró nada que le llamara la atención. Igual removió algunos papeles, buscando con insistencia. Si los vampiros tenían tanto interés en abrir la puerta, por algo será. Corrió una pila de libros y escuchó el ruido de algo metálico caer al piso. Afortunadamente cayo a sus pies y pudo encontrarlo rápidamente. Se trataba de una pulsera similar a la de Eustacia, pero de diferente material..

"Te presento al marqués", dijo Max haciendo una reverencia desde el otro lado del laboratorio y Victoria volteó para verlo. Estaba parado junto a un esqueleto, aún vestido con la ropa de hace ciento cuarenta años. "Ahora sabemos dónde estuvo todo este tiempo", respondió Victoria guardándose la pulsera en el bolsillo. "¿Crees que serán esos papeles que tiene en la mano los que buscamos?", preguntó acercádsele.

"Me imagino que sí", respondió Max, intentando retirar los papeles del cuerpo, pero al mover el brazo, se quedó con él en la mano y los papeles cayeron al suelo. Los levantó lo mejor que pudo y les sacudió el polvo. La tinta se había desvanecido y apenas se podían apreciar algunos diagramas y unas ecuaciones matemáticas. De todos modos, Ylito sabría que hacer con ellos.

"Ylito se pondrá contento al verlos", comentó Victoria con una sonrisa y Max asintió con la cabeza. "Así es, creo que es hora de partir".

"¿Piensas llevarte el obelisco?", le preguntó. "Debemos asegurarnos que se quede aquí, no puede atraer a los demonios al Consilium". Max se acercó a ella y Victoria notó marcas frescas en su cuello. "Estas mordidas son nuevas", le dijo y Max se llevó la mano al cuello.

"¿Acaso Sara tenía razón?, preguntó descreída. ¿Has vuelto a ver a Lilith?"

"No es momento para hablar estas cosas", le dijo.

"¿Por qué harías algo tan estúpido?", insistió Victoria.

Max intentó pasar frente a ella y Victoria lo cogió del brazo obligándolo a que la mirase. "Max".

"Sí. Fui a verla, pero no es de su incumbencia".

"¿Fuiste solo? Podría haberte matado".

"Aún no entiendes nada. No sabes nada sobre ella. Te voy a dar un consejo: averigua quién es Lilith realmente o te vencerá, como ya vencido a miles antes que tú".

Victoria se quedó descolocada. No entendía a título de qué le estaba diciendo eso. ¿Por qué seguía tratándola como una joven inexperta, después de todas las cosas que habían logrado juntos?

Max abrió la puerta y los últimos rayos del sol invadieron el laboratorio a través de la rendija. Necesitaban irse cuanto antes y asegurarse de que los papeles llegaran a manos de Wayren, ella sabría que hacer con ellos.

Victoria recordó el pendiente y pensó que sería una tontería no dejarlo allí. Metió su mano en el bolsillo y notó que lo había perdido. Debió ser cuando se quitó el abrigo, pensó.

"¿Vienes o no?", le preguntó Max impaciente, esperándola para cerrar la puerta.

"Max...".

"Shhhhh".

Victoria también hubiera sentido sus voces, si no hubiera estado pensando en el pendiente. No se trataba de vampiros, era algo mucho peor. La cara de Max cambió súbitamente.

Escucharon pisadas y Lady Winifred, la Duquesa de Farnham, salió de atrás de unos arbustos Nilly la siguió.

"¡Victoria! Exclamaron. "¿Qué haces aquí?"

Los dos se quedaron helados por unos segundos y luego se acercaron.

"¡No te acerques!", le indicó Lady Winnie a su compañero. "Un paso más y no respondo", le dijo amenazándolo con un trozo de madera. "¿Te ha hecho algo?", le preguntó estirando la mano libre para acercársela hacia ella.

"¿Te ha mordido?", insistió Lady Nilly con voz temerosa y más blanca que de costumbre.

"¿Qué hacen ustedes aquí?" les preguntó Victoria retirándole lo que pensó que podría ayudarla a defenderse de un vampiro.

"Estamos cazando vampiros", le respondió Lady Winnie en voz baja sin quitarle los ojos de encima a Max. "Querida, no quiero asustarte, pero tengo razones para pensar que ese hombre es un vampiro…".

"Max no es un vampiro", respondió Victoria tratando de no reírse y volteó para verle la cara a Max. Estaba serio. "Victoria, se está haciendo tarde", señaló Max con voz grave.

Volvieron a escucharon ruido y de pronto apareció Verbena. "Lo siento milady", le dijo haciéndole una reverencia. "Intenté persuadirlas, pero no logré".

"¡Qué dices! Si no fuera por ti, estaríamos en casa bebiendo él té y preparándonos para la cena". Respondió Lady Winnie ofendida.

"¿Qué hacen aquí?", preguntó Max al borde de estallar.

"Lady Melly ha salido con el Conde Regaldo", respondió Verbena. "Aparentemente la ha estado cortejando, pero no fue hasta ahora que me enteré que se trataba de él…".

"¿Regaldo tiene a mi madre?" preguntó Victoria alarmada. "No otra vez, no…", dijo con pánico.

"Las ladies querían ayudar", dijo Verbena, enseñándole su estaca.

"¿Hace mucho que están juntos? ¿Saben a dónde la llevó?"

"No más de dos horas", respondió Verbena. "Sus amigas insistieron en venir aquí, pensaron que tal vez la traería a la mansión nuevamente, cómo se conocieron aquí…".

Su madre en las garras de Regaldo, Victoria no podía creerlo. La joven debió calmar sus nervios para poder pensar. Si efectivamente la había llevado allí, era una fortuna que Victoria estuviera allí, Max podría ayudarla y entre los dos rescatarían a su madre. ¿Pero qué pasaría con los papeles?

"Mejor ocúpate de llevar eso", le dijo mirando los papeles que sujetaba Max. "Yo me encargaré de mi madre".

Max asintió con la cabeza. Sabia que era lo más prudente. "Es imperativo que le hagamos llegar esto a Wayren", le dijo.

"Perfecto, llévalas contigo" le dijo hablándole de las amigas de su madre. "Es mejor que no estén aquí".

"No estoy de acuerdo", expresó Lady Winnie. "Melly podría estar en peligro y yo no voy a marcharme hasta…".

"¡De acuerdo!", gritó Victoria y de pronto sintió una ráfaga de aire helado en su nuca. Max también la sintió. Se miraron y no hubo necesidad de palabras. Max bajó la cabeza y se

perdió en la inmensidad de la noche. Victoria en cambio, se quedó en compañía de las tres supuestas cazadoras.

Los méritos se discuten siempre antes de dormir

VICTORIA SACÓ la estaca de su bolsillo y se dirigió rumbo a la mansión.

La sensación de frío en su nuca no había disminuido, pero tan sólo la alertaba de la presencia de unos pocos vampiros. Internamente, deseaba que uno de ellos fuera Regaldo en compañía de su madre. Tenía miedo, pero no podía dejar que esos sentimientos le hicieron perder la concentración.

Aferró sus dedos a la estaca y se asomó por detrás de un árbol. Ya estaba oscuro y apenas podía distinguir entre las sombras. De pronto notó dos luces rojas en la distancia y supo que eran los ojos de un vampiro.

Victoria los vio por un momento y luego los perdió de vista. Quién sabe si el vampiro volteó o acaso se ocultó. Fuera como fuera, Victoria no dejaría que se saliera con la suya y lo buscaría hasta encontrarlo. Se deslizó rápidamente por el sendero, espiando detrás de cada planta, deseando una vez más que los Venators pudieran ver en la oscuridad.

Una mujer gritó a lo lejos, o al menos eso intentó hacer hasta que la silenciaron y eso impulsó a que la joven se moviera más rápidamente. No le había parecido que se tratara de la voz de su madre, pero Victoria no podía estar cien por ciento segura. Después de todo sólo la había escuchado gritar una sola vez, cuando un ratón tuvo la audacia de pasearse por su habitación.

Nuevamente volvió a escuchar algo y se detuvo para afinar su audición. Eran gritos y provenían del frente del edificio. Por mucho que intentó esforzarse para ver, no pudo distinguir nada más que sombras moviéndose a lo lejos. Era imposible definir si se trataban de hombres o mujeres y si alguna de ellas podría en efecto ser su madre. Le pareció ver al menos a seis personas, de las cuales, tres de ellas tenían ojos rojos. Lo cual la tranquilizó de algún modo ya que significaba que ninguno de ellos eran imperiales, que a lo sumo eran guardianes y Victoria podría reducirlos más fácilmente. Las víctimas parecían estar asustadas y obedecían las órdenes de las criaturas a rajatabla. Victoria los sorprendió desde una esquina y se encargó del primer vampiro. Era una mujer que al verla, soltó a su presa y fue al ataque sin saber a lo que se enfrentaba. Victoria no tardó mucho en reducirla, es más, utilizó su propia inercia para clavarle la estaca.

La criatura se desintegró frente a sus ojos y Victoria embistió a los otros dos vampiros antes de que pudieran darse cuenta de lo que había sucedido. Desafortunadamente no vio un desnivel en el terreno y trastabilló, pero no llegó a caerse y volteando rápidamente le clavó la estaca en la espalda a uno de ellos salvando la situación. El tercer vampiro soltó a su víctima de mala gana y la pobre cayó al piso hiriéndose el rostro contra los adoquines. Al pararse frente a Victoria, la cazadora notó que tenía un palo en la mano que usó para tomar distancia de ella y la golpeó tan fuerte que Victoria voló unos metros antes de caer. Así y todo, se levantó rápidamente y al hacerlo, vio las caras de horror que traían Verbena y las amigas de su madre que estaban escondidas detrás de unos matorrales.

Lo que pasó luego se desencadenó tan rápidamente que Victoria no llegó a ver cómo sucedió, sólo supo que la falda de la duquesa le obstruyó la visión y que se oyó un puff antes de que todos se pusieran a gritar. Desafortunadamente todavía no había rastro de su madre.

"Yo… él…" balbuceó Lady Winnie aferrada a su crucifijo.

"Te dije que debías apuntarle al corazón, no a los ojos" se quejaba Verbena dándole cátedra a la duquesa. "Menos mal que se distrajo con la cruz de Winnie, sino no hubiéramos podido rociarlo con agua bendita" confesó Verbena alegremente.

"Deben marcharse", insistió Victoria. "Debo encontrar a Lady Melly antes de que sea demasiado tarde. Ustedes encárguense de las pobres víctimas", le dijo mirándola a Verbena con reproche.

"No podemos dejarte sola", insistió Lady Winnie al recobrar el aliento y con él su terquedad. "¡Hay mucho peligro! Por mucho que Verbena insista en que no es tan difícil matarlos, no podemos permitir que te quedes aquí sola".

Victoria cada vez estaba más nerviosa. En lugar de discutir con esa mujer debía correr en busca de su madre. Le hubiera gustado tener el disco de su tía Eustacia, para borrarles la memoria a todas y hacerlas callar.

No tenía tiempo. No había tiempo que perder.

"Deben irse", repitió una vez más con mucha más firmeza que antes. "Llévense a esta gente de aquí, antes de que sea demasiado tarde", encomendó.

"¡Victoria! ¿Cómo te atreves a tratarnos así?"; le respondió Winnie anonadada.

"Lo hago por tu bien". Victoria había perdido la paciencia y sólo podía pensar en su madre y en lo que el Conde Regaldo podría estar haciéndole en ese momento. Su cuello no estaba frío, lo cual significaba que Regaldo no estaba allí, o que tal vez estaba dentro de la mansión y por eso Victoria no podía sentir su presencia. La joven bajó la mirada y al levantarla notó que Lady Nilly no estaba con ellas, que había abandonado el grupo. Victoria miró en todas direcciones y no pudo encontrarla. Lady Petronilla había desaparecido sin dejar rastro.

"¡Lady Nilly!", la llamaron, pero la dama no respondió, entonces acudieron en su búsqueda. Victoria no sabía a que atribuir su desaparición. Después de todo, su nuca no estaba fría…

Lady Winnie y Verbena la seguían detrás. Caminaron unos metros y Nilly apareció antes de lo previsto. La pobre parecía más pálida que nunca. Al acercarse a ella, Victoria sintió frío y Verbena le quitó de dudas al pegar un alarido. "¡La han mordido, fíjense en las marcas del cuello!"

Nilly parecía una sonámbula. Sus ojos estaban abiertos de par en par y vidriosos. En sus labios llevaba una ligera sonrisa y su cabello, el cual generalmente estaba impecablemente recogido en un rodete en la base de su nuca, ahora estaba suelto y desaliñado.

"¡Nilly!", gritó su amiga tomándola en sus brazos y sacudiéndola enérgicamente.

"¿Si?", dijo Nilly. "Lo siento Winnie no te oí", le respondió a su amiga intentando corresponder su abrazo.

"No os preocupéis", dijo Victoria acariciando el cabello de Nilly. "Un mortal no puede convertirse en un vampiro tan rápidamente, pero igual debemos tomar medidas", al tiempo que Verbena comenzaba a rociar con agua bendita el cuello de una de las víctimas. Una de ellas no dijo nada, pero la otra pegó un grito estremecedor. Victoria nunca había visto a nadie reaccionar así a tan sólo minutos de haber sido atacado y temió que fuera demasiado tarde para ella.

Por Dios. Debía encontrar a su madre.

Victoria le arrebató el frasco a Verbena y volcó toda el agua bendita que quedaba en el cuello de la pobre Nilly y afortunadamente ella reaccionó mucho mejor que la otra señora. Nilly se estremeció, pero no se quejó. No habría secuelas, gracias a Dios.

"Llevadla a casa ahora mismo", le ordenó inmediatamente a Verbena, alternando su mirada entre ella y Lady Winnie.

"¿Dónde está Olivier?"

"Le dije que nos esperara en el carruaje", respondió Verbena. "Él insistió en acompañarnos, pero me pareció más prudente que se quedara allí, por si acaso debíamos salir corriendo…", explicó la doncella.

Afortunadamente el cuello de Victoria no reflejaba la presencia de ninguna criatura y debían aprovechar la oportunidad de marcharse antes de que se desatara otro episodio nefasto.

"La reja está cerrada", dijo Verbena cuando no pudo abrirla.

"Déjame ver", demandó Victoria, sonando igual que Max. A lo mejor era cierto eso que decía él de que en momentos de gravedad, no hay tiempo para formalidades ni buenos modales.

De pronto una carroza se vio a lo lejos y luego se detuvo del otro lado de la entrada. Victoria sintió como se le erizaba el cabello. Sorprendida ante la aparición, se quedó helada por unos segundos y luego les ordenó que se ocultaran. Metió la mano en el bolsillo y sacó la estaca al tiempo que ella también se ocultaba en las sombras.

Se oyeron voces y el chofer de la carroza se bajó para abrirles la puerta a los pasajeros.

Una risa conocida, le indicó que se trataba de su madre y eso junto con el ruido del candado al abrirse la reja le devolvió el alma al cuerpo.

Lady Melly bajó de la carroza y se cogió del brazo del fatídico Conde Regaldo. Un cuadro absolutamente extrañó que por suerte no duró mucho ya que antes de que Victoria pensara cómo actuar o qué decir, alguien la empujó por sorpresa.

"¡Déjala ir!", ordenó Lady Winnie y tanto Regaldo como su madre se sorprendieron al verla. "¿Acaso no es tu amiga, mi querida Melly?", dijo Regaldo. ¿Habrá decidido acompañarnos?", preguntó confundido.

Aparentemente su madre le había dado permiso para que la llamara por su nombre cristiano. Ahora que sabía que su madre estaba a salvo, se permitía enfocarse en pequeñeces como esas. No sé por qué se sorprendía, después de todo ya no estaban en Londres y los códigos de sociedad era mucho más flexibles en Italia.

"¡Winnie, querida! ¿Qué haces aquí?", preguntó Melly excitada.

"Estábamos un poco preocupadas por ti", respondió la duquesa, ocultando la estaca detrás de su falda y Victoria no creyó conveniente que discutieran los eventos, por eso ella también se hizo visible y cuando Regaldo la vio, se le borró la sonrisa de la cara.

"Buenas noches conde", le dijo Victoria. "Madre".

"¡Victoria!", exclamó su madre ahora alarmada. "¿A qué se debe esto?", preguntó exaltada.

Victoria no tuvo más remedio que ignorarla aunque era consciente de que debería pagar por ello más tarde. De alguna manera ya le dolían los oídos por anticipado. Sería ideal si pudiera convencer a Wayren para que la dejara utilizar el disco para borrarle la memoria. Los eventos de esa noche, los habían afectado a todos, no sólo a su madre.

"Regaldo, veo que te has comportado como un caballero con mi madre, por eso te daré dos opciones, déjala ir ahora mismo o te convertiré en una pila de polvo. Tu elijes".

Regaldo se inclinó por la primera opción. "Por supuesto querida, sabes que no tengo malas intenciones. Tu madre es una mujer fascinante y no quiero crear ningún problema".

Victoria afinó la mirada. Parecía demasiado simple como para ser verdad y estaba lista para pelear si fuera necesario.

"¡Victoria, cómo te atreves!" la reprendió Lady Melly, aferrándose firmemente al brazo de Regaldo. "No sé qué es lo que piensas, pero te aseguro que estás muy equivocada si crees que te dejaré dirigir mi vida sentimental".

Victoria no sabía como hacerla callar. Ojalá tuviera el maldito disco, pensó. Era una ironía que Victoria debiera apelar a ese recurso, el cual ya había sido utilizado antes para borrarle la memoria a Lady Melly. Su madre también había sido destinada a ser una Venator, pero en lugar de responder al llamado, optó por casarse con el padre de Victoria y tener una familia tradicional. Fue precisamente por eso que los poderes fueron transferidos a su sucesora, la última heredera directa.

Regaldo por su parte, parecía estar incómodo ante la determinación de su acompañante por retenerlo a su lado. En ese momento aparecieron dos vampiros en escena y Victoria aprovechó eso para distraer a su madre; para que se callara y en cuestión de segundos, se desencadenó un torbellino y Victoria los exterminó en el acto. Olivier detuvo la carroza frente a la puerta de la mansión y ayudó a subir a todos, incluso a las víctimas de antes, las cuales estaban aterrorizadas. A la contrariada Melly, que había perdido su pareja en el tumulto, a Verbena y las dos supuestas cazadoras. Victoria utilizaría el famoso disco para borrarles la memoria a todos, principalmente a su madre.

Una vez en marcha, consiguió relajarse. Había sido una noche muy agitada para todos. Victoria logró abstraerse de las conversaciones que se llevaron a cabo dentro del habitáculo y cerró los ojos.

El pendiente con un fragmento de la piedra de Akvan aún estaba perdido en algún lugar de la Villa Palombara y mañana debería regresar a buscarlo.

~18~

El secreto de la caja de rubí

MAX SE quitó el abrigo y lo apoyó sobre una silla de madera negra. Estaba empapado de la cabeza a los pies y el cabello húmedo frente a sus ojos le dificultaba la visión. Se pasó la mano por la cabeza e intentó despejarse la frente con intenciones de corregir el problema.

La llegada al Consilium le tomó más de lo que esperaba. Internamente había planeado llegar, dejar los papeles y volver a la Villa Palombara para ayudar a Victoria, pero como tenía esos papeles tan importantes, debió tomar todo tipo de precauciones para asegurarse de que no siguieran. Cuando llegó al Consilium ya casi era medianoche y Wayren insistió en que no volviera a salir.

No era una orden, sino un pedido que no podía dejar de cumplir.

Había llegado el momento y por mucho que quería evitarlo, sabía que era la hora.

Max intentaba no mirar a la pequeña caja que se encontraba en su mesa de luz. Era pequeña y sagrada y muy pocos sabían de su existencia. A decir verdad, sólo Wayren, Ilias y tal vez Ylito eran los únicos que la habían visto, nadie más.

La caja parecía llamar su nombre, por mucho que Max intentaba ignorarla. Esa caja le cambiaría la vida; una decisión que ya no estaba en sus manos. Una decisión que había sido tomada por él.

¿Acaso lo fue alguna vez?

Max se cambió la ropa lo más rápidamente posible. Las catacumbas del Consilium eran muy frías y entre la lluvia de antes y la carrera por llegar hasta allí, estaba empapado. Se quitó la camisa y se miró el *vis bulla*. No era el suyo, no le pertenecía, pero así y todo cumplía su función. Acarició la Cruz y se maravilló ante el poder del diminuto talismán. Supuestamente la caja le otorgaría la libertad, y el talismán lo protegería y le daría la exoneración que tanto necesitaba; sin embargo, se llevó la mano al pecho y se lo quitó.

Inmediatamente perdió poder y se sintió más débil. La energía abandonó su cuerpo y el pobre se estremeció. Los balazos que había recibido hacía dos días y que ya estaban casi curados, empezaron a molestarle nuevamente, como anticipando lo que vendría. Claro que él no podrá recordarlo.

Apoyó el *vis bulla* en la mesa de luz. Junto a la lámpara y a la extraña caja y antes de acostarse, abrió su portafolio de cuero y sacó otros objetos.

Desafortunadamente al despertar, ninguno de ellos tendría ningún valor para él. A pesar de que se trataba de cosas que apreciaba. Su *vis bulla*, la estaca negra con sus iniciales, una cinta de satén antigua, botellas de agua bendita y un reloj de oro entre otras cosas. Las acomodó en la mesa y luego bajó la vista, no por resignación sino más bien por obligación. No quería que le borraran su memoria, pero sin embargo dejaría que le hicieran eso para ayudarlos. Había entregado su vida al legado y con orgullo y devoción haría lo que fuera necesario por mantenerlo. Justamente hizo esa promesa el día que despertó tras la tragedia de su familia. Se entregó de cuerpo y alma a la causa y prometió ser de servicio por el resto de su vida. Por eso ahora que le ofrecían retirarlo, no sabía como tomarlo.

¿A qué se dedicaría?

No lo sabía. Lo que sí sabía era que el camino se le abriría a su paso. Sólo debía caminar.

Alguien golpeó a la puerta y lo arrancó de sus pensamientos.

"Si, adelante", dijo.

Wayren dio unos pasos hacia el frente y observó los objetos sobre la mesa. "¿Estás listo?", le preguntó desde la puerta.

"¿Has oído de Victoria?"

Wayren movió la cabeza. "Si, envió una paloma mensajera. También preguntó por ti".

"¿Cómo está Melisande?"

"Bien, sólo fue un susto". Respondió Wayren "Todos están a salvo" y aprovechó para preguntarle, ¿Bebiste la poción de Ylito?"

Max dijo que sí con la cabeza.

"Muy bien. Confiamos que con ella sentirás menos la transición, aunque realmente no sabemos qué esperar. Ylito estudió la pócima para descubrir si podía alterarla y resultó ser algo que nunca había visto hasta ahora".

"Mejor así. Sino no seré de gran ayuda en la destrucción del demonio de Akvan. Ya se sabe que ningún Venator o vampiro podrá destruirlo y alguien debe hacerlo".

Wayren prefirió no entrar en fricciones. "Estaré aquí cuando despiertes por la mañana para recordarte lo que debes hacer", le dijo mientras cerraba la puerta y se dirigía hacia una silla.

Max resistió las ganas de llorar, no demostró la impotencia que sentía y se recostó sobre la cama, esperando órdenes. Wayren abrió la caja y destapó la botella. El olor de la poción era rico y feo a la vez y en cuestión de segundos invadió el ambiente. Su estómago se retorció al identificarlo. Se trataba del agua de rosas que siempre acompañaba la presencia de Lilith.

Max cerró los ojos, deseando una vez más que hubiera otra manera de completar la tarea. Se resistía a devolver la vida que había fabricado a base de sufrimientos y culpa.

No hacía falta que dijera nada, Wayren sabía lo que estaba pensando. Lo conocía muy bien y por eso sabía el gran sacrificio que Max estaba dispuesto a hacer por ellos. Por Dios, como lo conocía y como la conocía él también.

Max no podía hacer otra cosa que rogar para que Victoria recordara el consejo que le había dado sobre Lilith. Que aprendiera sobre su enemiga y encontrara el modo de mantenerse alejada de su malevolencia para que no pudiera atraparla.

Wayren comenzó a mover un péndulo frente él y lo distrajo de sus pensamientos. Lo movía en círculos a la vez que repetía palabras que si bien Max no comprendía, igual lo tranquilizaban. Max hizo lo que pudo por no resistirse y se quedó en blanco antes de lo que esperaba.

Manos suaves acariciaron su cuello y el olor de las rosas se hizo más potente. Max intentó no inhalarlo muy rápido y no dejó de mirar al péndulo. Comenzó a sentirse liviano, más liviano que nunca y luego una fuerza comenzó a sacudirlo. Era algo que quería arrebatarlo de este mundo.

Lilith estaba en la habitación y sus ojos azulinos lo penetraban, su cabello cobre le hería la vista y su palidez no dejaba de horrorizarlo, por mucho que no era la primera vez que la veía. Estaba tan cerca de él que podía ver la perfección de sus facciones, sus labios pálidos, uno cálido y el otro frío como la muerte…

Max luchó como siempre lo hizo, intentó romper el vínculo, intentó alejarse de ella. En cualquier momento sus labios estarían sobre los de él, sus uñas afiladas se clavarían en su piel y sus manos se aferrarían para no dejarlo ir.

"¡Max, Max!" llamó una voz penetrando su delirio y Max se esforzó por escucharla. Escuchó el murmullo de Wayren entre sueños y su cántico lo arrancó de las tinieblas.

Había algo más que debía saber… era importante saberlo antes de entregarse.

"Victoria", fue todo lo que pudo decir intentando abstraerse del hipnotismo.

"Ha regresado sana y salva. Max, puedes dormir ahora…".

Max obedeció, sus ojos se hicieron más pesados y su mente quedó en blanco.

"Dile…" insistió, pero no pudo terminar.

El olor de las rosas invadió sus sentidos y finalmente Max se entregó.

~*~

Eran prácticamente las tres de la mañana cuando Victoria finalmente pudo separarse de su furiosa madre y sus amigas. La joven estaba exhausta, esta semana había sido una de las peores que había vivido desde su llegada a Roma.

Ansiaba recostarse, pero antes de entregarse al descanso debía hacer una cosa más. Debía encontrar el pendiente que había perdido en la Villa Palombara. Aún mojada por la lluvia, subió a su cuarto para cambiarse. Esta vez le indicó a Verbena que preparará sus botas, estaba cansada de chapotear en la lluvia con zapatos equivocados.

Se sentó en su tocador y se quitó las medias; estaban empapadas. Todavía estaba angustiada con el susto que se había llevado con Melly. La joven tenía pavor ante la posibilidad de perder a alguien más. Debía encontrar el modo de distanciar a su madre y a sus amigas del mundo de los vampiros. Sus acciones debían dejar de repercutir sobre sus seres queridos. La piedra que recogió Victoria atrajo a los demonios al Consilium y ahora expuso a su madre a las garras del líder del Grupo Tutela.

Si la tía Eustacia estuviera con vida, al menos podría hablar con ella, pero Victoria no tenía a nadie. Se sentía tan sola. No sabía como combinar estos dos mundos sin volverse loca y sin arrastrar a los suyos. ¿Cómo lo habrá logrado su tía durante tantos años?

Eustacia siempre la ayudaba. Siempre la aconsejaba y dejaba que tomara sus propias decisiones, por mucho que no las aprobara. Eustacia consideraba que la experiencia de la joven vendría con el tiempo y nunca se opuso a su manera de actuar. Max en cambio, tenía otra técnica. Si bien ambos querían lo mejor para ella, Max era mucho más combativo y siempre intentaba persuadirla.

Sus ojos se llenaron de lágrimas y su nariz comenzó a gotear. Victoria odiaba llorar, pero últimamente todo la sensibilizaba. Era más fuerte que ella y lloraba ante el menor indicio, inclusive más ahora que tras la muerte de su adorado Phillip.

¿Muerte?

Phillip no murió. Victoria lo mató.

Lo mató con su egoísmo y su egocentrismo. Lo mató con sus mentiras, con su inexperiencia. Lo mató con sus propias manos. Le clavó una estaca en el corazón y lo convirtió en polvo.

Abrió un cajón del tocador y tomó un pañuelo. Se secó las mejillas y se sonó la nariz. Cuando terminó con él, el pañuelo estaba empapado. La luz ya estaba apagada y apenas veía su reflejo en el espejo gracias a la luz de la luna. Victoria estaba ojerosa y su cabello enmarañado. Parecía Medusa, la diosa griega.

Lo único que la reconfortaba de la muerte de Phillip era el saber que lo había matado antes de que pudiera alimentarse de un humano, antes de que arruinara su alma y fuera condenado por la eternidad.

La puerta de su habitación se abrió ligeramente y Lady Nilly entró en ella. Su rostro pálido brillaba en la oscuridad.

"Lady Nilly, ¿qué sucede?", preguntó la joven secándose las lágrimas con las manos.

"Me olvidé de que… tengo un mensaje para ti", le dijo Nilly con una voz fantasmagórica.

"¿De quién, de la persona que te mordió?", preguntó Victoria acercándose a su lado…

"De Beauregard. Master Beauregard", respondió Nilly. "Master Beauregard… dice que te devolvió algo que te pertenecía y que espera que tu también hagas lo mismo… o…". Nilly no terminó la oración, pero tampoco hizo falta. La joven supo a lo que se refería. Recordó el brazalete que había encontrado en el laboratorio y su insignia. Era la misma del tatuaje de Sebastián. ¿Cómo no se había dado cuenta antes?

Tal vez no lo había hecho porque no quería recordar la marca sobre su piel y asociarlo con esa gente.

"¿Qué tiene mío?" le preguntó Victoria, pero Lady Nilly se desvaneció.

Victoria se arrodilló frente a ella y tocó su herida. Estaba caliente. Se dirigió a su mesa de luz, abrió el cajón y sacó un frasquito con sales aromáticas. Abrió la tapa y se las hizo oler. Lady Nilly, despertó casi de inmediato; abrió los ojos y recuperó su expresión habitual. Ya no estaba poseída.

"¿Qué hago aquí?", fue lo primero que dijo al encontrarse en un lugar extraño y Victoria la ayudó a levantarse.

"¿Te sientes mejor?", le preguntó la joven sujetándola del brazo.

"Estoy bien, un poco confundida…". Dijo mirando alrededor.

"Vamos a tu habitación", insistió la joven y la acompañó. La ayudó a meterse en la cama y al mirar por la ventana supo que pronto amanecería. El sol saldría en menos de tres horas, sino antes. Beauregard seguro que se refería al pendiente que había perdido Victoria, entonces no tenia necesidad de volver a salir.

Mañana por la mañana, llevaré el brazalete al Consilium y lo estudiarán con detenimiento. Si los anillos de cobre tienen gran importancia para los guardianes, se supone entonces que un brazalete tendrá aún más importancia.

No acudiría a Sebastián después de todo. Si bien él podría responder todo tipo de preguntas referentes a Beauregard, nunca acudiría a él por algo referente a su abuelo. Estaba tan cansada que ni siquiera podía dormir y ya en la cama recordó cuando Sebastián le preguntó si sería capaz de matar a su abuelo. Victoria no supo qué contestarle entonces… y tampoco lo sabía ahora. Lo único que sabía era que Beauregard era una persona malévola y egoísta, pero los argumentos de Sebastián le despertaban dudas. ¿Acaso era verdad que Victoria no debía tomarse la atribución de condenarlo a una vida en el infierno? ¿Acaso dudaría en matarlo si tuviera la oportunidad?

Sus sentimientos por Sebastián no estaban claros y tal vez nunca lo estuvieran. Lo que sí estaba claro era que nunca podría interponerse entre sus responsabilidades. Eso debió de ser lo último que pensó, ya que después cayó profundamente dormida.

El descanso le duró poco, ya que Verbena la despertó con insistencia. "Milady, milady", le decía al tiempo que la sacudía. "Debe despertarse".

"¿Qué pasa?", preguntó Victoria en cuanto la claridad volvió a su mente y Verbena le acercó un papel que había sido entregado por Myza, una paloma mensajera. Ya era de día.

Victoria desenrolló el papel y se apuró a leerlo. *Ven pronto*, decía.

Victoria no perdió tiempo en cambiarse, se puso el abrigo encima de su camisón y en menos de treinta minutos llegó al Consilium. Olivier la llevó, la dejó a unas cuantas cuadras de distancia para asegurarse de que no la siguieran. Con los demonios tan cerca no podían correr riesgos.

Victoria se apresuró a entrar a la iglesia, cruzó el altar, bajó la escalera y al entrar al salón principal se encontró con Ilias de espaldas a la fuente. "Sígueme", le dijo.

Los dos atravesaron el corredor y bajaron por una escalera que Victoria nunca había utilizado. Al llegar al piso de abajo, Ilias se paró frente a una puerta y le indicó que pasara. Victoria lo hizo.

Al abrir la puerta, Hannover la saludó con la cabeza y luego abandonó la habitación. Se trataba de una habitación modesta, pero cálida y bien iluminada. Tenía una alfombra tupida y la pared estaba empapelada. El aire era pesado y una persona parecía respirar con gran dificultad detrás de una cortina de gasa. Victoria se acercó con sigilo y retiró la cortina para ver de quién se trataba. Zavier descansaba en una cama bajo las sábanas. Estaba muy mal herido y parecía que fuera a recuperarse.

Victoria se arrodilló junto a la cama. Cogió la mano del joven y le preguntó, "¿Zavier, qué te ha pasado?", bajando su frente sobre las cobijas. De pronto sintió un movimiento detrás de ella y supo que no estaba sola. Tal vez Wayren estuvo allí todo el tiempo, o tal vez acaba de llegar. Victoria no lo sabía.

"Hemos hecho todo lo que hemos podido. Mañana sabremos si sobrevivirá", le dijo.

"O si será otro retrato en la galería", respondió Victoria con melancolía. Levantó la mirada y le preguntó si sabía lo que le había sucedido …

"Fue en busca de Sebastián y de Beauregard", respondió Wayren y Victoria sintió un nudo en el estómago. "¡No!", exclamó, "No debería haber hecho eso".

Pero lo hizo. Victoria nunca se tomó el tiempo para hablar con él, para explicarle como se habían desarrollado los hechos. Zavier le atribuía la muerte de su amigo a Sebastián y no se quedaría de brazos cruzados. Era un Venator, eso es lo que hacen los Venators. Honrar y defender a su gente. Ahora estaba herido, al borde de la muerte y sufriendo descomunalmente. Otra muerte más a su expensa. Otra muerte que podría haber sido prevenida… pensó Victoria retorciéndose con culpa.

"No sabemos qué es lo que le pasó, lo encontraron inconsciente. 'Vioget' y 'Beauregard' fue todo lo que dijo, por eso asumimos que luchó contra ellos", aclaró Wayren.

Fuera quien fuera quien lo atacó, quiso hacerle daño, dejarlo al borde de la muerte, pero no matarlo todavía… dejarlo para que alguien lo encontrara, pero que posiblemente no pudiera salvarlo. Victoria estaba furiosa, qué tipo de persona podría hacer algo así, con tanta malevolencia.

Victoria rezó una pequeña plegaria para el joven y le besó la mejilla. Se levantó con lágrimas en los ojos y abandonó la habitación. Wayren salió tras ella, la expresión en su rostro la preocupó.

"Victoria".

"Necesito encontrar a Max", dijo Victoria convencida de que ella sabría dónde encontrarlo. "Voy a encontrar a Beauregard y matarlo. Quiero que Max me acompañe", anunció la joven. Victoria respiró profundamente utilizando la técnica de relajación que le había enseñado Kritanu y logró que sus emociones no se apoderaran de ella. "Necesito hablar con Max. ¿Sabes dónde está?", insistió.

Wayren no respondió, pero en cambio le cogió el brazo. "Hay algo más que debes saber", le dijo con voz serena.

"¿Qué pasa?", preguntó Victoria comenzando a alarmarse aún más y Wayren le sugirió que se sentara.

19

Michalas cumple su deseo

SEBASTIÁN ESCUCHÓ voces y pudo esconderse justo a tiempo. Sería una tragedia que lo encontraran allí cuando ni él sabía cómo explicar su presencia en el Consilium.

Los pelos del brazo se le erizaron tras reconocer la voz de Wayren. Lo peor que podía pasarle era ser descubierto por ella. Ayer recién la había visto por primera vez después de muchos años y le transmitió la misma sensación de siempre, tal como si Wayren pudiera ver a través de él.

Sebastián no tenía remordimiento, pero sí algo de culpa. Sabía que era leal a los que amaba y lamentaba que eso fuera un inconveniente para muchos. Era el destino que le había tocado vivir y no había nada que pudiera hacer al respecto.

En cuanto oyó que las voces se alejaban, se asomó por la puerta y se fijó que no hubiera nadie más. Por suerte no se cruzó con ninguna persona y pudo continuar su travesía. Necesitaba llegar al estudio de Ylito ya que los papeles seguramente estarían allí. Abrió la siguiente puerta y se alegró al notar que había dado con el lugar indicado. El laboratorio estaba bien organizado y sin perder tiempo se acercó al escritorio. Sobre éste había pilas de libros y una gran variedad de papeles. Sebastián necesitaba sólo una de las páginas que habían recuperado Max y Victoria del laboratorio de Palombara y no sería difícil identificarla. Moviendo los papeles con delicadeza, encontró una pila de anotaciones protegidas por papel celofán y los descubrió para leerlos. La hoja que buscaba era de absoluta importancia para su abuelo. Al identificarla, arrancó la página con mucho cuidado, intentando que no se notara que faltaba una hoja en el manuscrito y volvió a dejar todo como estaba anteriormente a su llegada y abandonó el laboratorio.

La salida sería la parte más difícil, ya que era muy posible que se cruzara con varios Venators e inclusive con Victoria. Debía estar preparado.

En un momento volvió a escuchar voces y por mucho que se ocultó, pensó que esta vez lo descubrirían, pero pasó desapercibido al esconderse detrás de un radiador. Tuvo mucha suerte, porque se trataba ni más ni menos que de Victoria y estaba muy enfadada. Dejó que se alejara y luego la siguió. La joven iba de salida.

~*~

Cuando Victoria llegó a la calle, el aire fresco acarició su rostro. Victoria quería vomitar y su estómago estaba revuelto. Temía que las lágrimas se desataran otra vez, pero no sucedió.

Ya había derramado demasiadas.

La conversación con Wayren la había dejado agotada. Estaba descreída y angustiada.

¿Max también?

No podía hacerse a la idea. Apenas había regresado y ya lo estaba perdiendo otra vez…

Victoria estaba enloquecida, caminaba sin saber a dónde iba y lo único que quería era alejarse de Santo Quiranu. Había abandonado el edificio por una puerta que nunca había utilizado antes y se encontraba en una zona que no reconocía.

Se tropezó con una baldosa rota y el sacudón la hizo entrar en razones. Respiró profundamente y con los ojos cerrados se encomendó a Dios.

Tardó bastante en volver a abrirlos. Illa Gardella no podía dejar que sus emociones controlaran sus acciones. Demasiada gente dependía de ella, no podía volver a perder su concentración ni su instinto. Era una suerte que nadie la hubiera visto en ese momento tan vulnerable. Finalmente sabía lo que debía hacer y rogaba para que Max pudiera acompañarla. Si bien Wayren la había informado que era poco probable que recuperara la memoria, sus poderes y todos sus recuerdos de la vida como Venators, Victoria quería pensar que de un modo u otro las cosas funcionarían para bien. Estaba feliz de que por fin se hubiera liberado de la tiranía de Lilith y entendía el precio que debió pagar para hacerlo.

En realidad, eso no le molestaba tanto como el hecho de que no se hubiera despedido. Había vuelto a hacer lo mismo.

Max era muy orgulloso y demasiado arrogante como para necesitar un confidente. No la necesitaba a ella ni a nadie más; siempre se había valido por si mismo y Victoria debía aprender a hacer lo mismo.

Ser una Venator se había convertido en la mayor parte de su vida, la única parte. Victoria recordó los bailes y los salones de té, sus compromisos sociales y su insensatez al intentar combinar esos dos aspectos. Ahora, en cambio, finalmente se había resignado y había dejado todo eso de lado. Se había convertido en una Venator de tiempo completo y eso era lo que la definía, lo que la caracterizaba. Ya no quedaba prácticamente nada de la Victoria Gardella Grantworth debutante en sociedad, de la viuda del Marqués de Rockley. Ahora simplemente era Illa Gardella y nada más importaba.

Victoria levantó la vista cuando una sombra pasó su lado y reconoció sus movimientos, su elegante caminar. Reconoció el abrigo y el cabello, por mucho que intentó ocultarlo con su capa y sombrero.

Victoria sintió otra puntada en el estómago. Sebastián venía de la misma dirección que ella, eso sólo podía significar una cosa.

A Victoria no le había parecido sentir a alguien detrás de ella. Había alguien detrás de ella en el Consilium. No podía tratarse de una coincidencia, seguro que era él. Cómo se había atrevido a regresar después de todo lo que había pasado, después de su visita de ayer.

Victoria apretó los dientes y lo siguió.

~*~

En el momento en que Max le entregó el manuscrito en mano a Wayren, ella lo guardó en su portafolio y no le quitó la vista de encima. No sabía cuánto tiempo tardaría Max en despertar, pero confiaba que no tardaría demasiado. Había prometido estar allí cuando lo hiciera y sólo se separó de su lado para visitar al otro enfermo. Zavier yacía en una cama en la habitación de al lado. Wayren no podía olvidar la expresión del rostro de Victoria. La joven tenía tanto odio en sus ojos que eso la preocupaba. Había salido hecha una furia y Wayren temía que tomara una decisión apresurada.

Max emitió un pequeño quejido y luego movió la cabeza. Su mano estaba estirada como si quisiera alcanzar algo. Wayren se acercó a la cama y le acarició el cabello. Finalmente descansaba. Le acomodó la mano como pudo y al hacerlo, notó que su brazo estaba arañado y que las heridas eran frescas. Si bien Wayren había visto muchas cosas, nunca había visto algo igual. Lilith lo atormentaba en sueños y nadie podía saber si el plan de Ylito funcionaría hasta que Max despertara y volvieran a usar el disco. Impaciente, no pudo esperara más y decidió despertarlo.

Con voz suave pronunció su nombre. "Max", le decía y así lo despertó.

"¿Dónde estoy?" Preguntó confundido.

Las marcas de su cuello habían desaparecido, reconocía su nombre y por suerte parecía no tener ningún malestar, más allá de los arañazos en su brazo.

"Estás a salvo, Max. Soy Wayren", le dijo con voz suave y esperó para ver si la reconocía…

Max movió la cabeza, pero desafortunadamente no la reconoció. "¿Wayren, qué hago aquí, estoy herido?", le preguntó algo asustado.

"Se podría decir que si…", respondió ella. "Déjame que te cuente lo que sucedió", le dijo acercándole una taza con una infusión.

Max primero la tomó entre sus manos, pero no la bebió. La olió y eso lo hizo dudar aún más.

Wayren sonrió. "Si quisiera matarte, lo hubiera hecho mientras dormías", le dijo y Max asintió con la cabeza. Cuando levantó los ojos, Wayren tenia el disco frente a él y lo movía en círculos. Tardó un poco pero supo exactamente cuando le volvió la memoria. Su rostro se puso serio y sus músculos se tensaron. Le volvió el brillo a los ojos y se llevó la mano al pecho donde antes llevaba su *vis bulla*.

Respiró profundamente y abrió los ojos. "No siento nada", le dijo.

"Pero recuerdas", afirmó Wayren.

"Sí", confirmó él. "¿Qué hora es?", le preguntó incorporándose enérgicamente.

"Son las doce pasadas".

"Debo irme".

"No puedes irte así", insistió Wayren, pero Max se puso de pie de todos modos. "Claro que no, tengo la sabiduría, la técnica, pero he perdido mis poderes. Ya no soy un Venator".

"No debes ir solo".

Max sonrió. "Tal vez ya no tenga los poderes, pero no dejaré que eso me incapacite. Maté al menos a un vampiro y a un demonio antes de ganar mi *vis bulla*, sé que puedo volver a hacerlo. Le pediré a Zavier que me acompañe".

"Briyani y Michalas irán contigo", Max no retrucó. Debió notar la expresión en su rostro y por eso no insistió.

~*~

Max no se había dado cuenta hasta ese momento de cuánto había extrañado la compañía de Briyani en ese último año. Briyani no sólo era el sobrino de Kritanu, sino su propio Comitator. Kritanu los había entrenado a los dos, pero cuando se hizo mayor delegó la responsabilidad a su sobrino.

Es curioso que haya podido entrenar a Victoria a pesar de su edad y su supuesta falta de flexibilidad, pero que no pudiera continuar con él o con su amigo. Supongo que igual tenía sentido que entrenara a la sobrina de Eustacia, después de todo sabía que ella sería la futura Illa Gardella.

Estar con Briyani le recordaba sus años de juventud, sus primeras peleas y también sus primeras conquistas. Juntos se dirigieron hacia la Villa Palombara y fue la tercera vez en cuatro días que Max acudió a aquel lugar. Michalas los acompañó también, pero era tan silencioso, que apenas notaban que estaba ahí.

Llegaron a la puerta mágica sin mayores contratiempos y mucho más secos que la noche anterior. Max abrió la puerta sin problema y una vez adentro identificaron la pared de la celda y abrieron la puerta secreta para acceder a la mansión. Era conveniente que Akvan no supiera que tenían acceso al laboratorio, por eso cerrarían la puerta una vez dentro.

"El secreto con Akvan es recordar que siempre hará lo opuesto a lo que él piensa que tú quieres que haga", le dijo Wayren antes de marcharse y Max creyó estar listo para enfrentarlo. "Utiliza eso en tu ventaja y le ganarás".

Ylito también tuvo unas palabras con ellos antes de que abandonaran el Consilium. "Debéis aseguraos de destruir cualquier vestigio de la piedra, o Akvan no desaparecerá por completo. Recordar la profecía, sólo un hombre mortal podrá enviarlo al infierno usando su propio poder en su contra. Buena suerte".

Un mortal. El destino del legado y también de la humanidad estaba en las manos de un mortal, pero no se trataba de un mortal cualquiera.

Max lideró la operación. Se dirigió a la pared del compartimiento secreto para activar el mecanismo y Briyani pasó los dedos alrededor de la ranuras intentando encontrar la manivela que estaba detrás de un ladrillo.

Michalas se acercó con una antorcha e iluminó la celda en la que los Venators habían estado cautivos hacía unos días. Max sabía que se trataba del mismo lugar porque identificó las marcas de las rosetas en el piso.

Hasta ahora el plan marchaba sobre ruedas. Ya estaban dentro de la mansión y no habían sido identificados. Antes de cerrar la puerta que comunica la celda con el laboratorio, Max les pidió que lo esperaran un momento y regresó por la piedra. Estaba en el lugar donde la habían dejado y al levantarla, vio también el pendiente que Victoria creyó haber perdido; Max lo había levantado del césped y lo había dejado allí por seguridad. Guardó ambos objetos en su bolsillo y se unió a sus compañeros.

Max la había acompañado a Victoria la noche anterior por dos motivos; uno, para comprobar que efectivamente había una puerta que comunicaba la mansión con el laboratorio y el otro, para confirmar que la joven dejaría la piedra allí. Sabía que era el arma que necesitaría para destruir al demonio.

Los tres ultimaron detalles, cerraron la puerta y abandonaron la celda. Una vez en el corredor, Max debió relegar el mando a Michalas, ya que él ni Briyani podían presentir a los vampiros. Sus poderes se habían esfumado. Michalas se paró, cerró los ojos y señaló en qué dirección debían caminar. Max dio un paso al frente y lideró el paso. Al llegar a la esquina, Michalas le tocó el hombro y le hizo una seña con la cabeza. Max siguió caminando en la dirección señalada maldiciendo a Lilith por haberle quitado lo único que le importaba.

Al dar vuelta en el corredor, Max se encontró con un vampiro de frente. Era una mujer y sus ojos se abrieron con gran interés al verlo. Max permaneció tranquilo, recordándose a sí mismo que ya se había enfrentado con un vampiro antes de convertirse en Venator y dejó que se acercara a él, dejó que lo tomará de los hombros y que intentara embrujarlo. Afortunadamente no era muy poderosa, evidentemente se trataba de la guardia de Regaldo, uno de los tantos seguidores jóvenes y sin experiencia. No olía a sangre y no se había alimentada recientemente. Max utilizaría eso para atraerla hacia él.

No fue difícil convencerla. Sus dientes se hincaron en su cuello mucho más violentamente que Lilith y Max se sacudió. Tal vez le dolió más porque ya no tenía ni su *vis bulla* ni los poderes de antes. Se sentía débil, pero no dejaría que eso lo detuviera. Sacó la estaca de su bolsillo y con gran satisfacción se la clavó en el pecho. Sus amigos, que esperaban aún en la esquina, acudieron al rescate y Briyani lo bañó con agua bendita. Algo doloroso y necesario para evitar que la herida siguiera sangrando.

"Gracias", le dijo y luego los encomendó para que regresaran al laboratorio. "Necesito hacer esto solo".

"Yo te acompañaré", insistió su Comitator.

"No", se opuso. "Debo hacerlo solo. Ese fue el arreglo".

Briyani sonrió. "Yo no acepté esos términos. Yo me quedaré contigo y Michalas nos esperará en la celda. Puedo ir contigo, o detrás de ti, tú eliges".

"No soy un niño que necesite que lo cuiden".

"Estupendo, yo no soy un perro al que le den órdenes".

Max estaba ofuscado consigo mismo y aún más con Lilith por haberlo puesto en esa situación. Michalas se acercó y les avisó que había vampiros cerca. "Se acercan, no es momento de discutir. Estaré donde hemos quedado, si no regresan en dos horas, vendré a buscarlos". Se acercó y les tocó la cabeza a los dos. "Tengo intenciones de salir con vida así que por favor no se distraigan", les dijo amigablemente y luego les señaló con el dedo hacia donde tenían que marchar. Volteó y se perdió en la esquina.

En otro momento, Max no hubiera tenido ningún problema en que Briyani lo acompañara. Parece mentira como funciona la mente humana. Era cuando más lo necesitaba y así y todo, no era capaz de reconocerlo.

Siguieron caminando hasta toparse con un grupo de cuatro vampiros, Max los saludó con valentía y Briyani permaneció inamovible a su lado. "Soy Maximilian Pesaro", les dijo mirándolos con toda la seguridad del mundo. "Necesito hablar con Akvan".

20

Nuestra heroína vuelve a encontrarse en un túnel oscuro

VICTORIA NO le perdió el rastro asegurándose de no ser vista. Descendió la misma escalera y llegó a la misma bodega sin hacer un ruido. Aquel lugar no le resultó del todo extraño, ya que se trataba de la misma mansión en donde había sido encarcelada el otoño pasado, cuando Max le pidió a Sebastián que la hiciera desaparecer por temor a que arruinara sus planes de destrucción del Obelisco de Akvan. Afortunadamente su plan falló y Victoria pudo escapar por la ventana llegando a tiempo no sólo para presenciar la destrucción de la piedra, sino también para matar al hijo de la reina.

Era muy posible que Sebastián pudiera haber estado hospedado allí todos esos meses. Lo curioso es que Victoria podía haberlo encontrado sin ninguna dificultad, sin embargo nunca se le ocurrió volver a aquel lugar.

Lo importante es que ahora lo tenía enfrente y nada ni nadie, se interpondría en su camino. Su mente sólo pensaba en vengarse y la sangre hervía en su venas. Su cuello estaba helado desde hacía rato y sabía que en cualquier momento debería enfrentarse al ejército de Beauregard.

Los pasillos de la bodega eran estrechos y oscuros y Victoria los atravesaba con total determinación. Estaba acostumbrada a encontrarse en situaciones y lugares de este tipo; si no corría detrás de los delincuentes, era perseguida por ellos…

Eso era uno de los predicamentos de su trabajo y no le molestaba. Se había acostumbrado a perseguirlos, apuñalarlos e inclusive a convivir con ellos.

Todos esos pensamientos distrajeron sus ganas de confrontarlo inmediatamente. Victoria sabía que eso sólo le dificultaría la tarea y era consciente de que en situaciones así, era mejor contar con el elemento sorpresa.

Si bien Beauregard era un vampiro muy poderoso, su guarida parecía ser bastante primitiva y mal mantenida. Las baldosas estaban rotas, las paredes sucias y telarañas colgaban del techo. Un par de ratas se le cruzaron por delante y Victoria ni siquiera se asustó al verlas. Beauregard era verdaderamente distinto a los otros, Victoria no podía imaginarse a los otros conviviendo con los roedores.

De pronto escuchó voces que parecían proceder del otro lado de la pared y Victoria acercó su oído al muro para escuchar lo que decían. Siguió caminando y notó que la pared se terminaba a unos metros. Victoria no podía creer lo que sus ojos veían. Si bien la llegada hasta allí había sido bastante rústica, sus aposentos eran elegantes y cuidadosamente decorados. Lujosas alfombras cubrían el piso aportándole calidez al ambiente y había mucha luz. Las numerosas velas daban un toque de sensualidad y misterio a la guarida, los muebles eran de madera oscura de estilo francés y los tapizados eran de brocado y terciopelo.

Las voces se hicieron más intensas y Victoria pudo reconocer la voz de los dos personajes que estaba buscando. Se encontraban en la habitación adyacente. Victoria esperó un momento, juntó coraje y entró a la habitación. Se trataba de un inmenso estudio y los hombres estaban reclinados sobre una mesa leyendo unos papeles.

"Buenas noches", dijo y observó la sorpresa de Sebastián. Estaba helado, había sido burlado, él creía que era quien la estaba siguiendo y en realidad era a la inversa. Beauregard en cambio, si bien se sorprendió inicialmente, pudo ocultar su sorpresa mucho mejor. Era muy astuto y recobró el porte mucho más rápido que su nieto. Le sonrió con una mirada provocadora y Victoria sintió que se le erizaba el cabello de la nuca.

"Bienvenida querida. Bienvenida a mi humilde morada". Le dijo profesándole una reverencia. Victoria se aproximó y se colocó astutamente frente a una biblioteca para no tener ninguna sorpresa desagradable por detrás. Permaneció calma y desafiante.

"¿Cómo llegaste aquí?", pregunto Sebastián obligándola a que lo mirara, pero antes de que ella pudiera contestarle, lo hizo Beauregard. "Me imagino que llegó aquí de la misma manera que lo hizo aquel muchacho, olvidé su nombre … Zavier, ¿tal vez? Ha debido ser él quién le dio la dirección". Dijo mirándola fijamente. Sus ojos aún eran normales, pero victoria podía presentir que no permanecerían así por mucho tiempo. "¿Acaso recordaste este lugar porque estuviste aquí el otoño pasado?", le preguntó insistentemente.

"Cómo podría olvidarlo", respondió ella siguiéndole el juego. Consciente que no debía distraerse, había demasiado en riesgo. "Me imagino que coincidirás conmigo en que fue una fortuna que me marchara a tiempo. La muerte de Nedas, te benefició tanto a ti como a nosotros", le señaló la joven.

Beauregard asintió con la cabeza. "Efectivamente, me gustaría agradecerte…", le respondió satíricamente. Victoria dio un paso al frente y le enseñó que estaba armada.

"Me imagino que ya estarás enterada de que he devuelto lo que habías perdido. Deduzco que estarás aquí para devolverme lo que es mío entonces…", anunció al verle la estaca.

"Tengo tu pulsera, si es a eso a lo que te refieres", le dijo Victoria. "De cualquier modo, aún no he recibido lo mío". "¿Cómo es posible? Les pedí a Gardiel y a Hugo que no fueran muy agresivos con él".

¿Él? Victoria se dio cuenta que no hablaba del pendiente sino de Zavier, o al menos de lo que había quedado de él. El ataque debió ser una consecuencia de su resistencia al no querer prestarse a manipulación de los hombres de Beauregard. Seguro que se opuso rotundamente a la idea de actuar de mensajero y por eso lo atacaron. ¡Pobre Zavier!

Le latía la sien y acudió a la técnica de respiración para calmar sus nervios. Inhaló profundamente y al hacerlo lo miró a Sebastián. El joven permanecía parado expectante y Victoria entendió que no podría contar con él. Menos mal que también llevaba una pistola además de su estaca, la usaría si fuera necesario.

"Por tu cara, me imagino que no ha de estar en condiciones de indicarte el camino", agregó Beauregard acercándose lentamente hacia ella."Has debido encontrarnos por casualidad entonces. ¡Qué maravilla!"

Victoria bajó la vista y fijó su mirada en el manuscrito que llevaba en la mano. Beauregard quería que lo viera, sino no lo hubiera recogido de la mesa. Se parecía muchísimo al manuscrito que Max y ella habían obtenido del laboratorio Palombara.

Victoria estaba bajo la falsa idea de que los papeles estaban a salvo en el Consilium, pero de alguna manera habían llegado a las manos de Beauregard sin que nadie se hubiera dado cuenta. Lo miró a Sebastián y sus miradas se encontraron. El joven era el eslabón perdido.

"Déjame ver esos papeles" le pidió pero Beauregard no accedió y confirmó así las sospechas de Victoria.

"No sólo eres un cobarde, sino también un ladrón", le dijo mirándolo a Sebastián con rabia y el joven le mantuvo la mirada.

"Los necesitábamos, Victoria. Créeme".

"Maldito seas tú y tus excusas", le respondió ella. Su farsa sentimental comenzaba a enceguecerla, Victoria estaba enfadada consigo misma por haber escuchado sus mentiras.

"Maldito seas tú y tu abuelo, Sebastián Vioget. No los soporto a ninguno de los dos. Ya he tenido suficiente". Volteó y se dirigió a Beauregard. "Zavier está prácticamente desahuciado . Tus hombres no fueron violentos, fueron animales y todo eso para distraernos, para enviar a tu nieto a que hiciera tu trabajo sucio. Me das vergüenza".

Beauregard sonrió. "Eres muy rápida", le dijo. "Rápida para entender, rápida para juzgar, rápida para culpar y muy apetitosa cuando estás enojada".

Victoria levantó la estaca, ya no lo resistía más.

"¡Victoria no!", exclamó Sebastián parándose frente a su abuelo y Victoria en lugar de apuñalarlo a él, lo apuñaló al joven. Hirió su hombro, pero no lo mató. Apuñalar a un mortal, era mucho más difícil que apuñalar a un vampiro. La piel es mucho más dura y la resistencia de los músculos hace la tarea casi imposible.

"Quítate del medio te digo", le repetía ofuscada sin reparar en el daño que le había hecho. La punta de su arma estaba roja, algo que nunca había visto. Supuestamente no debía haber sangre en su lucha, pero igual no dejaría que eso la detuviera.

"Victoria, no lo hagas", volvió a decirle Sebastian sin moverse de allí. "Quiere luchar contigo, quiere interponerse entre nosotros", la alertaba el joven, presionándose la mano contra la herida.

"Apártate o te enviaré al infierno junto con él. Ya he tenido suficiente con tus mentiras".

Volvió a mirarlo a Beauregard y se enfadó aún más al ver que el maldito disfrutaba el episodio.

"¿De verdad quieres enviarlo al infierno?", le preguntó el joven desalentado.

"Lo quiero muerto", respondió ella.

"Me parece que te olvidas de que llevo muerto más de seiscientos años", le respondió el mismo Beauregard con los ojos empezando a transformarse.

"Retírate Sebastián".

"¡No!", gritó él aferrándose al piso. No tenia arma, pero estaba dispuesto a luchar hasta las últimas consecuencias. Victoria lo miró analizando su expresión, sus gestos. Era una fortuna que pudiera mirarlo sin temor a caer cautiva. Si se tratara de un vampiro, hubiera caído presa de su embrujo hacía tiempo.

"Nos robaste. Nos traicionaste. No puedo… seguir… viéndote".

Beauregard se distanció y la pareja quedo enfrentada.

"Has elegido, Sebastián. Utilizaste los problemas del Consilium para infiltrarte una vez más y robarnos. Retírate, así puedo terminar con mi obligación", le dijo con voz entrecortada.

En ese momento se abrió la puerta y entraron cuatro vampiros musculosos. Tres eran hombres y uno mujer. Victoria no dudó en enfrentarlos, aunque sabía que sería difícil reducirlos sin sufrir consecuencias.

Sebastián volteó y se paró frente a ella, adoptando también posición de lucha. "Victoria, la pulsera…", le decía cuando uno de los vampiros lo pateó en el estómago derribándolo. Un segundo vampiro lo levantó del brazo y lo revoleó por el aire.

Victoria levantó la estaca con intención de ayudarlo, pero un brazo firme la acogió por detrás y la inmovilizó. La mano la apretaba tanto que le era difícil respirar y por mucho que intentó soltarse no lo logró. Victoria no apartó los ojos de Sebastián y con ojos incrédulos se horrorizó al ver que su propio abuelo le haría algo así. Sebastián se puso de pie como pudo, pero fue nuevamente derribado.

"¿Querías que se fuera, verdad?", le preguntó Beauregard al oído y Victoria revoleó la cabeza y lo golpeó en la cara, aunque no pudo soltarse. Beauregard llevó la otra mano a su cuello y la apretó tanto que le cortó la respiración. Victoria en su afán por respirar peleó como pudo, pateándolo y arañándolo, pero él no la soltó inmediatamente.

Al hacerlo, Victoria cayó al piso y se golpeó la cabeza, pero se incorporó lo más rápido que pudo. A pesar de ello no vio cuando se llevaban a Sebastián, sólo llegó a notar que la puerta se cerraba.

El cuarto quedó en silencio, pero no vacío.

Su cuello todavía estaba frío, Beauregard aún estaba allí. "Después de todo lo que hice por ti…", le dijo una voz temblorosa y ella, mirando en todas direcciones para encontrarlo, lo vio levantarse. Se había agachado para levantar los papeles que se le habían caído.

"¿Acaso no es lo que esperabas? ¿De quién crees que lo aprendió? ¿Te sorprende que no haya lealtad, acaso?"

"No lo matarás. Vale demasiado para ti".

Beauregard la miró horrorizado. "¿matarlo?, por supuesto que no. Simplemente quise satisfacer tus deseos. Deberías estar agradecida, ahora podremos conversar sin su interferencia", le dijo empujando la estaca que estaba aún en el piso.

"Aún tienes algo que me pertenece".

"Y tú", respondió Victoria. Le llevaría la corriente hasta que pudiera decapitarlo.

"Robó sólo una página", le dijo depositando el papel sobre el escritorio. "No puedes culparlo a Sebastián. Lo hizo por mí. Su lealtad es su gran desventaja, por mucho que intenté corregirlo, desde pequeño. Soy todo lo que tiene y vive aterrorizado con la idea de que me pudra en el infierno por la eternidad". Beauregard se sentó detrás de su escritorio y continuó. "No es que a mí me guste la idea tampoco, por eso, cuando se abrió la puerta del laboratorio de Palombara me puse tan contento. No sólo recuperaría mi brazalete, sino también, estas anotaciones".

"¿Cuándo piensas decirme lo que es importante sobre ellas?", preguntó Victoria intentando sonar calma mientras examinaba el cuarto en busca de algo que pudiera servirle de arma.

Los ojos de Beauregard estaban rosados y Victoria supo que no debía mirarlo de ahora en más.

"Estoy seguro de que podrías adivinarlo si así lo quisieras. No creo que necesites que responda tu pregunta.", le dijo con voz seductora y Victoria sintió su magnetismo a flor de piel cuando le acarició la mano.

"Tiene que ser algo con una planta, una raíz tal vez, es todo lo que vi. Seguro que tiene que ver con la inmortalidad y quizás, la rectificación de tu alma perdida; sino Sebastián no estaría tan interesado", respondió Victoria acercándose al escritorio. El olor a sangre aún estaba en el ambiente.

"Se trata de una flor de mucho valor para nosotros y también para los mortales. El problema es que la planta florece sólo una vez o dos cada cien años y necesitaba la página para identificarla. Los astros estiman que florecerá pronto. Fue una suerte que tu tía nos haya facilitado la llave…".

"Verás, fue mi intención desde el principio que estuvieras entretenida con Akvan mientras sus secuaces intentaban encontrar las llaves. Me encargué personalmente de que supieran sobre el diario y así desperté su interés y luego dejé la llave del marqués por ahí para que la encontraran. Sabía que su accionar despertaría sospechas entre los Venators y el tema de las llaves y la puerta Múgica saldría a la luz eventualmente. Verás, sólo me faltaba una llave y necesitaba recuperar estas dos cosas…".

Victoria esquivó su mirada y se ubicó lo suficientemente lejos como para que no pudiera tocarla. No le tenía miedo y había estado en situaciones mucho peores que ésta, pero aunque se había enfrentado a criaturas mucho más poderosas, sabía que de hacer un movimiento en falso, Beauregard alertaría a los otros vampiros y Victoria se encontraría en la misma situación que Sebastián, sino peor.

"¿Querías que Sebastián robara la llave, verdad?"

"Desafortunadamente no supimos dónde estaba la llave hasta que tu se lo comentaste a Sebastián".

"De acuerdo, pero ¿para qué nos necesitaste a nosotros para rescatar esos objetos? ¿Por qué no lo hizo él?"

"Sebastián se opuso a robarla, si eso es lo que quieres saber. A mí me daba lo mismo que lo hiciera él o lo hicierais vosotros. Yo sólo quería recuperar mis pertenencias y sabía que las conseguiría de una manera u otra. Me hubiera gustado interceptarlos aquella noche, pero fuisteis muy rápidos…".

"¿Y pensaste que al mutilar a uno de mis hombres me forzarías a darte lo que querías?"

"Estas aquí, ¿no?"

Victoria no apreció su ironía y tampoco le gustó acordarse del beso que Beauregard le robó, ni la sensación de sus labios succionando los de ella.

"Por supuesto que vendrías a vengar a tu compañero. "Eres una Venator".

Victoria odiaba que estuviera tan seguro de sí mismo. Pareciera como si le hubiera leído la mente. Pelear era lo único que sabía hacer, lo único que le quedaba.

"Quiero mi pulsera", le dijo acercándose y Victoria se puso a la defensiva.

"No la tengo conmigo", respondió.

Beauregard volvió a reír. Sus colmillos ya estaban largos y sus ojos destellaban.

"Claro que la tienes, puedo sentirla".

Victoria se echó hacia atrás y se paró en pie de guerra. "Ven y tómala", le dijo desenfundando la estaca que había levantado del suelo y Beauregard volvió a su silla, giró el asiento y le dio la espalda. Victoria fue la que inició el ataque al lanzarse sobre él. Beauregard se corrió a tiempo y abandonó la silla para encontrarla de frente, bloqueó su ataque y sus cuerpos chocaron. Victoria quedó atrapada dentro de su abrigo y Beauregard la incapacitó con mucha destreza; deslizó las mangas del abrigo por sus brazos y la encarceló con el paño, previniendo que le clavara la estaca que aún llevaba en la mano, luego la empujó hacia atrás y se alejó. Victoria se despojó del abrigo y fijó los pies al piso y la estaca por encima de su cabeza, pero antes de avanzar, se descubrió el cuello de la camisa y dejó que su crucifijo se hiciera visible.

Beauregard se estremeció al ver el pendiente y se echó un poco hacia atrás. Victoria se lanzó sobre él, pero Beauregard esquivó la estaca. Se empujaron mutuamente y cada uno, quedó de un lado del escritorio. La única diferencia era que ahora Victoria se había despojado del abrigo y ya no podría volver a repetir esa jugarreta con las mangas. Beauregard se agachó sin quitarle los ojos de encima y recogió el abrigo del piso.

"¿Tienes frío?", le preguntó ella amenazándolo con la estaca mientras él inspeccionaba los bolsillos en busca del famoso brazalete.

Victoria pasó por encima del escritorio y lo tiró al piso. Su crucifijo le tocó el rostro y él se retorció de dolor, pero luego estiró la mano, cubriéndose la piel con la manga de su camisa, y le arrancó la cadena.

Sus piernas estaban enredadas como si se trataran de amantes y Victoria podía sentir el calor de su cuerpo debajo del suyo. Rodaron por el piso un par de veces y cuando Beauregard quedó finalmente encima de ella, la redujo con el brazalete. Al ponérselo, la joven se sintió inmediatamente impedida.

"Ya está", dijo con satisfacción. "Por fin te tengo donde quería".

"¡No, no me tienes!", gritó Victoria, esforzándose por separar su mirada de la de él. Sus ojos la estaban dominando y parecían mucho más profundos que antes.

Beauregard se recostó sobre ella, le besó la frente y luego se deslizó hacia un lado. El pulso de Victoria se hizo más lento y se compenetró con el de él. La joven comenzó a sentirse mareada y el brazalete se sintió más pesado sobre su piel. Sintió calambres en las manos y en los pies y a pesar de que aún estaba aferrada a la estaca, su arma no le valía de mucho. Aún así, usó sus últimas fuerzas para combatirlo, levantó el brazo como pudo, pero antes de llegar a su pecho la estaca se le deslizó de los dedos y cayó al piso.

"Por fin…" le dijo acercándose hacia su cuello. Sus ojos terminaron de poseerla y Victoria perdió la visión pero no el tacto. Beauregard depositó sus labios sobre los de ella y los latidos de la joven se sincronizaron con las pulsaciones de él.

~21~

Max se impone ante un vampiro confundido

AKVAN ERA igual a la descripción que Wayren había hecho: grisáceo, alto, con cuernos y cola. Su cuerpo era sólido, sus garras afiladas y sus colmillos asustaban. Sus ojos eran pequeños, sus mejillas carnosas y su nariz aguileña.

El olor que irradiaba de su piel era impresionante e imposible de pasar desapercibido. Alrededor de diez personas estaban paradas frente a él, rindiéndole homenaje y alabando a su alteza. Desafortunadamente, Max no podía identificar quiénes eran vampiros y quiénes no, pero sí podía reconocer el rostro de algunos de sus ex compañeros del Grupo Tutela a los cuales trataría como vampiros, ya que para ese entonces, varios de ellos ya estarían convertidos.

Junto al trono de Akvan había una pequeña mesa auxiliar y sobre ella descansaban los restos del obelisco.

Briyani se quedó parado junto a la puerta, pero Max se dirigió hacia el altar.

"¿Dices que quieres verme?", preguntó Akvan desde su trono. Tenía apariencia humana excepto sus cuernos y cola, pero sus rasgos estaban lejos de ser normales. "¿Quién eres?", preguntó.

"Soy quién te despertó, quién te trajo nuevamente a la tierra", le respondió Max ocultando que estaba intimidado ante su estatura.

"Es un Venator", dijo alguien entre la multitud. Una voz que Max reconoció inmediatamente. "Uno muy fuerte", volvió a decir la misma persona. "Haces bien en mantener la distancia".

"Sarafina", dijo Max al identificarla entre la multitud. Sara era la hija de Regaldo y en su tiempo había sido su prometida. Sarafina estaba a un lado de Akvan y George Starcasset, como de costumbre, estaba en los alrededores. "Veo que no perdiste el tiempo en encontrar a otro acompañante", le dijo Max al verlo.

"No seas celoso, Maximilian… nadie podrá remplazarte". Le respondió con una sonrisa que era mucho menos inocente de la que él recordaba; sin embargo conservaba el brillo de siempre en sus ojos. "No sabes la alegría que me da que hayas regresado. Me dio mucha pena que la última vez no hayamos podido hablar. Había demasiada gente de por medio", le dijo mirando de reojo a su acompañante.

"¿Un Venator?", preguntó Akvan con intriga, forzándolo a que volviera a prestarle atención a él. "Ningún Venator puede hacerme daño, está escrito en el *Shah-Nameh*. Deja que se acerque".

"Es el concubino de Lilith", agregó Sara, acercándose hacia él. "Eso no es así", respondió Max ofuscado, esquivando sus manos.

"Detente", le dijo.

"Deténganlo" ordenó, señalando a cuatro hombres que custodiaban a Akvan. "Voy a probarlo ahora mismo Master Div", dijo haciendo una ridícula reverencia.

Max se estremeció cuando los hombres se interpusieron en su camino, pero se quedó erguido estoicamente cuando los dedos de Sara, entreabrieron el cuello de su camisa y revelaron la herida.

"¿Ve?, insistió. Lo marca y su herida nunca cicatriza para que ninguna otra criatura se atreva a tocarlo". Sus manos eran cálidas y lo tocaba como si Max fuera de su propiedad. "Y aquí… ¡Les dije que lo sujetaran!", se quejó ante la resistencia de Max. "Aquí esta su *vis bulla*. ¡Cómo lo he extrañado…!", dijo acariciándole el talismán.

Max nunca se hubiera imaginado que Sara sería tan instrumental para llevar a cabo su plan. "Dile a tus amigos que me suelten", demandó cansado de sus juegos.

Akvan movió la mano y los hombres lo soltaron, pero Sara no se movió.

"Déjame en paz", le dijo. "Tengo cosas que discutir con tu master". A Sara le molestaba que le dijeran qué hacer y ahora que su padre era el nuevo líder del grupo, los aires de reina se le habían subido a la cabeza más que nunca. "Aléjate de él o Lilith se enfadará", amenazó George.

"No tengo miedo. Estoy a salvo con Akvan", respondió Sara impertinente, y todavía mirándolo con insistencia. Luego volteó, lo miró a Akvan y finalmente se retiró para volver junto a su compañero. "Lilith no se atrevería a venir aquí, ha estado escondida en sus montañas por más de dos años", le explicó con soltura.

Sara no sabía nada de Lilith.

"¿A qué has venido?", le preguntó Akvan comenzando a impacientarse. "Estaba empezando a creer que no tenías tanto interés en conocerme. Sobre todo porque el otro día se marcharon sin que tuviéramos la oportunidad de hablar", dijo con sorna y su risa fue macabra.

"He venido a demandar mi recompensa. He sido yo quien te ha traído y aún no he recibido nada a cambio".

"¿Recompensa?", dijo Akvan sorprendido.

Sin mí aún estarías atrapado y el hijo de Lilith tendría todo el poder. Max sintió una ráfaga de frío sobre su torso desnudo, pero se abstrajo de cerrar su camisa, era mejor que vieran la herida.

Akvan no hacia más que reírse y su mirada era condescendiente. "¿Qué esperas por tus servicios?", le preguntó sin interés de cumplir con sus demandas.

Max se arregló la camisa y por primera vez demostró un poco de indefinición. "Lo que tengo para decir es sólo para tus oídos, los de nadie mas".

Akvan lo miró con sutileza, lo pensó por un momento y luego le dijo. "Sea lo que sea que tengas que decirme, hazlo ahora. Habla ahora o calla para siempre".

"De acuerdo", le dijo. "Entre Lilith y yo, no existe ningún vinculo", aclaró asegurándose de no mirarlo a los ojos para no caer preso de su embrujo.

"Lo sabía", murmuró Sara desde un costado.

"Cállate", le ordenó Starcasset.

"Tus piezas son muy pequeñas para reconstruir el obelisco", dijo Max señalando la mesa. ¿Qué dirías si supieras que tengo en mi poder una piedra mucho más grande que esas? ¿Qué tal si te digo que sé cómo restablecer el poder del obelisco?"

"Te refieres a la piedra que tienen lo Venators. No la necesito", respondió Akvan de manera cortante.

Max sacudió los hombros. "Entonces nuestro encuentro ha concluído", respondió Max encarando hacia la puerta. Sus ojos se encontraron con los de Briyani.

"Espera", gritó alguien y Max volteó nuevamente.

"¿Sí?", preguntó con reparo.

"¿Tienes la piedra contigo?"

"Puedo conseguirla"

"¿Por qué harías algo así?"

Porque quiero aliarme con alguien que tenga mas poder que Lilith. Quiero destruirla, quiero acabar con su tiranía. Prometió dejarme libre una vez que destruyera el obelisco, pero no lo ha cumplido".

"Si lo que dice Sarafina es cierto, una vez que sepa que hablas mal de ella, querrá destruirte a ti y a quién se alíe contigo. No soy suicida para mezclarme en esos asuntos, ni lo suficientemente tonto como para caer en esa trampa".

Max asintió con la cabeza. "Efectivamente, te reduciría muy fácilmente", dijo Max y luego mostrándose dubitativo, dijo: "Tal vez no fue tan buena idea venir aquí, después de todo".

"¡No es por eso que lo digo! Simplemente no quiero mezclarme con ella, ni con su ejército, pero sería estupendo si pudiera adquirir la piedra…".

"No quiero pelear", respondió Max. "No contigo".

Akvan lo consideró. "¿Por qué no una pelea por tu libertad? Si gano, me das la piedra y trabajarás para mí. Si ganas tú, considérate libre".

"¡No, Maximilian! Gritó alguien desde el frente y todos voltearon. Era Briyani. "Déjame hacerlo a mi. Tu…".

"¡Cállenlo!", ordenó Akvan y su voz retumbó entre las paredes. "Lucharé contra él también y si mueren, mueren…".

"Pero tu no puedes hacerte daño" dijo Sara corriendo hacia su trono.

Max quería besarla porque gracias a ella todo marchaba como él quería y también por la confianza que volvió a tenerse como guerrero. "Te daré la piedra", le dijo. "No quiero luchar. Déjanos ir".

"Me temo que no será posible Venator. No puedo dejarte ir así como si nada. Además, sé que no puedes hacerme daño, pero nada dice que yo no pueda hacerte añicos a tí. Tal vez debería luchar con tu amigo primero y si gano, deberás decirme donde esta la piedra".

Rayos.

"Si eso es lo que deseas…" dijo Max haciéndose el desinteresado."Supongo que eso es justo".

"Pero él no es un Venator, master", le dijo Sara angustiada. "Aún no está recuperado del todo. Por favor, no arriesgue nuestros planes por una tontería así…", insistió intentando persuadirlo.

Akvan se levanto enérgicamente. Sus músculos no eran muy grandes y todavía no estaba del todo fuerte.

"Lucharé contigo, concubino de Lilith y cuando mueras…".

"Cuando muera, nunca sabrás donde está la piedra", respondió Max con una sonrisa en los labios.

Akvan se quedó pasmado. "Si no quieres pelear, dime dónde esta la piedra y no pelearemos".

"¿Me dejarás ir? ¿Y también a mi compañero?"

Así es. Akvan volvió a sentarse. "Ahora dime dónde está".

"Te lo diré en voz alta para que puedas oírlo". Hasta aquí habían llegado, Akvan estaba confundido, Max lo había confundido. Ya no estaba seguro cuales eran los miedos ni las inseguridades de Max. "Puedes enviarlos a buscar la piedra y esperar a que regresen con ella antes de liberarnos", le sugirió Max.

"Acércate concubino", le ordenó.

"No puedo, Lilith sentirá que estamos juntos. Las heridas comenzaran a reaccionar…".

"¡Acércate, te digo, o tu amigo será mi próxima comida!"

Max tenía miedo, pero no dejó que se notara. "Despide a tu gente para que podamos hablar tranquilos", insistió.

"¡No lo haré! Acércate y dime lo que quieras al oído", le sugirió. Akvan la miró a Sara y la joven se retiró para que Max pudiera ocupar su lugar.

Max se adelantó, cubriéndose la herida con la mano y se detuvo frente a la mesa. "No puedo acercarme más, el dolor es insoportable", le explicó.

El olor también era espantoso, pero Max creía estar preparado. Sólo tendría una oportunidad.

Akvan estiró la mano y lo cogió del brazo, lo zamarreó en el aire y luego lo tiró al suelo. Max se hizo el herido y no ofreció resistencia.

"¡Dime dónde está la piedra!", demandó con insistencia. Su aliento era asqueroso y respiraba frente al rostro de Max.

¡Está aquí!", dijo Max llevándose la mano al bolsillo y revelando la piedra, entonces bajó la vista y la utilizó de estaca para apuñalarlo.

Akvan se sacudió, sus ojos se pusieron vidriosos y su boca se abrió ligeramente. Max no perdió tiempo, extrajo una daga del zapato y le cortó el cuello antes de que alguien se interpusiera. Luego tomó los restos del obelisco y se los tiró encima, para asegurarse de que desaparecieran con él.

Todo pasó tan rápido que nadie tuvo tiempo de reaccionar. Apenas tuvo tiempo de volcar la mesa y verter los restos sobre el demonio que ya estaba descomponiéndose, cuando una explosión dejó todo oscuro.

Los furiosos seguidores reaccionaban como podían y Max no tenía idea de quiénes eran vampiros y quiénes no, por eso le resultaba difícil elegir el arma para reducirlos. Abriéndose paso como pudo, llegó hasta la puerta y lo ubicó a Briyani. Lo reconoció por su sonrisa.

Michalas no tardaría en llegar. La explosión era su llamado.

Una mano suave lo cogió del brazo y Max supo que se trataba de Sara. Aún no la habían convertido, pero la joven se empeñaba en vivir como una más de ellos. En vez de quitársela de encima, la cogió de la mano y juntos atravesaron las llamas pisando los cuerpos aprisionados entre los escombros, hasta llegar a la celda, atravesaron el pasadizo secreto y abandonaron la mansión por el laboratorio. Michalas tiró algunas granadas y cerraron la puerta.

Ya se había hecho de noche.

"Lo mataste", dijo Sara. "¿Cómo lo hiciste? ¿Qué pasó con la profecía?"

Max la ignoró, atravesaron el jardín y antes de que abandonaran la villa, la mansión se desplomó a lo lejos.

"¿Cómo, Max? ¡Por favor dímelo!

"Vámonos", dijo Max mirando a sus amigos y se alejaron dejándola atrás.

"¿Cómo?", insistió la joven, pero no tuvo respuesta.

Max siguió caminando, no volteó para mirarla. Su pulso estaba acelerado y su visión nublada. Debían volver al Consilium para atender sus heridas…

~*~

Cuando Sebastián volvió en sí e intentó abrir los ojos, sólo consiguió abrir uno, el otro estaba hinchado. Su camisa estaba empapada en sangre y se sentía como si un tren lo hubiera atropellado más de una vez.

Trató de ponerse de pie, pero no lo consiguió en el primer intento.

Por Dios. Victoria.

Estaba mareado, había perdido bastante sangre, pero no dejaría que eso lo detuviera. Se apresuró a ir hacia la puerta preocupado ante su posible encierro. Se encontraba en una de las habitaciones del sótano y su miedo de que la puerta estuviera cerrada con llave se disipó en cuanto giró el picaporte y ésta se abrió. El pasillo estaba vacío y Sebastián se apresuró en busca de su amada. Temía encontrarse con un espectáculo desagradable y las imágines de su cabeza lo aturdían. Sabía de lo que su abuelo era capaz.

Gardiel y Hugo, dos de los hombres de confianza de Beauregard, custodiaban la puerta de la recámara de su máster. Sebastián no se intimidó al verlos y los embistió en busca de su abuelo. Abrió la puerta y para su horror se encontró con Victoria recostada sobre las sábanas de satén rojas y a Beauregard sentado a su lado acariciando su tupida cabellera. Victoria estaba más pálida que nunca y en su rostro no denotaba preocupación sino una sonrisa sensual. Sus ojos parecían más brillantes y profundos de lo habitual.

"Has vuelto antes de lo que te esperaba", le dijo su abuelo al verlo y bajó la cabeza para indicar que lo soltaran, ya que los hombres lo tenían tomado de los brazos.

"Déjala ir", le pidió Sebastián arreglándose la ropa y sujetándose el hombro.

"Beauregard déjala ir te digo", repitió una vez más. La joven estaba poseída, sus labios estaban rojos e hinchados. Evidentemente Beauregard la había estado besando, entre otras cosas. Su vestido estaba desaliñado y la parte de arriba de su corsé había sido aflojado. Cuando Victoria se llevó la mano al rostro, Sebastián observó que tenía una marca en la muñeca, la había mordido y eso explicaba su comportamiento. Sebastián no dejó que eso lo desmoralizara, siempre y cuando no hubiera bebido la sangre de Beauregard, no era nada irreversible. Victoria todavía podía salvarse.

Victoria se inclinó para besar a su abuelo, acarició su cuello, besó su barbilla y mimó su pecho de la misma manera que lo hacía con él. "Puedes acompañarnos si lo deseas", le dijo su abuelo y Sebastián quiso abofetearlo. Beauregard despejó su cuello y reveló más marcas. Sebastián se alertó. "¿Por qué?", le preguntó. "¿Por qué lo hiciste?", insistió.

"Afectaba nuestra relación", le respondió.

Sebastián corrió hacia ella llamándola por su nombre "¡Victoria, Victoria!", Si tan sólo pudiera conseguir su atención, aunque más no fuera por un momento, si pudiera arrancarla del hechizo. "¡Victoria, mírame!", insistía el joven, pero Victoria parecía no oírlo, sólo tenía ojos y oídos para Beauregard.

"No tengas miedo. Permanecerá igual que siempre, no cambiará nunca. Ya me agradecerás en unos años…".

"¡No!"

Victoria movió la mano y Sebastián le vio la pulsera. Era eso, estaba controlada por el brazalete. "¡Victoria, Victoria!", siguió gritando, cada vez había más desesperación en su voz.

Sus ojos parecían cansados y sus pupilas estaban dilatadas. "Déjala ir", demandó el joven.

"No lo haré", respondió su abuelo. Sus ojos brillaban como dos luceros y Sebastián empezaba a sentirse mareado. Por primera vez en mucho tiempo, reconoció el poder de su abuelo y el peligro que representaba. Era una pena que no lo hubiera notado antes.

"Nunca te he pedido nada, siempre hice lo que me pediste y te protegí sin dudarlo. Déjala ir por favor".

"Es demasiado tarde" respondió Beauregard acariciando el cuello de la joven y luego ofreciéndole sus dedos para que probara su sangre.

"Todavía no ha probado tu sangre. No es muy tarde", insistió Sebastián. "Por favor abuelo, te lo suplicó".

Beauregard se mantuvo firme. "No lo ha hecho aún, pero lo hará muy pronto. Probará mi sangre y me lo agradecerás más tarde. Te lo prometo. Confía en mi".

"Nunca entendí por qué le hiciste lo que le hiciste a Giulia, no lo hagas de nuevo". Sebastián intentó interponerse entre ellos, pero los guardias se lo impidieron y fue aprisionado nuevamente.

"Sáquenlo de aquí", oyó decir a su abuelo y lo sacaron a rastras por mucho que intentó resistirse. La puerta de la habitación se cerró detrás de ellos y lo último que oyó fue la risa de Victoria.

Así pasó lo que más temían

"NOS VAS a abandonar otra vez", le dijo Wayren mirándolo con tristeza.

Max asintió con la cabeza. Su mano ya estaba en el picaporte. No había necesidad de decirlo, Wayren sabía muy bien sus intenciones. Lo conocía demasiado.

"Ahora que ya has destruido a Akvan, crees que no te necesitamos más".

"He perdido mis poderes y cuando Lilith lo descubra, vendrá a mi ataque. Tan sólo quiero desaparecer por un tiempo, reencontrarme conmigo mismo".

"Otra vez", insistió Wayren.

La miró y le respondió, "Sí, otra vez".

"Sin decir adiós"

"Sólo lo haría más difícil".

"Zavier está a punto de morir".

"Lo sé, es una pena. Era un buen hombre".

Wayren asintió con la cabeza y luego le preguntó. "¿Te llevarás el *vis bulla* de Victoria?"

"No creo que necesite dos, ¿verdad?", respondió.

"Ya tiene dos" respondió Wayren mirándolo fijamente.

"Con más razón, no creo que necesite tres". Max quería marcharse antes de que ella regresara de dónde fuera que estuviese.

Quería partir antes de que alguien más intentara retenerlo. "Adiós Wayren. Estaremos en contacto. *Essere con Dio*".

Cerró la puerta y abandonó el Consilium. La salida secreta fue su mejor opción y dejó Santo Quiranu sin más complicaciones. Antes de cerrar la puerta, miró todo alrededor. Era consciente de que tal vez ya no regresaría…

Atravesó el pasadizo y se encontró en el jardín antes de lo que esperaba. El sol acababa de salir y la ciudad estaba empezando a despertar.

Finalmente era libre de cuerpo, pero no de espíritu. Estaba atrapado en sus memorias y conocimiento. Debería haberla obligado a Wayren a que se quedará con sus recuerdos, de ese modo al menos podría tener algo de tranquilidad, no como ahora.

Se alejó del Consilium y del mundo en que había habitado por más de 10 años a pasos agigantados, pero desafortunadamente no lo suficientemente rápido.

"¡Pesaro!", gritaron a lo lejos y Max no tuvo más remedio que voltear.

"¿Qué rayos quieres, Vioget?", le preguntó contrariado, soltando la estaca a la que se había aferrado en su bolsillo y siguió caminando.

"¡Es Victoria!", dijo Sebastián afligido.

Max se detuvo de inmediato y se le heló la sangre.

"Ya…", preguntó sin darse vuelta. Su garganta estaba seca y le costó hablar.

"No. Pero lo hará pronto si no lo detenemos".

Sabía que si Sebastián había acudido a él, la situación evidentemente se le había escapado de las manos.

"Has visto a Wayren?", preguntó.

"Sí, ella fue quién me dijo dónde encontrarte. Los Venators están esperando", le dijo.

Sebastián conocía su predicamento; de otra forma no hubiera dicho eso. Max cerró los ojos y suspiró. "Te sigo", le dijo y se oyó decir las palabras que nunca creyó poder pronunciar hasta ahora.

~*~

"Beauregard nos estará esperando", agregó Sebastián entre dientes. Si bien se trataba de un hombre al que no le gustaba la violencia, situaciones de fuerza mayor como ésta, lo obligaban a dejar eso de lado.

Conscientes de que no tenían tiempo que perder se trasladaron de inmediato y no tardaron en llegar a la mansión. Apenas había pasado una hora desde que Sebastián había abandonado la guarida en busca de ayuda. El sol ya había salido y la mayoría de las criaturas se habían retirado a sus aposentos o dormían en la bodega. El carruaje los había dejado a unas cuadras de allí, lo suficientemente cerca como para no retrasarse y lo suficientemente lejos como para no ser identificados al descender. Sebastián sabía cómo entrar sin ser visto y para eso debía estar a pie.

Se movían muy lento, para su gusto, aunque no les dijo nada.

"No podemos entrar todos juntos", resaltó Pesaro. "Yo también iba a sugerir eso", aclaró Sebastián y dirigió la mirada hacia los otros tres Venators que habían acudido con ellos para rescatar a Victoria.

Si bien habían llegado rápido, era muy posible que no fuera lo suficientemente rápido como para evitar la desgracia y con rostros abatidos intentaban que esos pensamientos no los desmoralizaran.

Sebastián rezaba por la vida de la joven. ¿Quién sabe cuánto tardaría Beauregard en aburrirse del coqueteo y convertirla finalmente en vampiro? El joven se sentía enfermo y la sola idea de perderla de ese modo lo atormentaba, pero no dejaba de concentrarse. Sabía que no podía enfrentar a su abuelo en esas condiciones.

Dios. Quería salvarla.

Sebastián no podía recordar los nombres de dos de los caballeros que estaban con ellos. Todo había pasado tan rápido… sin embargo si lo recordaba Michalas. Se conocían desde hacía muchísimos años, aunque no habían mantenido el trato.

"Hay dos entradas principales", les comentó Sebastián atravesando el jardín adyacente a la mansión; el mismo en el que había perdido a Victoria, después del fallido secuestro.

"Y una más que sólo Beauregard y yo conocemos".

"¿No piensas entonces que esperará que la uses?"

"Sí, por eso debemos dividirnos en dos grupos. El primero lo distraerá y entretendrá a su guardia".

"¿Cuántos hombres crees que tiene?", preguntó Michalas mentalizándose.

"Alrededor de diez, doce hombres tal vez. No debería ser muy problemático, ¿verdad Pesaro?"

Por un momento Sebastián pensó que lo mataría, pero Max no estaba de ánimos para tonterías, en lugar de atacarlo, asintió con la cabeza. "Sí, no habrá problema", le contestó.

"Somos expertos en crear distracciones", agregó Michalas para disipar la tensión entre ellos. "Gracias a Miro estamos muy bien preparados".

"Perfecto, nosotros lo distraemos, ¿pero tu que harás una vez adentro? ¿Estás listo para enfrentar a Beauregard? No creo que te entregue a Victoria así como si …", dijo Max.

"No, claro que no. De todos modos creerá que no estoy listo para luchar con él, pero lo estoy. Y lo mataré, de ser necesario".

"Lo sé", respondió Max.

Sebastián terminó de darles las directivas de último momento y luego se separaron: Michalas se retiró con un hombre rubio y Pesaro y Brim lo siguieron a Sebastián. Max levantó la mano y se la puso en el hombro a Sebastián. "Tráela de regreso", le dijo y su expresión lo expresó todo. Se dio media vuelta y corrió para alcanzar a Michalas.

Sebastián y Brim entraron al túnel y no hubo vuelta atrás. Un ruido proveniente de afuera los sobresaltó por un momento, pero inmediatamente recobraron la compostura. Era la prometida distracción de Michalas. Cada uno de ellos sabía lo que hacer y no pararían hasta recuperar a Victoria. Sebastián sabía que era el único que podía infiltrarse y arrebatarla de las garras de su abuelo. Escucharon una segunda explosión y supieron que era el momento de actuar.

Al llegar al final del túnel Sebastián se miró con su compañero y abrió la puerta que lo conduciría a Beauregard. Con pasos ligeros se trasladaron a través del corredor y al encontrarse con un guardia,

Brim se encargó de reducirlo antes de que les ocasionara algún tipo de problema. Sebastián siguió caminando y unos ruidos de forcejeo, lo alertaron de que Brim se había encontrado con más guardias. Sebastián no podía detenerse, no podía retroceder. Necesitaba llegar a dónde estaba Victoria.

Por muy rápido que avanzaba, creía no estar haciéndolo suficientemente rápido. Había demasiado olor a sangre en el ambiente.

De pronto Beauregard se encontró frente a él. Sus ojos estaban rosados y sus colmillos parecían más largos y puntiagudos que nunca. "Has llegado tarde. Disculpa que no te ofrezca mis condolencias, aunque ahora no puedas apreciarlo, sé que me lo agradecerás más adelante".

"No", dijo Sebastián mirando a la figura que yacía boca abajo sobre la cama.

El cabello oscuro le ocultaba la cara y una manta cubría su cuerpo. "No te creo". No podría, no lo haría…

"Créeme", le reiteró su abuelo. "Ahora me pertenece a mi".

"Ves, bebió mi sangre", le dijo, mostrándole los tajos en su brazo. "La bebió y la disfrutó Sebastián".

"No…" siguió diciendo mientras se acercaba lentamente hacia la cama.

"La combinación de mi sangre y su poder la harán invencible, será igual de poderosa que Lilith", comentó su abuelo, pero sus palabras no se registraron en sus oídos.

"Maldito seas", le dijo aferrado a la estaca a la que se había resistido por todos estos años. Le parecía liviana en comparación con todas las armas a las que se había acostumbrado, pero de todos modos no dudaba de su poder. Sabía que era letal y no dudaría en utilizarla.

¡Claro que la usaría!

Beauregard detuvo su ataque, pero Sebastián no se quedó quieto.

"Sebastián, te prometo que la compartiré…", le dijo su abuelo, haciéndolo enfurecer aún más. El joven se abalanzó sobre él y lo tomó del cuello utilizando el poder que había olvidado que tenía, lo levantó en el aire y luego lo estrelló contra la pared. Beauregard no tuvo más remedio que soltar su espada para intentar quitarse la mano de Sebastián de la garganta.

"Maldito", le dijo Sebastián listo para apuñalarlo.

"No puedes hacerme esto". "Soy tu única familia".

"Me la quitaste".

"Nos estaba separando, lo hice por los dos".

Sebastián apretó los dedos alrededor de su garganta. Quería matarlo.

"Yo te crié cuándo nadie más lo hizo". Sus ojos ya eran normales y sus colmillos se habían retractado.

"¡Tu amante mató a mi padre!", le gritó Sebastián. "¿Qué más podías hacer después de eso? ¿Recuerdas como lo despedazó?"

"Estaba celosa de él".

"¿Eso lo justifica?", le preguntó horrorizado. Cómo había podido estar tan ciego todos esos años".

Beauregard simuló que la mano lo estuviera ahogando, pero Sebastián supo que fingía. No se puede ahogar a los vampiros; sólo paralizarlos por un rato.

"Lo que pasa es que tu padre no pudo resistir la tentación de una mujer hermosa…"

"¡Qué pena!", respondió el joven percatándose de que estaban solos, que nadie había acudido a rescatarlo.

"No lo hagas Sebastián, no lo hagas. Te arrepentirás", le decía Beauregard implorando.

"No creas que no te quise" le dijo y le clavó la estaca. En ese instante se abrió la puerta y entró Pesaro todo ensangrentado. Su rostro era irreconocible. Corrió a la cama y levantó a Victoria en sus brazos. Ella presentaba mordidas en los brazos, las muñecas, la nuca, el cuello y los hombros. En su rostro tenía una sonrisa sensual y en el córner de sus labios un hilo de sangre.

"Por Dios", dijo Pesaro al verla. La envolvió en la manta y vio el polvo de Beauregard esparcirse. Las cenizas volaron por todos lados y el brazalete cayó a sus pies.

~23~

Vigilancia nocturna

"**NO HAY** nada que podamos hacer", dijo Wayren con voz de resignación parada frente a la fuente del Consilium. Su pureza y magnetismo, de poco les servía en esa instancia. Es increíble. ¿Su presencia se siente hasta aquí?.

Era imposible ignorarlo. El Consilium estaba de duelo. El rostro de los guerreros abatidos reflejaba su angustia, y la culpa por no haber llegado a tiempo.

La mantenían en otro piso, alejada de todo. "Me gustaría quedarme hasta que despierte", comentó Max e Ylito le pidió que por favor lo dejaran hacer su trabajo.

"Los demás pueden retirarse, si así lo desean", encomendó Wayren mirándolos a todos. "No se hará de noche hasta dentro de un par de horas" y antes de marcharse, fijó su mirada en Sebastián. Por mucho que deseara acusarlo, sabía que el joven no tenía la culpa y era injusto proceder de esa manera. Inclusive Max parecía entenderlo.

Cruzó la galería y se acongojó al pensar que muy pronto habría más retratos. Zavier no mejoraba, Stanislaus había muerto hace unos días y Victoria…

Ruido de pisadas la alarmaron y volteó a tiempo para encontrarse con Sebastián. "Yo también quiero estar allí cuando despierte", le dijo con voz angustiada y determinación en sus palabras.

Sería un buen Venator. Por fin le había llegado la hora, pensó ella.

"¿Acaso pretendes unirte a nosotros ahora?", le preguntó haciéndolo caminar con ella.

"No tengo motivos para no hacerlo. Si no lo hice antes… fue porque no lo creí adecuado".

Wayren no podía juzgarlo. Tanto él como Max, debían encontrar su lugar, aprender de sus errores y continuar con sus vidas. Era un proceso que nadie podía hacer por ellos.

"La exterminación de Beauregard, sangre de tu sangre, debió ser terrible para ti. No creas que no vemos tu sacrificio".

Sebastián la miraba con ojos apenados. "¿De veras qué no hay nada qué podamos hacer? ", preguntó desconsolado.

"No hay nada", respondió Max con su frialdad habitual, apresurándose para alcanzarlos. "Bebió su sangre. No hay vuelta atrás".

Wayren se detuvo para que Max pudiera alcanzarlos. "Le quitó demasiada sangre. Victoria esta muy débil y al beber su sangre, esta se mezcló con la de él. Al despertar será otra".

"¿Entonces, por qué no le clavamos la estaca ahora y dejamos de sufrir?", preguntó Sebastián desolado.

"Para que puedas ver en lo que se ha convertido y también para que puedas despedirte", le respondió Wayren. "Debemos ser pacientes y hacer todo lo posible".

Al llegar a la habitación, Wayren les pidió por favor que esperaran afuera. La habitación era muy pequeña y no querían invadirla. Ilias e Ylito se habían encargado de ella. Victoria había sido bañada y cambiada como si se tratara de un cuerpo listo para el funeral. Su cabello había sido trenzado y descansaba a un lado de su cabeza, su vestido era color natural y resaltaba aún más su palidez. Sus manos azuladas, descansaban encima de su estómago y la expresión de su rostro era serena.

Cuando Ylito abrió la puerta, miró a Wayren con rostro de preocupación y le dijo, "necesita más sangre", y se frotó las manos. "Además, Hannover quisiera intentar algo…".

Max se ofreció de inmediato. Tenía un cuchillo en la mano y se cortaría antes de que Wayren pudiera impedirlo.

"No lo hagas Max", le dijo Ylito. "Tiene que ser sangre de Gardella", le explicó.

Sebastián se subió la manga. "Dame el cuchillo Pesaro", le dijo.

Max se lo alcanzó y se sentó en una silla. Su rostro estaba blanco.

La tensión en la habitación era insoportable, apenas se podía respirar e inclusive Wayren, que normalmente parecía poder abstraerse de la energía negativa, esta vez aparecía alterada.

Hannover entró a la habitación cargando una bandeja que depositó sobre la mesa de luz. Se paró junto a la cama de la joven y le hizo una pequeña incisión en el brazo, la cual conectó a una manguera. Todos permanecían en silencio, ninguno de ellos quería distraerlo y apenas se los oía respirar. Cuando terminó la preparación de la paciente, se acercó a Sebastián y le extrajo sangre con una jeringa. Llenó varios cartuchos y luego los inyectó en el cordón.

"¿Crees que podrá ayudarla? preguntó Max.

"No lo sabemos. Sólo sabemos que necesita sangre. Debemos intentarlo", respondió Hannover observando a la paciente. El cuerpo de Victoria desafortunadamente parecía resistirse al tipo de sangre de Sebastián.

"¿Quieres intentar con mi sangre?", Preguntó Wayren descorazonada.

"No, tu tampoco eres Gardella", respondió Ylito mortificado.

"¿Porqué no intentamos con la sangre de Zavier?", preguntó Max.

"A él le hubiera gustado ayudarla…", acompañó Wayren.

"Debemos obtener su autorización", expresó Hannover.

"Dirá que sí, vamos a verlo ahora mismo", respondió Max.

Una ráfaga helada

VICTORIA MURMURÓ entre sueños y se movió por primera vez desde que llegó. Sebastián acarició su frente y le despejó el rostro. Su piel estaba húmeda, pegajosa y muy pálida.

Podría ser la última vez que la tocaba…

Sebastián acarició sus labios y recorrió sus facciones con sus dedos. Recordó todas las veces que actuaron para no demostrar sus sentimientos. Recordó su fuerza, su determinación y también su terquedad. La idea de perderla le rompía el corazón.

Su herida aún le dolía, aún le salía sangre y cada vez que movía el brazo este dolor era un cruel recordatorio de la fatídica tarde. Gracias a él, la joven estaba postrada en esa cama, gracias a él había encontrado la guarida y había sido manipulada por Beauregard, si bien su abuelo también lo había manipulado a él, Victoria desafortunadamente se había llevado la peor parte.

Habían pasado horas esperando para poder verla y finalmente los habían dejado pasar, a él y a Pesaro. El experimento con la sangre de Zavier parecía no estar funcionando; su nuca aún estaba fría. Victoria yacía inconsciente.

Victoria intentó decir algo, pero fue imposible entenderla. Sebastián levanto la mirada y sus ojos se encontraron con los de Max. Su expresión no denotaba esperanza, sólo determinación y estaba parado del otro lado de la cama junto a la mesa de luz. Sobre ella había una estaca y Max no dudaría en utilizarla.

Era un hombre frío.

Wayren e Ylito permanecían sentados en dos esquinas de la habitación. Ambos leían sin descanso, en busca de algo que pudiera ayudarlos. Al ver sus papeles, Sebastián recordó que debía regresar a la mansión en busca del manuscrito.

Victoria abrió los ojos por unos instantes y el ambiente se puso pesado. Wayren e Ylito se apresuraron a verla y sin perder tiempo la ataron a la cama. Amarraron sus piernas a la cama y notaron que Victoria comenzaba a respirar más agitada. La joven intentó mover los brazos, pero no pudo hacerlo. Estaba atada en sus pies y Pesaro le sujetaba las manos.

En medio de la lucha, abrió los ojos y miró alrededor. Sus ojos no eran rojos, sino el mismo color marrón verdeció de siempre.

Los presentes dejaron de respirar, todos estaban expectantes, nadie sabía que era lo que iba a suceder. Ylito se acercó y Sebastián lo vio tomar algo de la mesa de luz.

No. La estaca no. Pensó. Todavía no.

Miró hacia la mesa nuevamente y por suerte comprobó que la estaca aun estaba ahí.

"Que..." decía Victoria sorprendida mirando el rostro de los presentes. "¡Beauregard!" Gritó asustada y se estremeció.

Ylito la roció con agua bendita antes de que Sebastián pudiera impedirlo.

¡No en el rostro!

Pero en lugar de retorcerse de dolor, Victoria movió la cabeza, como si una ligera lluvia de verano la hubiera sorprendido.

"¿Por qué hiciste eso?", le preguntó con voz normal y todos sintieron otro cambio en el ambiente de la habitación, esta vez, parecía como si el mal se hubiera retirado. Todos se miraron sorprendidos, esperanzados...

"Qué extraño", dijo Ylito mirándola a Wayren.

"Ya lo creo", dijo ella acercándose a la cabecera.

Victoria por fin descansaba. Wayren acarició su rostro, y la cubrió con las cobijas.

"Han debido salvarla los dos *vis bullae*", dijo Pesaro y todos lo miraron. "Victoria usa dos amuletos", reiteró ante la sorpresa de los presentes.

Sebastián no podía entender cómo era posible que Max supiera algo así y él no…

Wayren continuó acariciando el cuerpo de la joven, e inspeccionándolo a la vez. "Ha debido de ser eso, no puede haber otra explicación. El poder de sus amuletos impidió que la sangre de Beauregard la contaminara".

"Por eso necesitaba sangre pura", explicó Ylito. "Debimos reemplazar la sangre contaminada por la sangre de un Gardella".

"¿De qué estás hablando?", preguntó Victoria. "¿Por qué estoy aquí?", insistió.

Sebastián la miró y al oír su voz, el alma le volvió al cuerpo.

Gracias a Dios.

Se acercó, le tomó la mano y al llevársela a los labios, se dio cuenta de que su nuca aún estaba fría.

Epilogo

En el infierno no siempre hay fuego

SARAFINA REGALDO entró a la habitación en la que Lilith the Dark la estaba esperando.

Su viaje desde Roma hasta las montañas de Rumania había sido largo y extenuante, pero no dejaría que viera que estaba cansada. No tenía miedo. Después de todo, ¿qué sería lo peor que podría pasarle?

La reina podría morderla y posiblemente Sara lo disfrutaría.

"¿Te conozco?", le preguntó Lilith al verla. "¿Por qué le pediste a mis guardias que te dejaran pasar?"

"Mi padre era el conde Regaldo y ahora está muerto. La nueva Venator lo mató", respondió Sara.

Los ojos de Lilith se hicieron más pequeños y se cogió las manos. "¿Cómo puedo ayudarte, querida?", le dijo.

"En realidad, creo que soy yo quien puede ayudarte. Tengo noticias", respondió Sara examinando la habitación de la reina. Se trataba de una habitación antigua, pero muy bien puesta.

"El obelisco de Akvan ha sido destruido por completo y la puerta mágica ha sido abierta".

"Eso no es noticia para mi", respondió la reina que comenzaba a impacientarse. "Lo veo todo, le dijo. Beauregard también ha sido finalmente exterminado, lo malo es que su brazalete sigue perdido…".

Sara se desató el impermeable y sacó del bolsillo interno un papel recubierto con celofán. "Pensé que tal vez esto podría interesarte", le dijo. "Lo obtuve gracias a un amigo. El mismo que me acompañó hasta aquí…", le comentó.

Lilith se hizo la desinteresada, pero Sara notó el modo en que miraba las escrituras. Estaba fingiendo.

"¿Qué deseas a cambio?", le preguntó.

"Deseo saber cómo fue posible que Maximilian aniquilara a Akvan. Desdijo la profecía".

La reina se incorporó súbitamente y se volvió más pálida que antes, prácticamente era transparente. "Dices que Maximilian. No… no puede ser".

Se dirigió hacia donde estaba sentada la joven y con llamaradas en los ojos le preguntó. "¿Acaso Max lo apuñaló con su propia mano? Piensa, ¿utilizó su mano? ¡Dime!"

Sara asintió con la cabeza. "Sí, utilizó su mano", respondió la joven que no era fácilmente intimidada.

"No debería haber podido. A menos que…" Lilith apretó los dientes. "¡Me traicionara!"

"No eres la única", respondió Sara. "Claro que tu traición es mucho peor…", resaltó con astucia.

"¡Max!", gritó la reina. Estaba enloquecida, sus ojos brillaban, pero sabía como controlar sus impulsos. "Después de todos los sacrificios que he hecho por él, de las libertades que le he otorgado, es así cómo me paga". La reina bajó la voz y cerró el puño. "Me vengaré".

"Las dos lo haremos", le dijo mirándola a los ojos. "Acércate querida, déjame mostrarte lo que se siente al tener poder"…

~*~*~

~*~

Preparemos nuestro alborozo para recibir
las Aventuras de La Cazadora Gardella
El ocaso de los vampiros
Muy próximamente disponible

Colleen Gleason es una autora internacional de gran éxito. Sus novelas: Las Crónicas de las Aventuras de la Cazadora Gardella, tienen un gran aval nacional e internacional. Colleen ha escrito más de 15 libros publicados en el extranjero e incluye una gran variedad de temas. Entre ellos, se encuentran La Regencia de Draculia y las Crónicas de la Envidia, ambas escritas bajo el seudónimo de Joss Ware. En este momento, Colleen vive en los Estados unidos y se encuentra preparando su próxima novela.

colleengleason.com

www.ingramcontent.com/pod-product-compliance
Lightning Source LLC
Chambersburg PA
CBHW061436210726
48287CB00007B/2247